FLORES & SANTANA

Tödliche Intrigen auf Teneriffa

EIN KANAREN-KRIMI

Ullstein

Besuchen Sie uns im Internet:
www.ullstein.de

Wir verpflichten uns zu Nachhaltigkeit
- Papiere aus nachhaltiger Waldwirtschaft und anderen kontrollierten Quellen
- Druckfarben auf pflanzlicher Basis
- ullstein.de/nachhaltigkeit

Originalausgabe im Ullstein Taschenbuch
1. Auflage Oktober 2024
© Ullstein Buchverlage GmbH, Berlin 2024
Wir behalten uns die Nutzung unserer Inhalte für Text und Data Mining im Sinne von § 44b UrhG ausdrücklich vor.
Umschlaggestaltung: bürosüd° GmbH, München
Titelabbildung: © www.buerosued.de, Stadtansicht: mauritius images / © Gerhard Wild
Gesetzt aus der Quadraat Pro powered by pepyrus
Druck und Bindearbeiten: CPI books GmbH, Leck
ISBN 978-3-548-06892-3

Ouvertüre

»Ich hab ihn nicht bestohlen.« Diesen Satz immer wieder vor sich hin murmelnd, stolperte der Junge mit trotzigem Gesicht dem Erwachsenen zwischen den Containern hinterher. Über seiner engen Jeans flatterte ein zu großes T-Shirt mit dem Konterfei des spanischen Rappers *Yung Beef*. Der Junge mit den dunklen Augen und der Buzz-Cut-Frisur griff nach seinem Shirt und wischte sich damit den Schweiß aus dem hübschen Gesicht.

Die Mittagssonne stand hoch über dem Hafen, und die Eisencontainer gaben spürbar Wärme ab.

»Das kannst du vielleicht dem alten Mann erzählen. Der war immer gut zu dir, wie ein Vater hat er sich um dich gekümmert! Aber jetzt hau ab, ich hab zu tun, ich kann dich hier überhaupt nicht brauchen!« Seine Handbewegung war eindeutig, doch der Junge lief trotzdem weiter knapp hinter ihm her.

Der mittelgroße, etwas untersetzte, fünfundfünfzigjährige Mann mit den kurzen grau melierten Haaren wirkte genervt. Verärgert stopfte er im Gehen sein weißes Kurzarmhemd in die dunkelblaue Hose.

Das wütende Brausen des Atlantiks war jetzt lauter zu hören. Der Mann bog um das letzte riesige Metallbehältnis auf den großen Platz des Containerhafens ein. Das Gelände war weitläufig und wirkte durch das flächendeckende Grau des schmutzigen, ölfleckigen Asphalts trist. Auf dem nahen Parkplatz befanden sich einige Fahrzeuge. Ein Autofenster stand offen. Menschen waren kaum zu sehen.

Der Junge lief dem Mann nach, versuchte ihn zu überholen. Er wollte sich vor ihm aufbauen, ihn am Weitergehen hindern, er sollte ihm zuhören.

Im nächsten Moment lag der Junge plötzlich auf dem schmutzigen Boden, Blut breitete sich in seiner Brustgegend aus. Er bewegte sich nicht mehr. Der Ältere hatte schon viele Schüsse in seinem Leben gehört, für ihn klangen sie immer noch wie kleine Explosionen. Bevor der Mann auch nur zu irgendeiner Reaktion fähig war, hörte er den zweiten Schuss und spürte fast zeitgleich den brennenden Schmerz an seinem Oberarm. Er rannte, so schnell er konnte, los, vermeinte noch weitere Schüsse zu hören, kümmerte sich aber keinen Deut mehr darum. Er lief nur noch um sein Leben und verschwand um die Ecke in der nächsten Containerstraße.

Typisch für eine Kanareninsel fühlte sich der Februar auf La Palma wie Frühling an, die Temperatur betrug wie fast das ganze Jahr angenehme dreiundzwanzig Grad. Naira Calderón stand auf einer schmalen Straße im Herzen von Santa

Cruz und stemmte ihre Hände in die schlanken Hüften. Das weite grüne Leinenkleid, eines ihrer Lieblingskleidungsstücke, auch wenn die Freundinnen gerne von »Nairas Sackkleiderstil« sprachen, fühlte sich einfach gut an und schränkte nie ein, egal wie wild sie sich bewegte. Aufmerksam betrachtete sie das große Schaufenster ihrer Buchhandlung *Bibliotheca de Babel*, die sie vor ein paar Jahren mit gerade mal dreißig eröffnet hatte. Die vorbeischlendernden Menschen nahm sie kaum wahr. Ohne Vorwarnung riss eine ihr bekannte Stimme sie aus den Gedanken. Sie schüttelte den Kopf und damit auch ihre langen, fast schwarzen Haare, die sie heute ausnahmsweise nicht zu einem Zopf geflochten hatte, und wandte ihre ausdrucksstarken, dunklen Augen der Geräuschquelle zu.

»*Qué es* – was ist?«, rief sie der Frau mit dem dunkelblonden Pagenkopf zu, die in der Tür zur Buchhandlung stand, ein Mobiltelefon hochhielt und damit winkte, bevor sie wieder im Laden verschwand.

»Ach so, ich komme«, murmelte Naira mehr zu sich selbst und ging Marion Schmitt, ihrer Mitarbeiterin, nach.

Die stand bereits wieder eintippend an der Kasse und arbeitete den Bücherstapel der vor ihr wartenden Kundin ab. »Ein Señor Barceló«, informierte die Buchhändlerin Naira kurz über den Anrufer.

Mit einem freundlichen »Ah, danke« griff Naira nach dem Telefon und verzog sich damit in den nächsten Raum zum Chesterfield-Lesestuhl. Ihr Lieblingsplatz zum Telefonieren: Von hier konnte sie sowohl den Laden vor sich als auch den dritten Raum mit der Kaffeetheke ihrer sehr wohnlich mit kanarischen Kieferholzregalen und Polstermöbeln eingerichteten Buchhandlung überblicken.

Felipe Barceló war ihr Ex, ihr ehemaliger Lebensgefährte. Seine Buchhandlung befand sich im »anderen« Santa Cruz der Kanaren, nämlich in der Hauptstadt von Teneriffa. Einige Jahre hatten sie dort gemeinsam gelebt und gearbeitet, dann war Naira wieder nach La Palma zurückgekehrt. Die Trennung war ebenso entspannt über die Bühne gegangen, wie es die Beziehung gewesen war: Sie waren wie Feuer und Wasser gewesen, dachte Naira danach: sie neugierig auf alles, wissensdurstig, begeisterungsfähig, während sie Felipe im Stillen schon geraume Zeit »Buchhalter« und »Bedenkenträger« genannt hatte, weil er langsam, genau und vernünftig war.

Sie hatte bereits damals unabhängig sein und sich hier, auf ihrer Heimatinsel, ein neues Leben mit einer eigenen Buchhandlung aufbauen wollen. Schon auf der Fähre hatte sich durch ein zufälliges Gespräch mit dem alten Kollegen Manuel Lopez die Chance ergeben, dessen Buchhandlung im Zentrum des Städtchens zu übernehmen. Diese Chance hatte sie ergriffen und den Buchladen *Bibliotheca de Babel* genannt. Der war seitdem zum Treffpunkt der Literatur- und Kulturinteressierten geworden, ob einheimisch oder zu Besuch. Naira galt inzwischen auch als lebendiges Insellexikon.

»Hola, Felipe, wie geht's dir?«

»Hola, Naira, danke, gut, aber sag: Wer war denn das am Telefon? Die Stimme kenne ich nicht. Hast du eine neue Mitarbeiterin?«

»Schön wär's schon, doch leider ist das noch nicht sicher. Also, das war Marion, eine kompetente und engagierte Buchhändlerin aus Stuttgart, Alemania. Sie denkt noch darüber nach, ob sie überhaupt auf der Insel bleiben will. Aber warum rufst du an, Felipe?«

»Immer schnell und neugierig! Ich komm gleich zur Sache«, meinte Felipe bedächtig, und man hörte fast sein Schmunzeln.

»Du hast doch unter deinen Stammkunden einen, der sich mit unserer glorreichen Inselgeschichte beschäftigt. Mir wurde nämlich heute das erste Blatt eines sehr interessanten Buches, also eigentlich ist es ein Papierkonvolut, angeboten, scheint ein Kupfer-Blockdruck zu sein ... Hör mal genau zu: Es ist aus dem Jahr 1648 von einem gewissen Manuel Diaz und soll einen Bericht von Ibn Farukh, der 999 einige Kanareninseln besuchte, beinhalten. Wie viele Seiten das wirklich hat, weiß ich auch noch nicht, mir kommt das zwar ...«

»Wow, das klingt ja spannend! Und du hast nur eine Seite?«

»Ja, das Titelblatt, das sieht authentisch aus, und es ist sehr gut erhalten. Auch wenn mir die Sache nicht ganz koscher vorkommt. Der Anbieter ist nämlich ein seltsamer junger Bursche, der offensichtlich auch keine Ahnung ...«

»Ein Junge?«

»Ja, er wird so um die vierzehn, fünfzehn Jahre alt sein. Er meinte, er hätte alles, nicht nur das Titelblatt, aber wenn ich nicht interessiert bin, nimmt er das Blatt und geht sofort wieder.«

»Forsch, der Bursche!«

»Si, si! Ich bat ihn, mir das Blatt für ein, zwei Tage zu überlassen, ich würde es prüfen. Darauf ging er dann nach kurzem Nachdenken tatsächlich ein, er will sogar erst am Samstag meine Entscheidung hören, und ...«

»Das klingt für mich, als hätte er es mit dem Verkauf nicht wirklich eilig ... Weißt du wenigstens, wie umfangreich das Konvolut ist? Und was will er dafür?«

»Das ist ja auch seltsam: Er meinte, es wären etwa dreißig Seiten, aber es könnte auch mehr oder etwas weniger sein, und einen Preis wollte er gar keinen nennen, sondern ich soll ihm ein Angebot machen – dann sagt er mir, ob er damit einverstanden ist!«

»Und du hältst es aber wirklich für möglich, dass das echt ist?« Nairas Staunen war hörbar.

»Das eine Blatt, das ich hier habe, schaut echt aus und fühlt sich auch so an.«

»Ich denke, du als Antiquar kannst das schon einschätzen. Hat der junge Mann dir verraten, wie er an dieses Manuskript gekommen ist?«

»Er sagte, es wäre von seinem verstorbenen Großvater, der hätte ihm das vererbt. Hm. Natürlich kann er es auch in irgendeiner Bibliothek gestohlen haben ... Im Internet habe ich nur ganz oberflächlich geschaut und nichts Passendes entdeckt. Aber eben auch keine Gestohlen-Meldung. Dein Bekannter könnte mir ein kleines Gutachten erstellen. Vielleicht hätte er auch selbst Interesse an dem Ding, wenn ich es vollständig habe. Was meinst du? ... Sag, bist du noch dran?«

Nairas Aufmerksamkeit wurde tatsächlich gerade abgelenkt, denn wie auf ein Stichwort betrat Beneharo Rodriguez die Buchhandlung. Der groß gewachsene, sportlich-schlanke Vierzigjährige mit den kräftigen kurzen, fast schwarzen Haaren und den dunkelbraunen Augen war inzwischen nicht nur Nairas bester Freund, mit dem sie viele Interessen teilte, Ben war auch der von Felipe erwähnte Stammkunde, der über die kanarische Urbevölkerung forschte. Ben war Journalist bei *Tenerife & Palma weekly* und dem Monatsjournal *Canaria Culinaria*. Er arbeitete aus Leidenschaft seit Jahren an einer umfassenden Geschichte der Kanarischen Inseln. Außerdem verband sie beide eine gemeinsame Freude an der Lösung von Kriminalfällen, und sie hatten dafür auch ein festes Ritual. Vor zwei Jahren hatten sie mit ihrer Methode den unglaublichen Fall des getöteten Hotelentwicklers auf La Palma gelöst. Ob deduktiv wie Holmes und Watson oder induktiv vom Einzelnen zum Übergeordneten denkend, es bereitete ihnen immer großes Vergnügen.

Naira winkte Ben aufgeregt, stand auf und unterbrach das Telefonat mit »Felipe, ich rufe dich in drei Minuten zurück!«. Sie wartete die Antwort gar nicht erst ab, sondern legte auf und wandte sich sofort an Ben: »Wie gut, dass du gerade vorbeikommst! Stell dir vor, Felipe, der von der Buchhandlung auf Teneriffa, wurde ein Dokument, na ja, eher ein Buch aus fliegenden Blättern oder so ähnlich, angeboten, das dich interessieren könnte. Es ist angeblich aus dem Jahr 1648 und enthält, jetzt halt dich fest, die Wiedergabe eines Reiseberichts von einem gewissen Ibn irgendwas, der 999 die Kanaren erkundete! Felipe hat allerdings nur das Originaltitelblatt erhalten und soll nun ein Angebot dafür machen.«

»Hm, ja, das möchte ich gerne sehen. Vielleicht kann er das Blatt scannen und dir mailen?«

»Gute Idee!« Naira nahm das Telefon und rief Felipe zurück. »Hola, Felipe, da bin ich wieder. Gerade kam Ben, der von dir erwähnte Stammkunde. Ich musste ihn natürlich sofort über unser Gespräch informieren, und er bittet dich, mir einen Scann von dem Blatt zu senden. Geht das, kannst du das jetzt gleich machen?«

»Wie gut, dass ich dein Tempo kenne, immer Volldampf voraus«, stellte Felipe fest. »Das Blatt liegt gleich im Scanner und wird in Kürze bei dir sein. Ich bin schon neugierig, was er dazu sagt. Da fällt mir noch etwas ein, ich wollte dich längst fragen ...«

Und während sie nun über diverse Lieferschwierigkeiten vom Festland redeten, wandte Ben sich dem Tisch mit den Neuerscheinungen zu, den Nairas Mitarbeiterin gerade neu ordnete, und plauderte kurz mit ihr. Ben mochte sie offensichtlich. Sie war unkompliziert, wanderte gerne im Norden der Insel in den magischen Wäldern und liebte das gelassene, freundliche Leben auf den Kanaren.

Naira hatte das Gespräch mit Felipe beendet und kam strahlend mit den Worten »Er wird den Scan gleich senden« auf Ben zu.

»Und?«, erkundigte sich Ben »Wie schätzt du das Angebot ein?«

»Klingt zwielichtig und gleichzeitig sehr interessant!

Aus der Zeit um 1000 herum gibt es ja kaum Berichte, oder? Du wirst vielleicht aus dem Deckblatt deine Schlüsse ziehen. Wie geht's dir, Amigo?«, fragte Naira, die einen leicht verkniffenen Zug um Bens Mund bemerkt hatte.

»Na ja, mir ist eigentlich nicht so lustig zumute, weil ich am Samstag nach Santa Cruz de Teneriffa fliegen muss. Und ich reise nicht so gern, wie du weißt.« Ben fuhr sich mit den Fingern durch seine kurzen, dunklen Haare, als könnte er wenigstens die ordnen, und sprach relativ bedrückt weiter: »Meine Redaktion will noch schnell einen lockeren Bericht über den Carnival und das Abschlussfest *Begräbnis der Sardine*, und mein Chef ist auch auf Teneriffa und will höchstpersönlich ein ›wichtiges‹ Gespräch mit mir führen. Ich befürchte das Schlimmste.«

»Wieso, meinst du etwa, er will dich feuern?«, fragte Naira ungläubig.

»Schlimmer, vermutlich geht es eher ums Gegenteil!«

Nairas Gesicht glich nun einem Fragezeichen. Ihr Handy gab einen spitzen Ton von sich. »Ah, Felipe«, rief sie. »Dann lass uns mal sehen.«

Sie gingen zu dem kleinen Schreibtisch im nächsten Raum, Naira rief am Computer ihre Mails auf, öffnete die von Felipe, klickte auf den Scan und schob Ben auf ihren Sessel vor dem Bildschirm. Der hatte schon seine neue John-Lennon-Brille aufgesetzt und starrte konzentriert auf den Bildschirm. »Hm, das muss ich mir genauer ansehen. Ich hab jetzt noch zwei Termine, aber schickst du mir die Mail gleich weiter? Sobald ich irgendetwas Konkreteres herausgefunden habe, ruf ich dich an.«

»Ja, klar!« sagte Naira. Sie dachte gleichzeitig angestrengt nach und fragte zögernd: »Wann fliegst du denn am Samstag?«

Die Antwort konnte sie nicht abwarten, denn ein Kunde stand plötzlich vor ihr und fragte nach einem Kanarenkrimi. Sie ging ein paar Schritte auf ihn zu.

Ben starrte weiter auf Nairas Computer und murmelte vor sich hin. »Interessant, höchst interessant, Kapitän Ibn Farukh ...«

Naira hatte die Anfrage des Kunden abschlägig beantworten müssen, aber ihre Entscheidung hatte sie inzwischen getroffen. »Ben!«, rief sie, als sie wieder bei ihm stand. »Ich werde auch nach Santa Cruz de Tenerife fliegen! Ich war ja schon ewig nicht mehr beim Carnival.«

Die Augen des Journalisten leuchteten auf. Nairas Begleitung schien seinen Aufenthalt in Santa Cruz schon viel angenehmer zu machen. Und dieses Blatt auf dem Bildschirm hatte augenscheinlich etwas in ihm geweckt. »Du, ich habe mich gerade entschlossen, nicht erst am Samstag, sondern schon morgen früh zu fliegen, mit der Maschine um neun, ist das für dich auch okay? Ich könnte dich zu Hause abholen, und wir fahren gemeinsam zum Flughafen? Allerdings habe ich nur ein kleines Zimmer reserviert, und es ist Carnival, und ...«

»Na, du bist ja heute sehr spontan. So kenne ich dich gar nicht. Aber das sollte klappen, ich frage Marion, ob sie morgen einspringen kann, und Enrique ist ja auch da. Warte einen Moment, ich habe da eine Idee zur Unterkunft.«

Naira suchte etwas hektisch in ihrem Handy eine Nummer und rief Inez, eine alte Freundin aus Teneriffazeiten, an, die Apartments via Airbnb vermietete. Welch ein Glück: Sie hatte tatsächlich noch eine relativ große und fast zentral gelegene Wohnung mit zwei Schlafzimmern in den nächsten zwei Wochen frei. Naira wiederholte für Ben das Angebot, der sagte nur »Super«, ohne weiter zu fragen. Da buchte Naira das Quartier, Inez wollte ihr die Wohnungsdetails und die Zugangsdaten per Mail senden.

Kaum hatte sie das Gespräch beendet, war Ben zu ihrer Verwunderung schon auf dem Sprung: »Du, jetzt muss ich weiter, ich ruf dich wie gesagt an, vergiss nicht zu packen. Morgen früh um acht Uhr hole ich dich ab!« Er küsste Naira flüchtig auf die Wangen, winkte ihrer Mitarbeiterin und war draußen.

Naira wurde nachdenklich. Sie hatte bemerkt, dass Ben, seit er das gescannte Blatt gesehen hatte, ziemlich nervös geworden war. Wenn das echt ist, dachte sie sich, ist das ein Hammer, eine Sensation!

Der Himmel leuchtete in den schönsten Sonnenuntergangsfarben über den Bananenfeldern bei Tazacorte, als Ben in San Borondon aus dem Auto stieg. Flott ging er die wenigen Schritte zu seiner Haustür. Er fühlte sich angespannt und war froh, dass er sich nun endlich der Recherche des angeblichen Reiseberichts widmen konnte. Seine Nachmittagstermine hatte er ziemlich unkonzentriert wahrgenommen, lieber wäre er sofort nach dem Besuch bei Naira nach Hause gegangen, in seine umfangreiche Altkanaren-Bibliothek eingetaucht und vor allem zu seinem Computer geeilt. Ihm war, als hätte er den Namen Ibn Farukh nicht das erste Mal gelesen. Aber sosehr er sein Hirn auch anstrengte, es fiel ihm nichts dazu ein. Er steckte den Schlüssel ins Schloss seiner Eingangstür, aber der passte nicht. Verdutzt sah Ben auf seinen Schlüsselbund und bemerkte, dass er den falschen Schlüssel in der Hand hielt. Na, höchste Zeit für eine Tasse Tee!

Auf dem Weg durchs Vorzimmer fiel sein Blick auf seine drei Lanzas, die langen Sprungstäbe für den Hirtensprung, die er aufrecht mit Lederbänden an der Wand fixiert hatte. Der Hirtensprung war ein beliebter Sport auf den Kanaren, der ursprünglich den Viehhirten dabei half, sich in den Bergen schneller fortzubewegen. Seit seiner Schulzeit war Ben in einer der vielen Hirtensprung-Sportgruppen. Nach dem Training am letzten Sonntag hatte er sich vorgenommen, sie wieder einmal gründlich zu pflegen, aber daran verschwendete er jetzt keinen Gedanken mehr. Im Arbeitszimmer angekommen, lehnte er seinen Rucksack an den gut gepflegten Schreibtisch im altkanarischen Stil, den er von seinem Vater geerbt hatte, der ihn wiederum von seinem Vater hatte. Ben hatte ihn nach dem Unfalltod der Eltern vor vielen Jahren als Herzstück in sein Arbeitszimmer gestellt und pflegte ihn wie seinerzeit sein Vater mit Hingabe.

Er atmete durch und startete den Computer. Während der hochfuhr, ging Ben in die Küche. Der Wasserkocher begann schnell zu sprudeln, und der Tee mit seiner Berberteemischung war im Nu zubereitet. Er nahm die Tasse und setzte sich vor den Bildschirm.

Endlich konnte er ungestört recherchieren. Aber so einfach, wie er sich das erhofft hatte, war es nicht. Zwar fand er eine Erwähnung von Ibn Farukhs Fahrten auf die Kanaren, aber keinen Hinweis auf den von ihm überlieferten Bericht. Mehr als eine halbe Stunde später wurde er ungeduldig, stand auf und nahm eines der Bücher über die Kanaren vor der spanischen Eroberung aus seiner Bibliothek. Hier fand er eine Bemerkung über eine arabische Expedition vom spanischen Festland aus, die 945 auf Gran Canaria eingetroffen war und auch die anderen Inseln durchstreift hatte. Die Araber waren damals nicht auf Eroberungsfeldzug gewesen, sondern hatten Informationen über die »Glücklichen Inseln« sammeln wollen; sie wurden damals auch von Dolmetschern begleitet.

Woher kamen denn die Dolmetscher?, fragte sich Ben nachdenklich. Über den Autor Manuel Diaz fand er gar nichts. Er fischte Buch um Buch aus dem Regal, markierte sich eventuell weiterführende Stellen mit grünen Haftnotizstreifen. Ja, es gab Erwähnungen von arabischen Expeditionen vom Festland aus der Zeit vor 1400, die von Land und Leuten und den paradiesischen Zuständen auf den »Glücklichen Inseln« erzählten. Und wenn der Bericht von Ibn Farukh im 16. Jahrhundert doch wirklich noch vorhanden war und Manuel Diaz ihn wiedergab?

Seinen Tee hatte Ben längst ausgetrunken, er schaute nachdenklich in seine gut sortierte Hausbar, nahm einen Single Malt in die Hand und schenkte sich großzügig ein. Mit dem dickwandigen Whiskyglas setzte er sich wieder vor den Bildschirm. Je mehr kleine Hinweise er entdeckte, desto aufgeregter wurde er. Wenn dieser authentische Bericht wirklich noch existiert, wäre das ja wahrscheinlich die erste erhaltene authentische Reportage, dachte Ben und stellte sich vor, welches Aufsehen so ein über tausend Jahre alter Reisebericht auf den Kanaren erregen würde. Was hieß, auf den Kanaren! Nein, das wäre eine Sensation in der ganzen spanischen Welt!

Es ging schon auf Mitternacht zu, als er endlich zum Telefon griff. »Naira, gut, dass du noch wach bist! Ich hab ...«
»Natürlich bin ich wach, du bist ja heute sehr schnell verschwunden. Und ich könnte gar nicht einschlafen, bevor du angerufen hast.« Nairas Stimme klang wirklich hellwach.

Ben versuchte, seine Aufregung zu verbergen, und berichtete ihr: »Ich habe gesucht und gesucht, es ist nicht einfach, und ich kann auch nichts Abschließendes sagen, aber stell dir vor, das könnte ein nacherzählter Bericht einer arabischen Expedition im Jahre 999 sein! Und dieser Manuel Diaz hat diesen Bericht vielleicht wirklich gesehen – und eine Zusammenfassung mit vielen Bildern herausgegeben! Und: Die haben fast alle Inseln besucht, auch La Palma und El Hierro, und freundlich mit den Altkanariern Kontakt aufgenommen, Beziehungen geknüpft, die sind die Inseln abgewandert und haben Zeichnungen gemacht, das Leben geschildert und ...«

»Und du denkst, das war bis jetzt verschollen? Das wäre eine Aufregung!«

»Es schaut so aus – wenn hoffentlich nicht nur das Titelblatt überlebt hat! Die haben auch ...« Ben war kaum zu bremsen.

Naira unterbrach ihn: »Du, bis Samstag müssen wir auf alle Fälle Geduld haben, erst dann sieht Felipe seinen Lieferanten wieder. Hoffentlich klappt das. Ich bin jetzt nämlich auch schon sehr neugierig. Mich wundert nur, dass diese Seite die Zeit so gut überstanden hat.«

»Ich denke, wenn die Seiten gut verpackt und trocken gelagert waren, dann könnten sie auch alle nach ein paar hundert Jahren in einem so guten Zustand sein. Das könnte der Fund des Jahrhunderts sein ... Wahrscheinlich kann ich das nicht kaufen, aber das Museo de Arquéologico auf Teneriffa –, und vielleicht wäre ich unter den Ersten, die das auswerten können! Was meinst du?«

»Ben, mein lieber Ben: Es ist fast Mitternacht, und du willst mich morgen früh um acht Uhr abholen, oder?«

»Natürlich, ist doch schon ausgemacht. Hast du schon deinen Flug gebucht?«

»Ja, schon erledigt. Reden wir lieber morgen weiter. Hast du gepackt und dein Quartier storniert?«

»Nnn-nein, aber ich packe gleich, da bin ich, glaube ich, Rekordhalter. Aber wieso mein Quartier storniert? Wo schläfst denn du in Santa Cruz? Mein Zimmer dort ist zwar klein, dunkel und na ja ... Aber ich kann dir mein Bett anbieten und schlafe auf dem Bettvorleger«, schlug Ben vor und setzte nach: »Aber wir können ja gleich morgen Vormittag nach einer Unterkunft für dich in der Nähe Ausschau halten und ...«

»Ich hatte schon heute Nachmittag den Verdacht, dass du mir nicht richtig zugehört hast«, unterbrach ihn Naira. »Ich habe uns, da warst du physisch durchaus noch da, du standest nämlich direkt neben mir, eine Wohnung mit zwei Schlafzimmern nicht weit vom *Mercado de Nuestra Señora de África* organisiert. Du wirst zufrieden sein: Das WLAN dort ist super – und die Bar an der Ecke auch!«

Ben durchforstete schnell sein Gedächtnis, die Info kam ihm bekannt vor, aber wirklich erinnern konnte er sich nicht. Seine Gedanken waren voll mit Überlegungen zu dem Bericht des Ibn Farukh, und er beruhigte sein aufblitzendes schlechtes Gewissen mit einem sanften »Na, das klingt ja wunderbar! Wer, wenn nicht du, vollbringt sogar in Karnevalszeiten solche Wunder«.

»Ja, da hast du recht! Aber jetzt vollbringe ich das Einschlaf-Wunder und schlafe in wenigen Minuten tief und fest. Das solltest du übrigens auch bald tun. Immerhin erwarte ich dich um acht Uhr als mein persönliches Flughafentaxi.«

»Ich freue mich auf morgen – und auf unsere Tage auf Teneriffa. Mit dir wird für mich nämlich sogar die *Beerdigung der Sardine* unterhaltsam werden. Dormir bien, träum was Schönes!«

Ereignisreiche Ankunft in Santa Cruz de Tenerife

Ben wachte auf und griff erschrocken nach seinem Handy, das auf dem rustikalen Tischchen aus kanarischer Kiefer neben seinem Bett lag. Es war erst 5.32 Uhr. Trotz der Erleichterung, nicht verschlafen zu haben, spürte er eine gewisse Anspannung. Oder Aufregung? Er beschloss, das Gefühl zu ignorieren und einfach sein Morgenprogramm durchzuziehen. Früh genug war er ja nun wirklich wach geworden. In der Nacht hatte er noch gepackt – das schaffte er immer in wenigen Minuten – und dann die alte dunkelbraune Reisetasche aus Ziegenleder, die ihn schon viele Jahre begleitete, auf der kleinen Bank im Vorzimmer deponiert. Sein Rucksack stand noch geöffnet auf dem Lesesessel in seinem Arbeitszimmer. In der Nacht hatte er diverse Ladekabel quer darübergeworfen, ob er an alle gedacht hatte, wollte er am Morgen checken.

Auf der Terrasse, von wo er den Atlantik mehr hörte, als dass er ihn sah, absolvierte er in der noch kühlen Luft ein paar Dehnungsübungen und Push-ups. Nur in ein buntes Badetuch gewickelt, bereitete er nach der Dusche seinen Berberminztee zu und setzte sich auf die Holzbank beim

Steintisch auf der Terrasse. Er liebte die Morgenstille begleitet vom permanenten Meeresrauschen. Ben schaute in den mit Hunderten von Sternen übersäten dunklen Himmel, überlegte, wann die Sonne aufging, und nahm bedächtig einen Schluck Tee. In Gedanken war er wieder bei der arabischen Expedition unter Kapitän Ibn Farukh. Wieso hatte er sich eigentlich mit den Arabern auf den Kanaren, fünfhundert Jahre vor der Eroberung durch die Spanier, nicht intensiver beschäftigt? Wohl hauptsächlich deshalb, weil es da nur wenige Informationen gab.

Er stand auf, trug seine Tasse in die Küche, spülte sie nachlässig aus und stellte sie ab. Flott bewegte er sich dann weiter Richtung Schlafzimmer. Das Badetuch flog im Vorübergehen durch die offene Badezimmertür achtlos über die Duschvorhangstange und blieb wirklich wie geplant oben hängen. Seine Reisekleidung hatte er noch am Vorabend vorbereitet. Im Vorzimmer warf er anschließend einen Kontrollblick in den Spiegel. Seine sportliche Figur wurde durch die dunkelblaue Stretchjeans und sein weißes Poloshirt noch unterstrichen. Seine dunkelbraunen strahlenden Augen sahen zufrieden aus. Er war bereit für den Tag – bereit, nach Santa Cruz zu fahren und Naira abzuholen.

Naira war sehr früh aufgestanden, ihr Kater Graf Potocki, kurz Tocki genannt, wirkte irritiert. Sie wusste, er hasste jede noch so kleine Änderung an den häuslichen Ritualen. Und nun saß er mitten in der Küchentür zur Terrasse und miaute fürchterlich. Naira kam sofort näher, streichelte ihn und flüsterte: »Ja sag einmal, Tocki, was hast du denn? War dir die Nacht zu kurz? Oder bist du bereits am Verhungern? Hmmm, mein armer Graf.« Tocki war bereits abgelenkt, denn Nairas Zopf fiel, als sie sich zu ihm bückte, nach vorn und bewegte sich nun hin und her. Tocki versuchte sofort, den Zopf zu fangen, indem er seine Pfote mit ausgefahrenen Krallen in das geflochtene Spielzeug krallte.

Naira entfuhr ein Schmerzenslaut. »Aua, das ist kein freundliches Guten Morgen!«

Tocki erschrak, zog seine Pfote – mit einigen langen dunklen Haaren in den Krallen – schnell wieder zurück und sah sie ganz und gar unschuldig an.

Naira schmunzelte und ging in die Küche. Dort füllte sie Tocki, der ihr auf dem Fuß gefolgt war, eine großzügige Portion seines Lieblingsfutters in den Napf. Mit ihrer Nachbarin Maria hatte sie gestern Nachmittag noch gesprochen, sie wollte ihren Kater versorgen. Maria galt als Ersatzkatzenmutter für die ganze Hood. Ihre Katzenliebe kannte keine Grenzen, sie half oft im Tierschutzverein, der sich auch um freilebende Katzen kümmerte. Eigentlich ging Tocki bei Maria auch ein und aus, ihre Gärten grenzten aneinander, und kein Zaun trennte die etwas wilden Gärten mit dem ungestörten Blick auf den Atlantik. Also musste sie sich keine Gedanken machen: Ihr Kater würde ausreichend gefüttert und auch liebevoll umsorgt werden.

Kaum hatte Tocki sein Frühstück erhalten, stand Naira wieder auf der Küchenterrasse. Sie schaute kurz in den noch dunklen Himmel, dann begann sie, einige ihrer Yoga- und Pilatesübungen zu vollführen. Sie liebte es, dabei der Sonne beim Aufgehen zuzuschauen. Als sie in ihrer gemütlichen kleinen Küche ihr Müsli zubereitete, heute mit fast überreifen Mangostückchen und dünnen Bananenscheiben, hatte sie schon eine Tasse Grüntee getrunken und dachte noch einmal über ihre bereits eingepackte Garderobe nach. Sollte sie ihr schickes rotes Kleid auch noch einrollen und mitnehmen? Eigentlich hatte sie ja für alle Eventualitäten vorgesorgt. Oder doch nicht? Es waren einige Tage, an welche Gelegenheit hatte sie womöglich nicht gedacht? Andererseits wollte sie in ihrem kleinen Koffer lieber noch Platz lassen, denn wenn sie in ihren alten Lieblingsboutiquen in Santa Cruz, die sie schon länger nicht besucht hatte, vorbeischauen würde, brauchte sie Stauraum im Koffer. Diese Überlegung brachte sie zum Schmunzeln.

Als es an der Tür klingelte, stand sie gerade im Vorzimmer und arbeitete ihre imaginäre Ich-verreise-was-ist-deshalb-notwendig-To-do-Liste ab. Sie öffnete und begrüßte ihren Besucher mit einem herzlichen »Buenos días, Ben! Magst du noch Tee oder Kaffee?«.

»Hola und danke nein, meine morgendliche Tasse Berbertee habe ich schon zu Hause genossen. Lass uns lieber gleich losfahren«

»Okay, ich bin abfahrtbereit, auf nach Teneriffa!«

Naira warf sich ihre dünne schwarze Nubuklederjacke über die Schultern, auch sie hatte sich für eine Jeans und ein weißes Shirt entschieden. Energisch nahm sie den bunten Street-Art-Trolley, der links von der Tür bereitstand, sah sich noch einmal um und trat nach draußen. Während sie ihr Häuschen verschloss, griff Ben nach ihrem Trolley und stellte ihn im Kofferraum seines Autos neben seiner Reisetasche ab. Dann hielt er ihr galant und mit einer angedeuteten Verbeugung die Beifahrertür auf: »Por favor, querida Naira!«

»Gracias, querido!«
Als Ben sich schwungvoll hinter das Lenkrad setzte, bemerkte Naira Tocki auf einem Mauervorsprung. Er beobachtete sie mit vorwurfsvollem Blick.

Sie fuhren über die Avenida Maritima, links säumten der Strand und der Atlantik die Straße, rechts standen schöne Stadthäuser, mittendrin die Casas de Los Balcones, die berühmten historischen Holzbalkone von Santa Cruz de la Palma. Es herrschte ein angenehmes, vertrautes Schweigen zwischen Naira und Ben. Der Weg zum Flughafen führte immer geradeaus, erst durch den Tunnel und dann wieder mit Blick aufs Meer. Sie waren fast allein unterwegs. Naira verspürte eine freudige Erwartung und summte ein Lied vor sich hin.

In weniger als fünfzehn Minuten erreichten sie den Flughafen. Sie stellten den Wagen in der Parkgarage ab und gingen fast im Gleichschritt Richtung Abflug.

Kurz vor dem Check-in fragte Naira: »Wollen wir hier noch einen Kaffee trinken oder lieber erst in unserer Unterkunft? Zeit hätten wir – aber die Bar bei unserer Ferienwohnung ist charmanter.«

»Wenn es dir egal ist«, sagte Ben lächelnd, »dann lieber

ohne Blick auf die Uhr drüben nach unserer Ankunft, also dann in ›deiner‹ Bar!«

Bei Binter Canarias, der kanarischen Fluglinie, die von den Canaris ebenso selbstverständlich benutzt wurde wie auf dem Festland die Autobusse, gab es ein fast sekundenschnelles Check-in, und so waren Naira und Ben innerhalb von wenigen Minuten für den Einstieg bereit. Ihr Gepäck nahmen sie mit in den Passagierraum und verstauten es in den Fächern über ihren Sitzen. Die beiden hatten in dem ziemlich leeren Flugzeug jeweils einen Fensterplatz in derselben Reihe gewählt.

Mit einem leichten Seufzer setzte sich Naira. »Das hat ja schon mal wunderbar geklappt. Ich bin sehr gespannt auf unsere Teneriffa-Karneval-Tage.«

»Ich auch, aber ich gestehe, ich bin vor allem auf das Buch, das Papierkonvolut oder was immer es ist, neugierig!« Ben gab sich schnell wieder cool, versuchte, seine Aufregung zu überspielen. Kaum hob der Flieger ab, gab es Abwechslung genug, denn immer wieder tat sich ein herrlicher Ausblick auf, zunächst auf La Palma, später hin zum *Teide* auf Teneriffa. Der *Pico del Teide*, der höchste Berg Spaniens, war von fast jedem Punkt der Insel aus sichtbar und von oben besonders beeindruckend.

Naira erzählte Ben von dem Spruch, den sie oft auf Teneriffa gehört hatte: »Wer nicht auf dem Teide war, war nicht auf Teneriffa!«

Aber natürlich kannte Ben den auch schon. Wie sie feststellten, hatte Naira ihm teneriffamäßig etwas voraus: Sie hatte während ihrer Studienzeit in La Laguna mit Freundinnen eine Nacht im wärmenden Schlafsack am Hang des 3.718 Meter hohen Vulkans verbracht.

Der Blick aus den kleinen Flugzeugfenstern auf Teneriffa, die größte Insel des kanarischen Archipels, war spektakulär. Von hier oben konnte man sehen, wie viele verschiedene Landschaften und Klimazonen, fruchtbare Täler und vulkanische Landschaften die Insel überzogen. Die morgendliche Luftklarheit verstärkte die Schönheit der Inseln noch, und auf dem bewegten Meer um sie herum glitzerten die Wellenkronen.

Nach nur fünfunddreißig Minuten landete der Flieger in Teneriffa Nord. Gleich nach dem Aussteigen legte Naira Bens Reisetasche auf ihren Trolley, ihre Lederjacke hängte sie auch noch darüber. Es war bereits ziemlich warm. Mit einem charmanten »Permiso« griff Ben nach dem Gepäckberg und rollte damit Richtung Bushaltestelle. Naira lächelte.

Der Bus wartete bereits, er war halb leer, und sie genossen eine entspannte Fahrt nach Santa Cruz de Teneriffa, die genauso lang wie der Flug dauerte: eine halbe Stunde. Unterwegs erzählte Naira Ben ein paar Episoden aus ihren Jahren auf Teneriffa. Sie hatte damals in La Laguna studiert und dann, zuerst nebenbei, irgendwann Vollzeit, in Felipes Buchhandlung gearbeitet. Bevor Naira mit ihrer Erzählung fertig war, sahen sie schon das markante, vom Stararchitekten Santiago Calatrava direkt am Meer erbaute Konzertgebäude *Auditorio de Tenerife*, über das sich ein riesiges Segel zog. Der Bus bog auf den großen Platz des *Intercambiador*, sie waren am Zentralen Busbahnhof angekommen. Von hier war es nicht mehr weit zu ihrer Ferienwohnung.

Auch diesmal schnappte sich Ben den Trolley samt Reisetasche, und sie überquerten die breite, vielbefahrene *Avenida Tees de Mayo*, gingen dann ein Stück die ruhigere *Calle Hernandez Alfonso* in Richtung *Mercado* entlang, und kurz danach bog Naira, die sich hier gut auskannte, links um die Ecke, und sie standen vor ihrem Quartier. Naira gab den Haustürcode ein, kurz darauf trugen sie ihr Gepäck die enge Treppe hinauf in den zweiten Stock.

Im Vorraum der Wohnung angekommen, blieben beide stehen und sahen sich um. Ben meinte: »Du hast die erste Wahl, ich sehe schon jetzt, dass das hier viel größer und gemütlicher ist, als es mein Hotelzimmer gewesen wäre!«

»Okay, dann schauen wir uns die Schlafzimmer an – und dort hinten muss die Küche sein. Ich habe von Inez einen kleinen Plan per Mail erhalten. Vamos!«

Der helle Vorraum mit seinen drei Fenstern erweiterte sich zum Essbereich, dort stand ein weiß lackierter Tisch aus Holz mit dazu passenden vier Stühlen. An der weißen Wand dahinter hingen einige kleine Fotos mit Motiven von Teneriffa. Sie ließen ihr Gepäck neben der Couch im Wohnraum stehen. Die beiden Schlafzimmer lagen auf der linken Seite des schmalen Flurs. Vor den Fenstern standen Platanen, aus denen Vogelgezwitscher drang, und sie hörten das Klappern von Tassen und Tellern, durchsetzt mit menschlichen Stimmen aus der kleinen Bar zwei Etagen unter ihnen.

Naira entschied sich sofort für das kleinere Zimmer: Im üppig gefüllten Bücherregal entdeckte sie ein Buch von Perez-Reverte. Später wollte sie schauen, was sich da sonst noch fand. Auch der elegante Schminktisch und die helle Einrichtung gefielen ihr. Über dem Bett hing ein großes Aquarell, das das kleine Bergdorf Masca im Süden Teneriffas zeigte. Ben war mit seinem geräumigen, hellen Schlafzimmer, in dem auch ein massiv wirkender Schreibtisch aus Kiefernholz stand, sehr zufrieden, stellte seinen Rucksack ab und holte die Reisetasche aus dem Vorzimmer. Gegenüber dem Schlafzimmer befand sich ein großes Bad mit Dusche und daneben ein Ankleideraum mit Regalen, Kästen und einem großen Spiegel.

»Platz genug für eine vierköpfige Familie«, stellte Ben fest, ging in sein Zimmer und nahm als Erstes seinen geliebten Berbertee aus der Reisetasche. Damit ging er in die etwas spartanisch wirkende Küche am Ende des Flurs und kontrollierte den Wasserkocher auf seine Funktionstüchtigkeit.

»Magst du auch eine Tasse Tee, Naira?«, rief er aus der Küche.

»Danke, nein, ich bin eigentlich eher kaffeedurstig. In zehn Minuten sind wir doch eh schon unten in der Bar, oder?«

»Okay, ja, ich benötige nur diese kleine Stärkung, erst dann kann ich meine Tasche ausräumen.«

Naira schmunzelte. Ben bereitete konzentriert seinen Tee zu, während der fünf Minuten schaute er gedankenverloren aus dem Küchenfenster in den kleinen, nicht sehr attraktiven Innenhof. In der Zwischenzeit räumte Naira ihren Trolley aus, verteilte den gesamten Inhalt auf den Ankleideraum, das Bad und ihr Schlafzimmer. Anschließend ging sie in die Küche, um zu prüfen, was sie an Nahrungsmitteln besorgen sollten. Zeitgleich mit der Fertigstellung der Einkaufsliste stand Ben mit seinem Rucksack in der Hand vor ihr und fragte: »Wollen wir nicht lieber gleich zu Felipe gehen und den Kaffee nachher trinken?«

Naira schmunzelte über seine Ungeduld. »Felipe erwartet uns erst gegen Mittag, da schaffen wir einen kurzen Kaffeestopp locker.«

»Bien, ich bin zwar sehr neugierig auf das Blatt, aber das werde ich ganz sicher auch noch in einer halben Stunde sein.«

Die kleine Bar an der Ecke zur *Calle Leoncio Rodriguez* hatte wie alle Lokale, die sich hier aneinanderreihten, einen Sitzbereich im Freien. Naira blickte über die vollbesetzten Tische und registrierte dabei ein Paar, das offensichtlich zahlen wollte. Sie begrüßte den Kellner so freundlich, als hätte sie erst gestern mit ihm gesprochen, und meldete ihren Platzwunsch an.

Ben staunte, wie schnell Naira auf diese Weise einen Tisch für sie organisiert hatte, und freute sich auf ein Croissant. Jetzt am Vormittag schwebte Kaffee- und Kuchenduft in der frühlingswarmen Luft der schmalen Gasse, ab Mittag würde sicher der Geruch von Gegrilltem und Fisch die Oberhand gewinnen. Vom Kinderspielplatz weiter vorne schallte Gelächter und Gekreische. Im Schatten der Platanen schlenderten Leute mit ihren Hunden, hüpften Kinder neben Erwachsenen, schleppten Menschen bis oben hin gefüllte Einkaufstüten, dazwischen immer wieder ein Rollator, ein Scooter – und hin und wieder flott gehende Businessmänner oder -frauen, die sich den schnellsten Weg durch die Menge bahnten.

Ein Kellner brachte Kaffee und Gebäck. Nach ein paar Minuten und mehreren Schlucken Espresso schaute Naira nachdenklich Ben an: »Ich könnte an Plätzen wie diesem stundenlang sitzen und nichts anderes tun, als Leute beobachten: Wie ist das bei dir?«

Ben überlegte nicht lange: »Mir geht's genauso. Denkst du dir auch immer Geschichten zu den Leuten aus?«

»Ja, immer! Es gibt da übrigens ein Theaterstück von Peter Handke, das ist ein deutscher, nein, ein österreichischer Literaturnobelpreisträger, der bei Paris lebt.«

»Ja, den kenne ich, na ja, ich kenne ihn vor allem durch die Serbien-Kontroverse. Welches Stück von ihm meinst du?«

»Ich habe vor Jahren ein Theaterstück von ihm gelesen und mir dann auf YouTube die Aufführung aus dem Thalia Theater in Hamburg angesehen. Es heißt *Die Stunde, da wir nichts voneinander wußten*. Seither denke ich, wenn ich auf solchen Plätzen wie hier sitze, oft daran.«

»Wow, du hast es dir in deutscher Sprache angesehen und verstanden?«, fragte Ben.

Naira zerplatzte fast vor Lachen: »Ja, das ist aber eine ziemlich einfache Sache: Das Stück hat keinen Text, es ist eigentlich eine Beschreibung von dem, was wir hier beobachten.« Sie machte eine ausladende Handbewegung, die die ganze Gasse einschloss, und der Kellner kam zum Tisch, weil er Nairas Handbewegung als Zahlungswunsch verstanden hatte.

»Schau, das ist mein absoluter kanarischer Lieblingsmarkt! Warst du da schon mal?« Naira zeigte zum *Mercado de Nostre Señora de África*, während sie über die *Plaza Primero de Mayo* zum TEA, *Tenerife Espacio de las Artes*, gingen.

Ben überlegte nicht lange. »Doch, aber das ist schon einige Jahre her. Ich hab damals für *Canaria Culinaria* einen Artikel über Märkte auf den Kanaren geschrieben. Aber seither habe ich ihn nicht mehr besucht. Du hast recht: Er ist eine Besonderheit! Damals gab es da auch einen Weinladen, der die besten kanarischen Weine im Angebot hatte. Wollen wir mal schauen, ob es den noch gibt, was meinst du?«

»Unbedingt! Ich glaube, den kenne ich sogar. Und noch etwas: Im zweiten Hof ist ein toller Stand mit selbst gemachter Pasta, wie in Bella Italia bei Mama!« Nairas Augen leuchteten auf. »Mindestes ein Essen sollten wir damit machen. Und weil wir gerade davorstehen: Die Buchhandlung im TEA ist für mich bei jedem Besuch Pflichtprogramm und ...«

»Hilfe!«, dramatisierte Ben mit erhobenen Händen. »Du hast versprochen, wir gehen auf dem schnellsten Weg zur *Libreria Fábrica de Tabaco*!«

»Das ist der kürzeste Weg, mein Lieber, glaub mir! Wir sind ja schon auf der *Puente Serrador* – ah, und schau mal, da unten rechts, im *Ponte*, *El Porron* oder im *Lebeche*, müssen wir unbedingt essen gehen, ich mag ja das ganze Noria-Viertel.« Flotten Schrittes gingen sie nun die belebte *Calle de Valentin*

Sanz bis zum Park an der *Plaza del Principe de Asturias* mit dem Jugendstilkiosk. Dort erstand Ben noch eine Teneriffa-Tageszeitung, die er ins Außenfach seines Rucksackes steckte. Anschließend bogen sie links in die *Calle del Pilar*, und schon standen sie vor einem herrschaftlichen, roten Bau mit Steinbalkonen, versehen mit der Aufschrift: *La Lucha Fabrica de Tabacos*. Eine Tabakfabrik war das Haus allerdings längst nicht mehr. Im Obergeschoss residierte nun das Statistikamt der Stadt. Im Erdgeschoss lag Felipes Buchhandlung *Libreria*.

Ben schaute Naira unauffällig von der Seite an. War sie aufgeregt, wieder einmal ihrem vergangenen Leben zu begegnen? Er merkte ihr nichts an, sie wirkte entspannt wie fast immer und zögerte keine Sekunde, die Buchhandlung zu betreten.

Als Ben hinter ihr hineinging, fiel ihm der Gegensatz zur *Biblioteca de Babel* in Santa Cruz de La Palma sofort auf: In Nairas wohnzimmerartiger Buchhandlung mit kleinen Tischen, gemütlichen Sesseln und einer Theke im hinteren Raum hatte er sich vom ersten Moment an zu Hause gefühlt, der Eindruck von kreativem Chaos forderte immer seine Aufmerksamkeit heraus, und er wusste, es gab einiges zu entdecken. Bei Felipe hingegen herrschte kühle Ordnung, von den grauen Stahlregalen bis zu den zwei großen Metalltischen mit den in Reih und Glied aufgelegten Büchern. Trotz der anwesenden, in den Büchern blätternden Kunden wirkte alles wie gerade frisch sortiert.

Zwischen den Tischen standen, als hätten sie sich hereingedrängt, drei lebensgroße Autoren-Pappaufsteller mit Bestsellerstapeln, die fröhliche Farben in den Raum brachten. Über den Regalen hingen schnörkellose Drucke mit Gedichten von Garcia Lorca. Links hinten, gleich beim letzten Schaufenster, stand ein Regal mit antiquarischen Büchern. Davor saß ein Mädchen mit braunblonden Rastas auf dem Boden und las in einem alt aussehenden Band. Es gab keine Sitzgelegenheit, aber alles war gut zugänglich und vermittelte den Eindruck einer weitläufigen Buchhandlung. Auch der Arbeitsplatz mit Computer und Kasse war aus Metall, allerdings mit einer schönen, grau lackierten, dicken Holzplatte als Auflage. Dahinter stand ein schlanker, fast hagerer Mann, ungefähr so groß wie Ben. Seine dunkelbraunen Haare waren kurz und akkurat geschnitten, und seine neugierigen, dunklen Augen leuchteten auf, als er Naira erkannte. Flott ging er um den Tisch herum und begrüßte sie herzlich. Ben beobachtete die Szene sehr aufmerksam und stellte fest, dass Felipe gut aussah. Gleichzeitig wurde ihm bewusst, dass ihm Naira von ihren Jahren mit Felipe nicht viel erzählt hatte.

»Felipe, das ist mein Freund und Stammkunde Ben Rodriguez, von dem ich dir schon viel erzählt habe. Ben, das ist Felipe.« Naira sprach noch schneller als sonst, eigentlich wie meist, wenn sie nervös war.

Ben und Felipe schüttelten die Hände.

Ben begrüßte den Buchhändler mit einem freundlichen »Hola, wie schön, dass wir uns nun auch persönlich kennenlernen«.

»Du bist also der Journalist, der die ultimative Kanaren-Geschichte schreibt«, meinte Felipe freundlich.

Ben antwortete: »Kanaren-Geschichte stimmt, aber

noch recherchiere ich. Ich möchte nämlich vor allem die Zeit vor der Ankunft der Spanier möglichst gründlich beschreiben. Deshalb auch meine Neugierde auf das Schriftstück von dir.«

Felipe rief in Richtung der antiquarischen Bücher: »Paula, kommst du bitte zu uns?«

Das Mädchen mit den Rastalocken stand rasch auf und kam zu ihnen herüber.

»Das ist meine Auszubildende Paula, sie ist eine begeisterte Leserin mit einer großen Leidenschaft für Fantasy. Sie hat ihre Lehre vor drei Monaten begonnen und kennt sich bereits sehr gut aus.«

Paula nickte mit einem freundlichen »Hola« in die Runde, und Felipe bat sie, an der Kasse zu bleiben, er wolle seinen Besuchern im Büro etwas zeigen.

Naira war schon um den Tisch herumgegangen und unterwegs in den hinteren Raum. Der Durchgang war offen und nur durch einen roten Fadenvorhang vom Laden getrennt. Ben folgte Felipe in den kleinen, fensterlosen Raum. Hier sah es eindeutig weniger ordentlich aus: Geöffnete Kartons flankierten den in der Mitte platzierten Arbeitstisch, und an den drei Wänden standen gut gefüllte Stahlregale voller Buchstapel, das Reservelager zum Nachfüllen im Laden. Ein Fach war besonders voll, Ben vermutete, dass darin die von den Kunden vorbestellten Bücher auf ihre Abholung warteten. Ein weiteres Regal beherbergte Papier, Verpackung, einen Drucker und Putzzeug.

Felipe ging zum Arbeitstisch, schob den dort stehenden Laptop und diverse Papiere zur Seite und holte aus der

Schreibtischschublade darunter ein Blatt in einer Klarsichthülle. Vorsichtig legte er es auf die Tischplatte.

Ben stellte seinen Rucksack ab und merkte, wie seine Spannung stieg. Naira spürte das offensichtlich, denn sie beobachtete ihn, wie er an den Tisch trat. Seine Brille hatte er bereits aufgesetzt und starrte auf das Blatt.

»Du kannst es gerne in die Hand nehmen, ich habe es extra in eine Hülle gesteckt«, sagte Felipe. »Der Junge hat es in einem alten Kuvert gebracht.«

Ben griff vorsichtig nach der Seite. Das Papier wirkte sehr gut erhalten, der Druck war kaum verblasst.

Der Bericht von Kapitän Ibn Farukh, der im Jahre CMLXIV mit drei Fregatten die paradiesischen Inseln, auch Canaren genannt, erkundete. Aufgezeichnet im Jahre MDCXLVIII von Manuel Diaz, stand unterhalb eines detailliert ausgeführten Kupferstiches mit Meeresstrand, Palmen, üppigen Pflanzen und zwei Männern mit nackten Oberkörpern und Lederröcken, die Ben als Guanchen zu erkennen glaubte.

»Unglaublich« flüsterte er. »Dieses Bild kenne ich nicht. Gran Canaria? Was meinst du, Felipe?«

Felipe druckste ein bisschen herum. »Na ja, weißt du, ich habe mich mit der Geschichte vor dem 20. Jahrhundert kaum beschäftigt. Es könnte auch Teneriffa sein, oder?«

Ben hielt Naira das Papier mit einem fragenden »Naira?« hin, und sie griff danach.

»Schaut auf alle Fälle extrem gut erhalten aus, vorausgesetzt, es ist echt. Das Kupferdruckbild ist wunderschön! Felipe, was meinst du, ist es wirklich möglich, dass es mehr als eine Seite davon gibt?«, fragte Naira.

»Ja doch, das kann ich mir schon vorstellen. Vor ein paar Jahren fand man in einer Bibliothek in Cordoba eine uralte Ledermappe aus dem 15. Jahrhundert, drinnen mehrere Seiten eines Kupferblockbuches, das nie inventarisiert worden war und deshalb die Jahrhunderte in einem alten Regal, ganz oben liegend, überlebt hatte. Wenn die Luftfeuchtigkeit in einem niedrigen Bereich liegt, können solche Papiere, in Leder eingewickelt, sehr gut erhalten bleiben. Ich habe, nachdem der Junge da war, etwas recherchiert und vorsichtig herumgefragt; wozu kenne ich so viele Bibliothekare?« Er lachte kurz auf. »Aber keines der als verschwunden oder gestohlen gemeldeten Schriftstücke in den bekannten Bibliotheksnetzen würde auch nur entfernt auf dieses Buch passen.«

Naira hatte das Blatt noch immer in der Hand und schaute wie gebannt auf den Kupferstich. »Und der Junge kommt erst am Samstag wieder?«

»Ja«, antwortete ihr Felipe, »das war schon seltsam. Ich hätte ihm den Besitz eines solch alten Buches nicht zugetraut; andererseits: Wer weiß, was noch alles in irgendwelchen Kästen, Koffern und Kisten verborgen liegt.«

Ben meinte nachdenklich: »Natürlich müsste man das ganze Konvolut sehen, in die Hand nehmen können. Aber der Titel ist ja schon eine Inhaltsangabe, und die ist faszinierend!« Die beiden anderen blieben stumm, und Ben sprach weiter. »Es gibt inzwischen Hinweise darauf, dass die Araber schon fünfhundert Jahre vor Columbus Amerika entdeckten, und wenn das zutrifft, dann sind sie sicher auch an unseren Inseln vorbeigesegelt oder haben hier noch Proviant geholt. Ich habe mich bis jetzt noch nicht richtig damit beschäftigt ...«

Genau in diesem Moment rief Paula etwas in Richtung Felipe, und mit einem »Augenblick, ich komm gleich wieder« wendete sich dieser vom Arbeitstisch ab, stieß mit seinem Fuß an Bens Rucksack, sodass der umfiel und die Tageszeitung herausrutschte. Felipe bückte sich schnell und wollte mit einem beiläufigen »Sorry, Ben« die Zeitung wieder in das Außennetz stecken, als er mitten in der Bewegung erschrocken innehielt: »Das gibt's doch nicht, das darf doch nicht wahr sein!« Er legte die Zeitung mit dem Titelblatt nach oben auf den Tisch und lief dann doch die paar Schritte hinaus zu Paula.

Ben und Naira schauten verdutzt auf die Zeitung. Auf dem Titelblatt war das Foto eines Jugendlichen zu sehen. Ben überflog den Text im Innenteil: Ein vierzehnjähriger Junge namens Angel Moya war am Containerhafen in Santa Cruz von Unbekannten erschossen worden. Er sei in Begleitung eines Erwachsenen gewesen, der wahrscheinlich angeschossen geflüchtet sei. Das hatten Passanten behauptet, die zufällig den Platz überquert hatten. Sie gaben auch noch an, dass fast im selben Moment auf der anderen Seite des Hafens ein Fahrzeug mit Vollgas das Gelände verlassen habe. Das Motiv der Tat sei unklar.

Bevor die zwei sich über das seltsame Verhalten von Felipe hätten austauschen können, war der nun mit ziemlich blassem Gesicht wieder zurück: »Ich kann's nicht glauben: Aber das hier«, er klopfte mit den Fingern auf das Titelblatt der Zeitung, »das ist der Junge, der mir diese Ibn-Farukh-

Seite gebracht hat und mir mit den anderen Seiten verkaufen wollte. Und nun ist der tot! Erschossen! Ein Vierzehnjähriger. Was machen wir denn jetzt? Ich habe weder Telefonnummer noch eine Adresse oder sonst etwas von ihm oder seiner Familie. Ich habe ihn vorgestern das erste Mal in meinem Leben gesehen, das ist eine schreckliche Geschichte ... Ich weiß überhaupt nichts von ihm ...«

Naira überlegte nicht lange und sagte nach einem schnellen Verständigungsblick mit Ben: »Felipe, hör mal: Ben und ich setzen uns jetzt in der Nähe in ein Café, willst du nicht mitkommen? Dann können wir gemeinsam ...«

»Danke, Naira, aber ich kann heut keine fünf Minuten weg. Ich habe hier in Kürze meinen nächsten Termin, es geht um ein Bibliotheksbudget, du weißt doch, wie das ist. Aber du, du hast doch so ein Faible für Kriminalistik: Denk du mal nach, wie wir die Familie des Jungen und damit die Besitzer des Buches ausfindig machen könnten. Wir können ja am Abend telefonieren.«

Ben stand etwas abseits, verfolgte das Gespräch. Seinen Rucksack und die Zeitung hatte er bereits in der Hand.

Kurze Zeit später saßen Naira und Ben auf der Terrasse der *Cafeteria El Aguila* auf der *Plaza Alferez Provisional*, in der Nähe von Felipes Buchhandlung. Vor ihnen standen die beiden Wahrzeichen des Platzes: der viel fotografierte, mächtige Drachenbaum und das bronzene *Monumente der Chicharro*, das Denkmal der Sardine. Der Schreck über Angels gewaltsamen Tod steckte ihnen in den Knochen.

»Ich verstehe Felipes Aufregung«, meldete sich Ben zu

Wort. »Der überraschende, brutale Tod des Jungen – und nun hat er gar nichts in der Hand außer dem vielversprechenden Titelblatt eines alten Buches, das ich gerne hätte. Was hältst du davon, wenn ich jetzt Manuel anrufe, der arbeitet ja seit über einem Jahr hier in Santa Cruz bei der Polizei. Vielleicht kann er uns der weiterhelfen?«

»Ja, das wäre eine gute Möglichkeit, vorausgesetzt, er kommt an die Infos zu diesem Fall ran – doch selbst wenn: Kann er uns Infos zukommen lassen?«

»Ja, stimmt schon«, meinte Ben und setzte leicht verschwörerisch fort: »Aber auch wenn wir hier auf der großen Insel Teneriffa sind, er und wir sind Palmerer, also so gut wie verwandt.« Naira schaute ihn erheitert an »Und außerdem mache ich mit ihm Hirtensprung im Sportverein.«

»Hast du seine Handynummer?«

Ben nickte und scrollte in seinem Telefon.

»Ja, ruf ihn an, das spart uns viel Recherchearbeit.«

Manuel Perez hatte sich vor mehr als einem Jahr von La Palma nach Teneriffa versetzen lassen. Hier hatte er wesentlich mehr Möglichkeiten, seine hochgesteckten Ziele zu erreichen. Für Ben war er wie der immer gut gekleidete, groß gewachsene, schlanke Bulle aus einer amerikanischen Netflix-Serie. Er mochte ihn. Und Manuel, der hatte ihm das in einer ruhigen Minute gebeichtet, sah Ben wie einen großen Bruder, vor dem er beträchtlichen Respekt hatte. Und das, obwohl Ben den Gegenentwurf zu Manuels bürgerlichen Vorstellungen eines Lebens darstellte.

Seit Manuel hier in Santa Cruz de Tenerife seine erweiterte Polizeiausbildung absolvierte, hatten sie sich aus den

Augen verloren. Daher war die Information, die Ben jetzt von Manuel wollte, auch eine Gelegenheit, ihre Verbindung wieder aufzufrischen. Manuel ging sofort ran. Beide stellten fest, dass sie seit ihrer letzten Begegnung eine gute Zeit erlebt hatten. Sie sprachen über Pedro, der ebenfalls bei der Polizei arbeitete, über ihre anderen Freunde, die alten Zeiten auf La Palma und natürlich über ihre gemeinsame Hirtensprung-Gruppe, die sich leider nur sehr unregelmäßig traf.

»Aber, Ben, du alter Guanche, was verschafft mir die Ehre deines Anrufes?« Manuel freute sich offensichtlich. Der meint das wirklich im Ernst, dachte Ben geschmeichelt.

»Ich bin auch hier auf Teneriffa, muss einen Artikel über den Karneval schreiben. Und ich brauch was von dir. Eine Information.«

»Über den Karneval?«, entgegnete Manuel verblüfft.

Ben lachte: »Nein, natürlich nicht. Ganz was anderes.«

»Ich gebe Auskünfte nur unter einer Bedingung«, erwiderte Manuel.

»Okay, ich zahle alles!«

»Ja, ja. Deine berühmte Ironie. Meine Bedingung ist mindestens ein Treffen mit meinem großen Vorbild Beneharo Rodriguez, wenn du schon mal da bist. Lässt sich doch machen, oder? Also, schieß los, was willst du wissen?«

»Vor Kurzem gab es einen Todesfall am Containerhafen. Ein vierzehnjähriger Junge wurde erschossen und ein Erwachsener angeblich angeschossen. Was war da los? War das ein Racheakt? Ein Raubüberfall wohl kaum. Habt ihr nähere Informationen? Was weiß man über den Toten? Was war sein familiärer Background, was sein soziales Umfeld? Kannst du mir da helfen, Manuel?«

Die Stimme von Manuel klang amüsiert: »Viele, viele Fragen. Neugierig warst du ja schon immer. Ein typischer Journalist, aber auch ein typischer Ben.«

Er schaltete um auf einen sachlichen Ton. »Du hast Glück. Ich bin tatsächlich in diesen Fall eingebunden. Was ich dir über den Fall des getöteten Jungen sagen kann, ist allerdings vertraulich. Und Details darf ich dir gar nicht erst verraten. Das, was du mit ziemlicher Wahrscheinlichkeit bald den Zeitungen entnehmen kannst, darfst du aber gerne vorab wissen.«

Korrekt war er schon immer, dachte sich Ben.

Manuel sprach seufzend weiter: »Es ist eine ebenso traurige wie mysteriöse Geschichte. Unter uns gesagt, Ben, wir wissen im Moment ziemlich wenig. Polizeibekannt war Angel Moya im strafrechtlichen Sinne nicht. Er war ein Herumtreiber. Ein Schulschwänzer, hat uns seine Schule mitgeteilt. Rein gesetzlich war er mit der Schule noch gar nicht fertig, hat sie aber gerade in der letzten Zeit kaum besucht. Wahrscheinlich wäre er sowieso über kurz oder lang bei uns aufgeschlagen. Bei dem biografischen Hintergrund auch kein Wunder. Eltern gibt's nicht mehr, die sind längst tot beziehungsweise nicht mehr anwesend. Die Mutter ist bei der erstbesten Gelegenheit nach der Geburt verschwunden. Den Vater traf bald danach dasselbe Schicksal wie jetzt, Jahre später, seinen Sohn – eine Pistolenkugel. Der war Mitglied einer organisierten Bande hier in Santa Cruz, kein großes Licht. Arbeitete als Gelegenheitschauffeur und Leibwächter. Bei einem Schusswechsel wurde er von der Polizei erschossen. Angel wurde mehr oder weniger von seiner Tante aufgezogen. Viel wissen wir darüber nicht. Die Tante ist, was ihren Neffen betrifft, extrem schweigsam, als hätte sie die Omerta, die Schweigepflicht der italienischen Mafia, erfunden. Vielleicht weiß sie aber auch nicht viel vom Leben ihres Neffen ... Wo sie allerdings großzügig mit Worten war: Uns, die Polizei, als Knechte der spanischen Imperialisten zu beschimpfen. Wir haben uns in der Wohnung umgesehen und Angels Zimmer durchsucht. Ein typischer Teenagerraum ohne irgendwelche Hinweise auf kriminelle Unternehmungen.«

»Kannst du mir den Namen und die Adresse dieser Tante geben?«

»Gerne, doch wahrscheinlich kriegst du aus der auch nichts über den toten Jungen heraus. Ich sende dir eine SMS mit Namen und Adresse.«

»Naturalmente und gracias, Manuel! Eine Frage noch. Der Junge war am Hafen nicht allein. Gibt's über den Begleiter Informationen? Wer und wo ist der Typ? Weiß man was über den Verletzungsgrad?«

»Nein, es gab keine Blutspuren. Aber er dürfte einen Schuss abgekriegt haben. Sagen unsere Experten, die ein Projektil mit hoffentlich auswertbaren Spuren aus einem der Container geholt haben. Jedenfalls ist er tatsächlich sang- und klanglos von der Bildfläche verschwunden. Ein Zeuge, der allerdings von den beiden weit entfernt war, meint gesehen zu haben, dass der Mann zusammengezuckt ist. Bis jetzt haben unsere Untersuchungen kein Ergebnis gebracht. Natürlich haben wir in Krankenhäusern und Arztpraxen trotz der Meldepflicht für Schussverletzungen nachgefragt. Und jetzt wirst du sicher auch noch wissen wollen, wer die beiden vor der Pistolenmündung hatte. Das wissen wir erst recht noch nicht. Es gibt vorläufig nur wilde Vermutungen. Ein Bandenkrieg zwischen der ansässigen Mafia, die durch die bereits legendäre große Razzia im letzten Jahr stark dezimiert wurde, und einer sich neu formierenden Konkurrenz? Und die beiden sind da vielleicht irgendwie dazwischengeraten? Aber, Ben, in diesem Fall lass bitte uns arbeiten. Du hast damals mit Naira bei der Lösung der Mordfälle an dem Bauunternehmer und dem Plantagenbesitzer auf La Palma mitgemischt. Erfolgreich und sehr fair, wie mir unser Freund Pedro im Vertrauen gesteckt hat. Aber das hier? Ben, das ist eine Nummer zu groß, sei vorsichtig, wenn wirklich das organisierte Verbrechen dahintersteckt ... Sag mal, warum interessiert du dich eigentlich für diese Geschichte?«

»Keine Sorge. Wir werden ganz sicher nicht Zwei-gegen-die-Mafia spielen, Manuel, da kannst du ganz beruhigt sein. Tatsächlich geht es mir um den Jungen. Lass mich dir das bei unserem Treffen ausführlich erzählen. Und ich halte dich auf dem Laufenden, sollte sich etwas Interessantes ergeben.«

»Okay, okay! Ich sende dir die Adresse und den Namen der Tante. Ist Naira auch in der Stadt?«

»Ja, sie möchte sich wieder einmal den Karneval anschauen.«

»Grüß sie von mir.«

»Mach ich gerne, Manuel, bis bald, adios!«
»Noch einmal, Ben: Bitte seid vorsichtig!«

Nur wenig später brachen Naira und Ben auf. Manuel hatte sein Versprechen sehr schnell eingelöst und die Daten von Grimanesa Moya, Angels Tante, gesendet. Naira gab die Adresse bei Google Maps ein und stellte fest, dass es nicht weit war: Einfach die *Puerto Escondido* Richtung *Rambla* und vor dem *Parque Garcia Sanabria*, der eigentlich einem botanischen Garten glich, rechts abbiegen. Sie hofften, die Tante würde keine lange Siesta halten. Naira meinte, wenn der Junge bei ihr gewohnt hatte, dann wüsste sie vielleicht auch etwas zu dem antiken Buch. Und Ben hoffte inbrünstig, dass Naira recht hatte.

Der Wohnblock schien in den 70er-Jahren erbaut und wirkte etwas sanierbedürftig, vielleicht hätte auch ein neuer Anstrich den Eindruck wesentlich verbessert. Die Gegensprechanlage funktionierte nicht, die Eingangstür stand offen, und an der Aufzugstür hing ein Schild mit der Aufschrift: *fuera de servicio*, außer Betrieb. Die beiden überlegten nicht lange, sondern stiegen zügig die abgenutzte, aber relativ saubere Treppe zur Wohnung im dritten Stock hinauf.

Nichts rührte sich, als Ben auf die Klingel drückte. Also klopfte er laut.

Grimanesa Moya, eine kleine, fast unscheinbar wirkende Frau, öffnete misstrauisch einen Spalt. »Was wollen Sie?«, bellte sie mehr, als sie fragte. Man sah ihrem Gesichtsausdruck an, dass sie die Antwort nicht wirklich interessierte, und sie wollte auch gleich wieder schließen.

Das verhinderte Bens Fuß in der Tür. »Señora Moya? Wir sind wegen Ihres Sohnes da. Wir möchte helfen, das Verbrechen aufzuklären, durch das er so jung sein Leben verloren hat.«

»Er war nicht mein Sohn, er war der Sohn meiner verdammten Schwester«, murrte sie merklich leiser, öffnete etwas weiter und wurde wieder etwas lauter. »Außerdem waren schon Polizisten da, ich habe alles gesagt. Die haben hier alles auf den Kopf gestellt.«

Während Ben auf den Kopf mit den grauen, fettigen Haaren der kleinen, stämmigen Frau hinuntersah, kam ihm eine Idee. Fies oder nicht, ein Versuch ist's wert, entschuldigte er sich im Gedanken bei seinen Freunden von der Kriminalpolizei, bevor er sagte: »Wir sind nicht von der Polizei. Die schert sich ja nicht um den Mord an Ihrem Neffen. Die kümmern sich nur um die Spanier und ihre Villen und um die reichen deutschen Touristen. Für uns Nachkommen der Guanchen haben die sowieso nur Verachtung übrig.« Von rechts spürte er Nairas Blick. Er vermied es, sie anzusehen, er hätte sonst nicht ernst bleiben können.

Die Tür öffnete sich weiter, Neugier und Interesse waren offensichtlich geweckt. »Ach, und Sie sind Guanche?«

»Ja. Und Zeitungs- und Buchschreiber, und ich möchte die Wahrheit über die brutale spanische Unterdrückung unseres Volkes schreiben. Dürfen wir eintreten, Señora Moya?«

»Señorita.« Die Stimme von Grimanesa Moya klang bereits eine Spur sanfter.

»Mein Name ist Beneharo Rodriguez, die Señorita an

meiner Seite ist meine Assistentin Naira, sie tippt die Artikel«, stellte er sich und Naira vor. Grimanesa interessierte sich kaum für Naira, und das war gut so, denn Nairas Gesichtsausdruck sprach Bände, selbst hinter dem versuchten Pokerface. Angels Tante genügte der fesche Guanche durchaus. Mit einer Handbewegung forderte sie Ben und damit auch Naira auf einzutreten. Die Wohnung wirkte bescheiden, aber ordentlich und wie frisch geputzt. Sie führte ihre beiden Besucher in ein kleines, sparsam eingerichtetes Zimmer mit weißen Wänden, in dessen Mitte ein einfacher Holztisch mit vier Stühlen stand. Auf jedem lag ein Sitzkissen in verwaschenem Rot. An der einen Wand stand ein im oberen Teil offener Geschirrschrank mit einem schönen alten Service, das sichtlich schon lange in Gebrauch war. An der gegenüberliegenden Wand zeigten zwei Fenster in den baumlosen Innenhof.

Die Moya forderte sie auf, Platz zu nehmen. Sie stellte Gläser auf den Tisch, holte frisches Wasser aus der Küche und brachte auch noch einen Teller mit *Gofio amasada*, Kartoffel-Honig-Mandel-Plätzchen. »Die hatte ich noch da, Angel hat sie sehr gemocht ...«

Danach brach es aus ihr heraus wie bei einem Vulkanausbruch. Die Lava ihres Wortschwalls bestand aus wilden, ordinären Beschimpfungen von denen da oben, durchsetzt mit den üblichen dazugehörigen Verschwörungstheorien.

Naira sah Ben mit einem eigenartigen Gesichtsausdruck an. Sie hatte sich schon längst entschlossen, Ben alleine agieren zu lassen und die beiden Guanchen bei ihrem Palaver nicht zu stören.

Ben fragte die Moya, während die kurz Luft holte: »Wer, glauben Sie, hat Ihren Neffen getötet?«

Ansatzlos setzte diese ihre Beschimpfungen mit wüsten Verschwörungen fort. Natürlich waren es die Festlandspanier, die Angel umgebracht hatten, mit ihrem Programm, die Inselbevölkerung zu dezimieren, um mehr Ausländer anzusiedeln.

»Besuchte Angel die Schule?«, schnitt Ben die Suada ab.

»Der und Schule?« Die Moya lachte bitter auf. »Nach dem soundsovielten Mal haben es diese Blödmänner endlich aufgegeben, Angel in die Schule zu schleppen. Er wäre sowieso geworden, was sein Vater war. Ein kleiner Gauner! Bei mir zu Hause war er ja kaum, die meiste Zeit war er unterwegs oder bei dem Alten im Laden! Keine Ahnung, was die beiden verbunden hat. Es war mir auch egal. Er war ständig in seinem Geschäft und half ihm angeblich bei der Arbeit. Arbeit! Was soll Angel in einem Laden mit alten Bildern arbeiten! Ich war gegen diesen Umgang, aber Angel hat schon lange nicht mehr auf mich gehört. Dabei wollte ich nur das Beste für ihn.«

Jetzt wurde sie weinerlich und begann, auf ihre Schwester zu schimpfen, die einfach abgehauen sei, als Angel zwei Jahre alt war. Und sie hetzte auch gegen Angels Vater, der habe sich zwar um den Sohn gekümmert, sei aber trotzdem ein Tunichtgut gewesen, ja, er sei ein Verbrecher. Er sei bei einem Schusswechsel getötet worden, kurz nach dem dritten Geburtstag des Jungen. Nach seinem Tod habe sie das Kind aufgezogen. Ohne sie wäre es in irgendeinem Heim gelandet. Dank habe sie aber nie bekommen ...

»Wie war eigentlich die Beziehung Ihres Neffen zum Großvater?«

Grimanesa sah Ben irritiert an: »Wie kommen Sie denn auf die Frage? Sein Großvater ist schon lange tot. Er hat ihn nie kennengelernt.«

»Er hat auch nichts von ihm geerbt?«

»Blödsinn, wie oder was denn?«

»Kennen Sie die Freunde von Angel?«

Sie jammerte wieder. »Woher soll ich die kennen, außer bei dem Alten war er oft am Hafen. Dort gibt es einen Haufen Herumtreiber, mit denen wurde er oft gesehen.«

Ben fragte weiter: »Sie sind eine bewundernswerte Frau, aber wie sind Sie eigentlich mit den zusätzlichen finanziellen Ausgaben für den Jungen zurechtgekommen?«

»Ich habe geputzt und Gelegenheitsarbeiten angenommen, soweit ich das mit dem kleinen Angel vereinbaren konnte. Später hatte ich dann mehr Zeit, je älter er wurde.«

»Davon konnten Sie diese Wohnung bezahlen? In dieser teuren Gegend?«

Sie trocknete ihre verweinten Augen und sah ihn kurz misstrauisch an, aber als Ben ihre Hände in seine nahm, war sie abgelenkt, offensichtlich beruhigt und getröstet. Endlich hörte ihr jemand wirklich zu, das war schon lange nicht mehr passiert, schien sie zu denken. Und dann auch noch einer, der wirklich einer von ihnen war. Und zudem freundlich! Vielleicht halfen ja auch seine großen, starken Hände.

»Ja, Señor Beneharo, als ich Angel zu mir genommen habe, da wohnte ich noch drüben bei der Raffinerie. Aber nach dem Tod seines Vaters wurde mir diese Wohnung hier angeboten.«

»Von wem, vom Staat?«, wunderte sich Ben.

»Natürlich nicht vom Staat, nein, von einem unbekannten Menschen, der mir regelmäßig, jeden Monat, eine bescheidene Summe überweist. Wahrscheinlich wird das jetzt aufhören.«

»Und Sie hatten nie persönlichen Kontakt mit Ihrem Gönner?«

»Nein, ich habe ihn nie persönlich kennengelernt. Das ging alles telefonisch.«

Ben tätschelte ihre Hände, und sie tranken aus. »Vielen Dank für Ihre Gastfreundschaft, Señorita Moya, ich werde einen schönen Nachruf auf Angel schreiben. Meine Begegnung mit Ihnen wird mir die Kraft dazu geben.«

Grimanesa sah ihn beinahe verliebt an.

»Ach ja, noch etwas. Könnten Sie mir noch die Adresse und den Namen des alten Mannes geben, bei dem sich Ihr Kind herumgetrieben hat? Den möchte ich mir wirklich gerne vorknöpfen.«

Jetzt sah ihn die Gastgeberin begeistert an. »Ja, der ist auch an allem schuld. Ein Spanier, aber der ist nicht von hier. Eine gute Freundin, mit der ich mich öfters treffe und die in seiner Straße wohnt, meinte, er sei aus Nordspanien. Er hat seinen Laden nicht weit von hier.« Sie holte einen Zettel aus der Küche. Während sie darauf in großen, schönen Buchstaben *Carlos Navarro* und die Adresse schrieb, schimpfte sie noch einmal so vulgär, dass Naira versuchte wegzuhören.

Ben stand auf, umarmte die Frau und flüsterte ihr zu: »Für unsere Sache! Ich komme wieder.«

Nairas leises »Adios« beim Aufbruch nahm die Moya nickend zur Kenntnis.

Schweigend gingen Naira und Ben die Treppen hinunter. Als sie auf der Straße standen und die frische Luft einatmeten, brach es aus Naira heraus. »Bitte! Was war das denn? Du bist so ein Schuft, so ein verlogener Hund, so ein skrupelloser Betrüger …«

Ben unterbrach die Empörte mit »Ich kann dich auch gut leiden.« und zwinkerte ihr zu.

Die musste jetzt lachen.

»Schau, Manuel hat gesagt, dass die Moya schweigt wie ein Grab«, erklärte er, »also musste ich das Grab mit der Guanchen-Schaufel öffnen. Immerhin haben wir die Adresse einer weiteren Bezugsperson des armen Angels erhalten. Vielleicht kann uns ja der Alte einen Hinweis auf das geheimnisvolle Dokument geben. Sehr ergiebig war die Grimanesa Moya wirklich nicht. Trotzdem, ich finde, jetzt haben wir uns einen Drink verdient.«

»Vor allem ich«, knurrte Naira. »Du Gangster.«

»Was hältst du von der seltsamen Señorita?«, fragte Ben auf dem Weg zu Carlos Navarro. Sie beide genossen die Sonnenstrahlen und die frische Luft nach der stickigen Unterhaltung mit der Tante.

»Eine schräge Figur, keine Frage. Ich habe mich die ganze Zeit gefragt: Trauert sie jetzt tatsächlich um ihren Neffen, oder war er ihr egal?«

Ben blieb unter der nächsten Platane stehen und sah

Naira nachdenklich an: »Meiner Meinung nach ist die gute Grimanesa eine kalte, berechnende Person. Die finanzielle Zuwendung ist sicher viel höher, als sie uns weismachen wollte. Und dass sie geputzt und für den kleinen Angel schwer gearbeitet hat, nehme ich ihr auch nicht ab. Ohne das Geld und die kostenlose Wohnung hätte sie sich wahrscheinlich nicht um den kleinen Schwesternbalg gekümmert. Sie war vermutlich sehr froh, dass der alte ...« Er sah auf den Zettel mit der Adresse und dem Namen. »... Carlos Navarro sich um Angel gekümmert hatte. Ihr einziger Schmerz, der ihr im Herzen brennt, ist wohl, dass jetzt der Zahlungsstrom versiegen wird.«

Sie schlenderten langsam weiter.

»Da sind wir bei der Frage: Wer ist der anonyme Wohltäter?«, sagte Naira. »Die Story klingt etwas nach dem *Graf von Monte Christo*, aber da Angel kein verstoßener Prinz war, sehe ich kein einleuchtendes Motiv.«

»Du glaubst nicht mehr an Märchen, Naira?«, hinterfragte Ben verschmitzt.

»No, ich kenne solche Geschichten nur aus den Büchern, die ich verkaufe. Obwohl ich zugeben muss, dass allein das bisherige kurze Eindringen in die Geschichte des Jungen etwas Mysteriöses und Geheimnisvolles hat.«

Ben nickte: »Ein weiterer Knackpunkt: Warum und von wem wurde Angel erschossen? Gibt es da einen Zusammenhang mit dem Geld, das Grimanesa Moya einkassiert hat? Oder mit Hintermännern oder Hinterfrauen? Ich gestehe, ich sehe nicht einen Hauch von Zusammenhang. Dann ist da noch die Sache mit Angels Begleiter. Manuel hat mir erzählt, dass die Polizei alle Krankenhäuser der Stadt befragt hat. Die müssen Schussverletzungen eigentlich von sich aus melden. Es ist aber keine einzige gemeldet worden. Und wie stand der Verschwundene zu dem Jungen? Ein Freund, ein Komplize? Was ist da passiert am Containerhafen? Vielleicht sind die beiden aus Versehen in einen Schusswechsel geraten? Ganz schön viele Fragen. Oder gibt es sogar einen Zusammenhang mit dem Konvolut, das er verkaufen wollte?«

Naira sah nachdenklich aus. »Von einem Schusswechsel wurde in der Zeitung allerdings nichts berichtet, nur von Schüssen. Aber zu unserem eigentlichen Thema – die vordringliche Frage ist ja: Woher hatte Angel das Blatt aus dem alten Manuskript? Wo ist der Rest? Wem hat er es geklaut? Ich glaube nämlich, dass er das irgendwo gestohlen hat. Die einzige Möglichkeit, das herauszufinden, ist dieser Carlos, der Alte. Wenn der auch nichts preisgibt, können wir einpacken. Ich frage mich ohnehin, ob der überhaupt mit uns spricht oder uns hochkant hinauswirft.«

»Warum sollte er?«

»Warum sollte er nicht?«

Naira wandte sich nach rechts, und Ben folgte ihr. Vor ihnen lag die *Plaza de los Patos*, der Entenplatz mit seinen vielen rundum mit ornamenthaften Kacheln verkleideten Steinbänken. Auch der Platz selbst war mit Fliesen bedeckt. »Komm«, sagte sie, »setzen wir uns kurz auf die Bank dort drüben, ich ruf noch Felipe an.«

Sie gingen am Entenbrunnen vorbei und steuerten eine blaugelbe Bank im Schatten an. Der Mittelteil der Lehne bestand aus Fliesen mit dem Zigarettenlogo der Marke *La Lucha*, sie war angenehm kühl. Ben stellte seinen Rucksack neben sich ab, Naira zog ihr Handy aus der Tasche und hatte sehr schnell Felipe am Ohr. Ihr Handy schaltete sie auf Lautsprecher, so konnte Ben mithören, trotz der vielen lärmenden Fahrzeuge, die den Platz umrundeten.

»Hola, Felipe! Wir waren jetzt bei der Tante des toten Jungen. Die ist eine sehr seltsame Person. Auf der einen Seite sehr verschlossen, was Informationen betrifft. Oder sie hatte einfach keine, weil sie keinen Zugang zu ihrem Neffen hatte. Und viel gesehen hat sie den Jungen anscheinend auch nicht. Auf der anderen Seite ist sie eine Enzyklopädie der wüstesten Beschimpfungen.«

Felipe lachte kurz auf.

»Na ja. Jedenfalls hat Ben einen Namen und eine Adresse aus ihr herausgekitzelt. Da gibt es einen alten Mann, bei dem sich Angel viel rumgetrieben hat. So hat es Grimanesa gesagt oder eher gekeift. Der Vorname Grimanesa ist der Hammer, oder? Warte mal, apropos Namen.«

Ben hielt ihr reaktionsschnell den Zettel der Moya hin.

»Carlos Navarro, sagt dir der Name etwas, Felipe?«

»Nein, tut mir leid«, antwortete ihr Ex, »nie gehört.«

»Der hat sein Geschäft bei dir in der Nähe, vielleicht kennst du ihn ja vom Sehen.«

»Aha, was für ein Geschäft, und wo soll das sein?«

»Ein kleiner Laden mit alten Bildern in der *Calle Jesus Nazareno*.«

»Ach so, der! Ja, den Laden kenne ich vom Vorbeigehen. Etwas heruntergekommen und verstaubt. Er hat Kupferstiche und Drucke mit Ansichten von Teneriffa und anderen Kanareninseln im Schaufenster, aber keine Bücher. Seine Ware wirkt nicht wie Massenproduktion für Touristen und ist auch nicht ansprechend präsentiert. Da stehen auch kleine Schiffsmodelle oder Statuetten. Obwohl, bin mir nicht sicher, ob das bei ihm war ... Ich war noch nie im Laden. Na, da bin ich jetzt gespannt, was bei eurem Besuch herauskommt. Halt mich auf dem Laufenden!«

»Adios!« Naira packte ihr Handy wieder ein, wendete sich Ben zu und sagte mit entschlossenem Blick: »Gehen wir's an, Beneharo Guanchen-König!«

Ben schaute verdutzt, sie standen auf und marschierten auf das nächste Abenteuer zu.

Carlos Navarro, der alte Mann, der sich um Angel gekümmert hatte, war also in einem kleinen Laden mit alten Stichen und anderem Krimskrams zu finden. Die Moya konnte sich nicht vorstellen, wie sich davon leben ließ. Naira und Ben mussten ihr recht geben, als sie das Geschäft in der schmalen Seitengasse erblickten. Sie standen noch auf der anderen Straßenseite und sondierten das Gelände.

Der Eingang war eine schlichte, geradlinige Eisen-Stahl-Konstruktion in Dunkelblau, die einen frischen Lackanstrich vertragen hätte. Der Laden hatte mehrere lang gezogene Schaufenster und wirkte auf Naira wie ein Aquarium. Er erstreckte sich über zwei Drittel der Länge des schmalen dreistöckigen Gebäudes, das offenbar in den 70er-Jahren in Billigbauweise errichtet worden war. Auch der Hauseingang neben dem Geschäft war aus Stahl gefertigt. Rechts davon befand sich ein sehr kleiner Shop mit Kinderkleidung. Der hatte, wie als Kontrastprogramm zum dem von Carlos Navarro, ein nach hinten versetztes, bunt gestrichenes Holztor und im Eingangsbereich links und rechts je ein sehr schmales Schaufenster.

Sie schauten noch einmal hinüber, durchs Fenster konnten sie von hier aus keine Bewegung im Inneren erkennen. Also überquerten sie das Gässchen, und Ben öffnete die knarzende, etwas klemmende Eingangstür. Sein Gruß beim Eintreten blieb unbeantwortet.

Im Laden war es ziemlich schummrig, es fiel kaum Sonnenlicht durch das niedrige Schaufenster. Der Gassenlärm war nur gedämpft zu hören, und im Raum war niemand zu sehen. Die Ursprungsfarbe des dunklen Schiffsbodens war nicht mehr erkennbar, aber das alte Holz wirkte eingeölt. Auf dem Ladentisch vor ihnen sahen sie eine alte, mit Ziselierungen versehene Registrierkasse aus Metall, die auf einer hölzernen Geldlade stand und eine Handkurbel hatte, aber garantiert keinen Computeranschluss.

Diese Kasse erweckte sofort Nairas Interesse. »So eine schöne habe ich noch nie im Einsatz gesehen«, flüsterte sie Ben zu.

An den Wänden links und rechts befanden sich halbhohe abgenutzte, dunkle Holzregale, in denen marmorierte Papiermappen lagen und einige antiquarische Bücher standen. Naira wollte am liebsten eines herausziehen, um es genauer anzuschauen, natürlich war sie neugierig, verkniff es sich aber. Zwischen den Mappen und Büchern lagen an manchen Stellen einzelne Blätter mit Drucken, Zeichnungen und Aquarellen. An den Wänden über den Regalen hingen Stiche und Drucke mit Inselansichten und alte Land- und Seekarten in verschiedenen Größen, ohne jegliche erkennbare Ordnung.

Hinter dem Ladentisch hing ein dicker dunkelgrüner Filzvorhang, der sich nun öffnete und kurz den Blick in einen größeren Raum mit einem Arbeitstisch freigab. Ein hagerer Mann im Werkstattoutfit, mit Arbeitshose und verwaschenem schwarzem T-Shirt, trat bedächtig hervor. Das Alter hatte ihn zwar leicht gebeugt, aber keinesfalls geschrumpft. Er war eine imposante Erscheinung mit üppigen weißgrauen Haaren, die sein von tiefen Falten geprägtes Gesicht wild umrahmten. Die großen schwarzen Augen, darüber buschige weißgraue Augenbrauen, blickten aufmerksam.

»Bitte, was kann ich für Sie tun?« Die Rauheit seiner Stimme brachte den Akzent noch deutlicher zur Geltung. Nordspanien stimmt, dachte Ben, aber sicher nicht Barcelona.

»Das ist Naira Calderón, und ich bin Beneharo Rodriguez«, stellte Ben sie vor. »Wir kommen aus La Palma und möchten Sie um Ihren Rat fragen. Es geht um den jungen Angel Moya, der so schrecklich ums Leben gekommen ist. Ich habe gehört, dass er sich häufig hier bei Ihnen im Laden aufgehalten hat.«

Ben hatte befürchtet, dass der Ladenbesitzer ungehalten werden könnte und sie nach seiner Eröffnung aus dem Geschäft schmeißen würde. Nichts dergleichen passierte. Der Mann blieb ruhig, höflich und höchst aufmerksam.

»Ich bin Carlos Navarro, der Besitzer dieses Ladens.« Zwischen ihm und Grimanesa lagen Welten im Verhalten. Ein bisschen Traurigkeit klang durch, als er fragte: »Hatte Angel was ausgefressen? Ich habe nicht das Gefühl, dass Sie von der Polizei sind?« Die Ruhe von Carlos war fast ein wenig unheimlich.

Ben antwortete ebenso höflich wie der alte Mann. »Wir sind tatsächlich nicht von der Polizei. Ich bin Journalist, aber nicht für die Sensationspresse, und Naira Calderón ist Buchhändlerin in Santa Cruz de La Palma.«

Carlos Navarro nickte grüßend zu Naira und fragte in bedächtigem Ton: »Und wie sind Sie auf mich gekommen?«

»Wir haben Grimanesa Moya besucht, die hat uns Ihren Namen und Ihre Adresse gegeben.«

»Das klingt nach einer längeren Geschichte, darf ich Ihnen etwas anbieten?«

»Vielen Dank«, antwortete Ben fast verlegen, »aber wir werden Sie nicht lange aufhalten.«

In diesem Augenblick kam unter dem schweren Vorhang eine relativ große Promenadenmischung von Hund hervor, der schwanzwedelnd auf Ben und Naira zuging und sie beide eingehend beschnüffelte.

Naira fragte: »Darf ich?«

Navarro nickte und beobachtete, wie sie sich hinunterbeugte und das semmelblonde, seidige Tier an den Ohren kraulte. Kurz darauf stellte sich der Hund aufmerksam neben seinen Herrn, als wäre er neugierig auf die Geschichte mit Angel, den er sicher gut kannte und den er wahrscheinlich vermisste. Vermutlich hatten sie oft miteinander gespielt.

»Nicht weit von hier ist die Buchhandlung Libreria fábrica de tabaco. Der Besitzer wurde vor wenigen Tagen von Angel besucht. Angel wollte ihm ein altes, ungebundenes Buch, angeblich aus dem Jahr 1648, verkaufen. Eigentlich hatte er nur das Titelblatt mit, und das überließ er dem Buchhändler, der es prüfen wollte. Angel ist nicht wieder bei Felipe Barceló, dem Buchhändler, aufgetaucht. Warum, wissen wir ja leider. Ich interessiere mich für dieses Dokument. Die Geschichte der kanarischen Inseln vor der spanischen Besiedlung ist mein Thema. Können Sie uns helfen? Woher könnte der Junge diese alten Seiten haben? Und offen gesagt, es tut mir leid, aber der Verdacht, dass er es gestohlen hat, liegt nahe.«

Seit Bens Erwähnung des Titelblattes war Navarro merklich angespannter, seine Ruhe wirkte noch konzentrierter.

»Angel war kein Engel, sein Name hat sich nicht auf seinen Charakter ausgewirkt. Trotzdem war er ein guter Junge, nicht wahr, Xaro?« Der Hund sah aufmerksam zum Meister hoch, als würde er ihn verstehen.

»Er hat dem Buchhändler gesagt, bei dem Buch handle es sich um eine Erbschaft seines Großvaters.«

Carlos lachte trocken auf. »Das ist wohl eine Geschichte, die sich Angel ausgedacht hat. Einen Großvater hat Angel nie beerbt. Es gab und gibt keine weitere Familie als seine Tante.« Mit fast unbewegter Miene sprach er weiter: »Die Buchhandlung in der ehemaligen Tabakfabrik kenne ich gut. Meine Nachtspaziergänge mit Xaro führen mich oft daran vorbei. Die Schaufenster sind ausgesprochen ergiebig. Ich habe keinen Fernseher und lese kaum Zeitungen, aber die Auslagen der Buchhandlung geben mir Auskunft über den Zustand der Welt.« Fast beiläufig fügte er hinzu: »Haben Sie dieses Blatt, mit dem Angel bei dem Buchhändler war, bei sich? Könnte ich es mir vielleicht ansehen?«

»Leider habe ich es nicht dabei. Gerne hätte ich die restlichen Blätter, aber ... Haben Sie eine Ahnung, wie wir in dieser verfahrenen Geschichte weiterkommen könnten?«

»Vielleicht«, antwortete Navarro verhalten. »Ich kenne einen Experten aus einem Museum, der seit vielen Jahren alte Dokumente restauriert. Es könnte sich ja um eine Fälschung handeln. Aber wenn es eine verlässliche Beurteilung gibt, dann durch meinen Freund Aitor Gabilondo. Wenn Sie mir das Blatt bringen, gebe ich es ihm. Da es bei der Analyse auf das Alter, die Papierqualität, den Druck und so weiter ankommt, muss es das Originalblatt sein.«

»Ich verstehe. Wir werden spätestens am Montag mit dem Titelblatt zu ihnen kommen.«

Xaro sprang plötzlich an seinem Herrn hoch, offensichtlich wollte er ihn zu einem Spaziergang animieren.

Carlos Navarro schaute Naira in die Augen. »Señora ...?«

»Naira Calderón.«

»Señora Calderón, mögen Sie Hunde?«

»Ja, warum?«

»Ich habe den dringenden Verdacht, Xaro möchte mit Ihnen eine kleine Runde drehen.«

»Sie glauben, er geht mit mir?«

»Ich bin überzeugt davon. Er liebt schöne Frauen.«

Naira lachte auf, irgendwie war ein Bann gebrochen. »Aber ja, das mache ich gerne.«

»Ich bereite inzwischen drei schöne Gläser des *Aniversario XO* der *Destillerie Ron Aldea* vor. Die kennen sie wahrscheinlich, die letzte Rum-Destillierie Ihrer wunderbaren Insel La Palma. Den hat mir Angel zum Achtundsiebzigsten gebracht. Ich habe ihn nicht gefragt, wie er zu so einem teuren Rum gekommen ist. Trinken wir ein Glas auf den jungen Angel, der nun keine Dummheiten mehr machen kann, und auf meine Trauer.« Trotz der angesprochenen Traurigkeit wirkte Carlos entspannt, entspannter als zu Beginn ihres Gesprächs.

Ben versuchte, die Gunst der Stunde zu nutzen und seine Frage anzubringen. »Wissen Sie eigentlich, wer der Mann war, mit dem Angel am Hafen gesehen wurde? Der Mann wurde angeschossen und hat sich dann förmlich in Luft aufgelöst.«

»Ich wusste nie, mit wem Angel unterwegs war, das war seine Sache. Ich habe auch nicht die geringste Ahnung, wer dieser Mann gewesen sein könnte.« Navarro fuhr nachdenklich fort: »Mir ist auch völlig unklar, was das für eine Schießerei gewesen sein soll. Angel war nicht kriminell. Zumindest noch nicht.« Ein Schatten huschte über sein Gesicht. »Er hatte wahrlich keine privilegierte Startposition ins Leben, aber ein Gangster, der am Hafen von irgendwelchen anderen Gangstern abgeknallt wird? Das passt nicht zu ihm. Man täuscht mich nicht so leicht.«

Navarro war sichtlich bemüht, wieder aus diesem Thema herauszukommen, und lächelte Naira freundlich an.

»Wir trinken nicht, bevor Sie mit Xaro wieder zurück sind. Und meine *Montechristo* werde ich mir auch erst dann anzünden. Es sei denn, dass Sie der Rauch einer edlen Zigarre stört.«

»Nein, überhaupt nicht, mein Vater liebt seine *Puro palmero* wahrscheinlich genauso wie Sie Ihre *Montechristo*.«

Inzwischen hatte Carlos Navarro von irgendwoher Xaros Leine hervorgezaubert und befestigte sie am ledernen Halsband des Hundes, der erwartungsvoll Naira anstarrte. Kaum hatte sie die Leine von Navarro entgegengenommen, zog Xaro schon Richtung Ausgang. Ben eilte hin und hielt den beiden die Tür auf.

Im Hinausgehen hörte sie noch Navarro sagen: »Vielen Dank, dass Sie meinem Xaro die Ehre Ihrer Begleitung schenken. Ich gehe nicht so gerne tagsüber auf die Straße. Das hat mir Angel oft abgenommen. Meine Zeit ist die Nacht.«

Geraume Zeit später waren Naira und Ben wieder unterwegs. Der Spaziergang mit Xaro war vollkommen problemlos verlaufen, der Hund kannte sich eindeutig gut aus und hatte Naira zu seinen bevorzugten Plätzen geführt. Bei ihrer Rückkehr war sie auf zwei sich recht gut verstehende Männer getroffen, versunken in einem Gespräch über die Eroberung der »Glücklichen Inseln« durch die Spanier.

Die *Plaza Weyler* lag nun schon hinter ihnen, sie schlenderten die belebte *Calle del Castillo*, die Fußgängerzone und Mainstreet für Shoppingfans, hinunter und bogen dann in die etwas ruhigere *Calle de Valentin Sanz* ein.

Nach wenigen Schritten fragte Naira: »Machen wir einen kleinen Umweg übers *Teatro Guimera*?«

»Ja, gerne! Da bin ich schon lange nicht mehr vorbeigegangen, das ist doch das Theater mit der großen Skulptur eines Gesichts davor, oder?«

»Ja, genau! Wusstest du, dass es das älteste Theater der Kanaren ist? Und dass genau an dieser Stelle vorher ein Dominikanerkloster stand, das Königin Isabell II. abreißen ließ? Deshalb sieht man den alten Namenszug *Teatro Isabell II* noch heute, obwohl es mittlerweile nach dem Dichter Angel Guimerá ben ...«

»Hilfe!« Ben lachte, drehte sich zu Naira und hielt sie kurz an den Händen fest: »Ich habe doch keine Nachhilfestunde in Kulturgeschichte von Santa Cruz gebucht, oder?«

Schmunzelnd erklärte Naira: »Über die ereignisreichen letzten Stunden werden wir sicher beim Abendessen ausführlich reden, jetzt brauchen wir ein Gegengewicht. Ich mochte diesen etwas abseits gelegenen, ruhigen Platz schon immer. Damals, als ich hier gelebt habe, saß ich manchmal zum Nachdenken auf den Stufen vor der Skulptur. Das Gesicht wirkt übrigens je nach Sonne und Schatten anders.«

Inzwischen standen sie davor. Ben hatte das Gefühl, er sehe es heute das erste Mal, und überlegte, ob er vielleicht vor Jahren Naira hier hatte sitzen gesehen. Ihr markanter dunkler Zopf wäre ihm doch sicher aufgefallen.

»Seit wann trägst du eigentlich deinen Zopf?«

Naira war verblüfft. »Interessante Frage, lass mich nachdenken. Praktisch, seit ich denken kann. Kleinkind, Schulkind, Studentin, Buchhändlerin: also ewig! Wie kommst du jetzt auf diese Frage?«

»Hm, ich habe dich im Geist als Studentin hier sitzen gesehen und überlegt, ob du damals schon deine Haare in Zöpfen gebändigt oder einen flotten Kurzhaarschnitt getragen hast.«

»Was würde dir besser gefallen?«

Wie aus der Pistole geschossen kam die Antwort: »Der Zopf natürlich, aber mir gefällt es auch, wenn deine Haare locker hochgesteckt sind, da wirkst du wie eine Guanchen-Prinzessin!«

Naira kicherte. »Ich glaube, es reicht für heute mit den Guanchen-Scherzen. Hast du vielleicht Lust, noch die paar Meter weiter bis zur *Iglesia de la Concepcion* zu gehen? Ich liebe den Platz. Kennst du das *Guachinche La Noria* gleich dort an der Ecke? Da habe ich früher oft gegessen oder mir etwas mitgenommen.«

»Das kenne ich nur vom Vorbeigehen. Du weißt ja, wann immer ich auf Teneriffa bin, halte ich den Aufenthalt so kurz wie möglich. Und Essen wird mit Terminen verbunden. Wollen wir das in unser Abendprogramm einbauen?«

»Gute Idee, erstellen wir uns einen Ausgehplan. Aber heut Abend möchte ich gerne ins *Bulan*, an das habe ich so gute Erinnerungen.«

Ben überlegte kurz, was wohl in diesem Fall gute Erinnerungen waren, und sagte dann: »Weißt du was, wir sollten unbedingt ins *Mío Víctor Cruz*, das ist ein angesagtes Fusion-Restaurant; ich war noch nie dort, ein Bericht für mein Magazin *Canaria Culinaria* ist schon lange fällig.«

»Ach so«, sagte sie, »du willst das schon wieder mit Arbeit verbinden!«

Er zuckte mit den Schultern. Dann schlenderten sie links um eine Kirche herum. Mit einer Handbewegung zur kleinen Fußgängerbrücke, die nun vor ihren Augen lag, schlug Ben vor: »Gehen wir gleich da rüber, zum *Museo de Naturaleza y Arqueologia* und von dort hoch zum *Mercado*?«

»Gerne. Von diesem *Museo* schwärmst du jedes Mal, wenn du auf Teneriffa warst. Ist es so viel besser als unser *Museo*, Benahoraito, in Los Llanos?«

»Ich glaube, die beiden kannst du gar nicht vergleichen. Schau dir nur die großartigen zwei oberen Stockwerke hier an. Und die Guanchen-Mumien sind sowieso einzigartig auf der Welt!«

»Womit wir schon wieder bei den Guanchen gelandet wären«, murmelte Naira.

»Du, ich will kurz Manuel anrufen, obwohl ich unsere Gespräche mit Grimanesa und Navarro noch nicht richtig einordnen kann ...«

»Na, dann nehmen wir doch gleich den unteren Eingang vom TEA und trinken vor dem Einkaufen im Hof des *Mercado* einen frisch gepressten Orangensaft. Auf den hätte ich jetzt Lust! Und dann telefonieren wir: Du rufst Manuel an, und ich reserviere uns einen Tisch für heute Abend im *Bulan*.«

»Okay, so machen wir's!«, sagte Ben.

Die Innenhöfe des Mercado lagen bereits im Schatten, Naira und Ben hatten ihre Telefonate erfolgreich absolviert. Sie warteten mit ihrer mit Mango, Bananen, Papaya, Tomaten,

Oliven und Maracujas gefüllten Tasche beim großen Schinken-Käse-Stand. Ihre Nummer hatten sie vor über fünf Minuten aus dem Gerät gezogen, die Menschenschlange an der Theke vor ihnen wurde langsam kürzer. Naira hatte Ben versichert, der eine besondere Ziegenkäse lohne das Warten.

»Ich freue mich schon so auf die Dusche«, ließ sie Ben wissen.

»Ich auch, aber zum Weinstand schauen wir trotzdem noch, ja?«

»Natürlich. Ah, unsere Nummer ist dran! Such du den Jamon aus, ich bestelle meinen Käse.«

Die Verkäufer waren schnell wie Akkordarbeiter, und wenige Minuten später standen sie vor der großen Auswahl an kanarischen Weinen. Sofort entwickelte sich ein Fachgespräch zwischen Ben und der kompetenten Besitzerin. Am Ende hatte Ben gleich sechs verschiedene Flaschen erstanden, die sie nach Bens Meinung der Reihe nach testen sollten.

»Aber in die Fischhalle im Untergeschoss gehen wir jetzt nicht mehr«, beschied Naira nachdrücklich und erntete keinen Widerspruch. Sie gingen den kurzen Weg bis zu ihrer Unterkunft fast schweigend, und Naira hoffte, dass sie diesmal den Schlüssel zu Haustor und Wohnung schnell finden würde. Sie hasste das Herumkramen in vollgepackten Taschen.

Sie hatten ihren Platz vor dem Lokal *Bulan* im Stadtteil *Las Norias* eingenommen. Die Eisensessel mit den dicken weißen Sitzkissen waren bequem, der Blick auf die malerische autofreie Gasse *Calle de Antonio Dominguez Alfonso* mit ihren vielen Lokalen, alle mit Tischen im Freien, und den schlendernden Leuten entspannend. Es wurde rundherum viel gelacht und gescherzt. Sie studierten konzentriert die umfangreiche Speisekarte.

»Du, ich hab dich ja noch gar nicht gefragt: Wie war eigentlich dein Spaziergang mit dem Hund?«

»Oh, Xaro ist so entzückend, so zutraulich«, begann Naira zu schwärmen, »der mochte mich sofort und ist immer wieder an mir hochgesprungen. Als wollte er mir seine Begeisterung nachdrücklich zeigen. Sein Fell ist so seidig wie bei einer Katze, dabei hat er doch eher Ähnlichkeit mit einem Retriever, meinst du nicht auch? Obwohl: Der sehnige Körper erinnert mich auch an unsere *Podenco Canario*, die Canarenhunde ... Weißt du was? Ich möchte auch so einen!«

»In der Buchhandlung?«

»Ja, warum nicht?«

»Und zu Hause? Was meint da dein Kater Tocki dazu? Der wird wohl nicht begeistert sein.«

»Ich werde meinen Graf Potocki nächste Woche befragen«, sagte Naira lachend.

Der Kellner unterbrach ihr Gespräch mit der Frage nach dem Aperitif. Sie schauten ihn beide schuldbewusst an: Sie hatten sich bei den Vorspeisen festgelesen, weiter waren sie nicht vorgedrungen. Die Getränke hatten sie noch gar nicht betrachtet. Naira entschied sich nun blitzschnell für ein kühles Cerveza, Ben schloss sich an.

»So, der Anfang wäre gemacht, aber weißt du schon, welche Vorspeise du willst?«, fragte er dann.

»Hm, eigentlich zwei, ich kann mich nicht entscheiden. Aber dann darf ich mir die Hauptspeisen gar nicht anschauen, die Portionen hier sind ja nicht gerade klein ...«, gab Naira zu bedenken.

»Zwischen welchen beiden schwankst du denn?«

»Zwischen den *Gambas con Pulpo o Gambas al Ajillo* und den *Brochetas de Langostinos Alcados*. Aber ich habe auch die Salate hier in sehr guter Erinnerung, ach, ist das schwierig ...« Sie verdrehte theatralisch die Augen zum Himmel.

Da stellte der Kellner mit einem freundlichen »Salud« die Biere auf den Tisch. »Möchten Sie schon bestellen?«

»Perdon, Ihre Karte ist so wunderbar umfangreich, wir sind noch am Studieren.«

Der Kellner lächelte, nickte zustimmend und verschwand wieder im Inneren des Lokals.

Ben fühlte sich überfordert von der Auswahl. »Naira, nehmen wir doch die von dir ausgewählten Vorspeisen und tauschen bei der Hälfte.«

»Super, das gefällt mir! Und hast du dir schon die Hauptspeisen angesehen?«

Ben kam gar nicht zum Antworten, Naira redete gleich weiter:

»Entweder nehme ich etwas aus der Streetfood-Karte, oder du teilst auch die Seafood-Paella mit mir, wie wär's? Pasta ist hier zwar auch gut, aber die nehme ich morgen – oder übermorgen – im Mercado mit. Du sagst ja gar nichts?«

»Vielleicht weil ich nicht zu Wort komme?«, scherzte

Ben und entschied sich, auch die Paella mit Naira zu teilen. Hätte er das *Chuletón Madurado de Vaca* auf der Karte entdeckt, wäre es vielleicht anders gekommen. Er winkte dem Kellner, der sich dezent im Hintergrund gehalten hatte und jetzt sofort an den Tisch kam. Die Bestellung war nun ziemlich einfach, aber die Weinwahl stand auch noch an.

Naira legte ihre Karte weg und meinte: »Ben, such du mir bitte einen schönen Weißwein aus, einen, der zumindest annähernd so gut ist wie der von den Torres-Schwestern.«

»Okay, ich werde mich bemühen, aber vorher interessiert mich: Was war denn dein Lieblingswein, als du noch auf Teneriffa gelebt hast?«

»Mein lieber Ben, das ist ja schon ein paar Jahre her, ich kann mich an keinen erinnern ...« Naira lächelte ihn an.

Nach einem Blick in die Weinkarte bestellte Ben den El Sitio, einen Malvasier. Er wusste, dass Naira Malvasier liebte, also konnte er mit dieser Wahl nicht falschliegen.

Fast synchron griffen sie nach ihren Biergläsern und nickten einander zu, als ob sie gerade etwas besonders Schwieriges erledigt hätten.

Naira sah in ihrem dunkelblauen, ärmellosen Kleid sehr elegant aus, sie hatte auch eine passende dünne Jacke mit, die sie über die Sessellehne geworfen hatte. Es war noch immer warm genug. Ihre kräftigen dunkelbraunen, fast schwarzen Haare hatte sie nicht wie sonst geflochten, sondern hochgesteckt. Ben überlegte, ob das sein Satz vom Nachmittag ausgelöst haben könnte.

Naira wischte sich mit der Serviette den nicht vorhandenen Bierschaum von den Lippen. »Dieser Carlos Navarro war ein richtiger Sir, oder? Sehr charmant, ja, und er wirkte, als verbärge er etwas, wenn es nicht sogar mehr als ein Geheimnis hat. Hast du das Gefühl, dass er um Angel trauert?«

»Im Gegensatz zu Grimanesa: ja! Aber großzügig ist er sicher nicht mit Gefühlsbekundungen. Nur im Vergleich zu Grimanesa hat er überhaupt keinen Hang zur Melodramatik.«

»Ja, das sehe ich auch so«, stimmte ihm Naira zu.

Ben sah sich um. Am Nebentisch hatte ein Paar Platz genommen.

»Ich liebe Teneriffa!«, flüsterte die Frau euphorisch und für Ben hörbar. Der darauffolgende lange und tiefe Kuss galt vermutlich dieser außergewöhnlichen Insel.

Die anderen Tische waren bereits fast alle besetzt, auf den wenigen noch freien stand ein *Reservado*-Schild. Gut, dass wir vorhin reserviert haben, dachte sich Ben.

Für Ben war Naira die attraktivste Frau von allen, doch er sagte lieber nichts. Naira mochte keine Komplimente. So erhob er nur das Glas mit dem frisch eingeschenkten Malvasier. »Saludos, Naira, schön, dass du nach Teneriffa mitgekommen bist. Das war ein Tag, was?«

»Saludos, Ben, und was für einer! Bin sehr gespannt, was uns die nächsten Tage noch bringen.« Und dann fragte sie ansatzlos: »Findest du es eigentlich eine gute Idee, Carlos das Originalblatt zu übergeben? So gut kennen wir ihn ja eigentlich nicht, oder? Ist das nicht riskant?«

»Ich traue ihm. Ich habe, während du mit Xaro durch die Gassen von Santa Cruz spaziert bist, mit ihm über die

Guanchen und die Geschichte dieser Epoche gesprochen. Und ich behaupte, seine Neugierde auf das Buch ist mindestens so groß wie meine. Vor allem, nachdem ich ihm die Fotos auf meinem Handy gezeigt habe. Für ihn sieht das nicht wie eine Fälschung aus. Und er hat seinen Experten noch einmal gelobt, diesen Señor Aitor, samt dessen Beziehungen zu Museen, Druckereien und Papierhersteller. Ich nehme ihm sein ehrliches Interesse ab.«

Naira seufzte. »Hier überlagert ein Thema das andere. Auf der einen Seite dieser geheimnisvolle Text aus der Vergangenheit, auf der anderen unsere Überlegungen zu dem Mord an Angel. Wollen wir jetzt das Manuskript finden, oder gehen wir auf Mördersuche?«

»Beides, denke ich. Da wir nicht wissen, ob das eine im Zusammenhang mit dem anderen steht, haben wir doch gar keine andere Wahl.«

»Da hast du leider recht«, sagte Naira bedauernd.

Die köstlich aussehenden Vorspeisen wurden gerade serviert. Nach einigen genussvollen Minuten wurden die Teller getauscht, und sie konnten sich nicht entscheiden, welche der Vorspeisen nun wirklich die bessere Wahl war.

Ben nahm einen Schluck Wasser, bevor er sprach. »Zuerst müssten wir aber den Begleiter von Angel kennen, der ist meiner Meinung nach der Schlüssel zu der Geschichte. Hast du auch das verräterische Zögern von Carlos bemerkt, als ich ihn nach dem Mann gefragt habe?«

Naira nickte heftig und hob ihr Weinglas, der El Sitio schmeckte ihr sichtlich.

»Aber ich kann ihn ja nicht foltern, damit er mit dem Namen rausrückt«, ergänzte Ben.

»Wehe, dann kriegst du es mit mir und Xaro zu tun.«

Ben machte ein ängstliches Gesicht und lachte. Der Kellner lächelte über Bens Faxen beim Abräumen der leeren Teller. Die Paella würde noch etwas Zeit benötigen.

Nach einigen Minuten, jeder hing seinen Gedanken nach, meinte Naira mit ernster Miene: »Wahrscheinlich hat Manuel nicht so ganz unrecht mit seiner Warnung, dass der Fall etliche Nummern zu groß für uns ist. Wenn das nämlich wirklich eine Mafia-Geschichte ist, sollten wir die Finger davon lassen.«

»Da geb ich dir recht. Aber genau das müssen wir zuerst herausfinden. Das Blatt Papier passt noch nicht ins Gesamtbild. Der Todesschuss auf den Jungen kann auch nur ein unglücklicher Zufall gewesen sein. Und dann noch etwas: Angel hat mit seinem Großvater und der Erbschaft gelogen, trotzdem befindet sich noch irgendwo das Manuskript. Nur wo? Die Wohnung von Grimanesa wurde von der Polizei gründlich durchsucht. Das kleine Zimmer von Angel bot außer typisch pubertärer Dekoration nichts. Das hätte mir Manuel sicher gesagt.«

»Stichwort, Ben! Wieso gibt dir Manuel so mir nichts, dir nichts die Informationen? Darf er das überhaupt? Gibt es da keine Schweigepflicht?«

»Erstens wollte er mir einen Gefallen tun, und na ja, er hat mir ja in Wirklichkeit nur von einem für die Polizei unwesentlichen Teil der bisherigen Ermittlungen erzählt. Angels Tante und ihre Adresse hätten wir auch so herausfinden können, und den Teil mit der Organisierten Kriminalität und der daraus hervorgehenden Gefahr hat er ja nur in Form seiner Warnung angebracht. Der Schlüssel für uns ist und bleibt meiner Meinung nach der ominöse Begleiter.« Weiter kam Ben nicht, denn nun landete die große Pfanne mit der Meeresfrüchte-Paella auf dem Tisch.

»Wenn die nur halb so gut ist, wie sie aussieht!« Naira setzte sich aufrechter und nahm sich ihre Lieblingsteile auf den Teller. »Ist das okay für dich, Ben?«

»Was machst du jetzt, wenn ich ›nein‹ sage? Alles wieder zurück?« Ben musste lachen. »Alles gut, alles o. k.! Naira, du bist eindeutig hungriger als ich!«

Es war mehr als genug für beide in der Pfanne. Die Weinflasche war schon fast leer, und sie hatten bereits die zweite Wasserflasche angebrochen. Sie vertieften sich in ihr Essen und stellten dabei fest, dass sie endlich einmal miteinander kochen wollten. In der Pfanne blieb am Ende eine kleine Portion Reis übrig – eine Nachspeise war für beide einfach unmöglich.

Naira nahm ihr Gespräch vor der Paella wieder auf: »Der unbekannte Mann am Hafen, das klingt jetzt wie der Titel eines Krimis, vielleicht können wir noch mal bei Carlos Navarro nachhaken – oder wir haben morgen früh eine andere gute Idee!«

Sie hoben die Gläser mit dem letzten Schluck Wein, dann fasste Ben zusammen: »Ja, wir wollen den Grund für Angels Ermordung herausfinden, und wir wollen das Geheimnis um das Manuskript lüften. Manuel hat selbstverständlich recht, dass wir beide uns in die Machenschaften der Organisierten Kriminalität nicht einmischen sollten. Und abgesehen davon, dass das Größenwahn wäre, ist es auch kein Anti-Aging-Programm, sondern würde mir einige neue graue Haare bringen. Trotzdem müssen wir wissen, wer der zweite Mann am Hafen war.«

Als sie später über die Brücke auf den *Mercado* zugingen, schaute Ben prüfend zu Naira: »Sag mal, bist du auch so müde wie ich?«

Naira meinte nur: »Bei mir ist es das übliche Paella-Koma, das kenne ich von klein auf.«

»Was ist denn das? Davon habe ich noch nie gehört«, witzelte Ben.

»Ach, frag mal deine Nichte Elena, die kann es dir bestimmt erklären. Obwohl: Ich befürchte, das ist heute kein Wort mehr, das Jugendliche verwenden.« Naira kicherte leise und zeigte dann nach vorne: »Schau mal, die Beleuchtung der Palmen vor dem *Mercado* ist wunderschön. An die kann ich mich gar nicht erinnern, die muss neu sein!«

»Ja, und schön theatralisch! Wann warst du denn das letzte Mal hier?«

»Das ist erst zwei Monate her; aber, jetzt fällt mir ein: Da war ich nur einen Tag hier und bin mit der 22-Uhr-Maschine wieder nach Hause geflogen.«

Sie gingen langsam nebeneinander in die kleine Gasse, die zu ihrem Quartier führte. Auch hier war trotz der Dunkelheit das Abendleben noch voll im Gange: Menschen jeden Alters waren unterwegs, Kinder liefen kreuz und quer, Paare schlenderten Hand in Hand oder saßen auf Bänken.

Dazwischen schlängelten sich Scooter und vereinzelt auch Fahrräder durch die Leute und versuchten, auch den Hunden auszuweichen. Plötzlich hielt Naira vor einem Plakat inne: »Schau mal, Ben, morgen ist ein Konzert: Mozart und kanarische Volksweisen, na, das klingt etwas schräg. Da würde ich gerne hingehen, wenn es noch Karten gibt. Was meinst du?«

»Die Mischung klingt interessant, und da ich weiß, wie gerne du der Timple lauschst, schaue ich gleich oben nach Online-Karten.«

Naira lächelte zufrieden.

Vorne an der Ecke waren sowohl bei der Konditorei als auch bei der Bar vom Nachmittag alle Plätze besetzt, und sogar drinnen an der Theke standen etliche Gäste mit ihren Getränken und Tapas.

Naira und Ben hatten hier eigentlich noch einen Abschlussdrink nehmen wollen. Sie sahen sich an, überlegten kurz, dann machte Ben einen Vorschlag: »Wir haben doch am Nachmittag so schöne Weine und Campari gekauft, trinken wir doch lieber oben bei uns noch ein Glas in aller Ruhe?«

Naira kramte schon den Schlüssel heraus. »Gute Idee, ich befürchte, ich schlafe eh schon in den nächsten zehn Minuten ein. Jetzt hat mich die Müdigkeit voll erwischt. Der Tag war nicht nur aufregend, er war auch aufregend lang!«

Das Manuskript

In Gedanken versunken saß Naira vor ihrem Müsli mit Ananas, Datteln und Pinienkernen am Esstisch. Zu ihrer Jeans hatte sie heute ein dunkelrotes Shirt, bedruckt mit einem schwarzen Gecko, gewählt. Die Fenster hatte sie alle geöffnet, ihr Blick schweifte nach draußen in den sanften morgendlichen Sonnenschein und erfreute sich an dem strahlend blauen Himmel über den Palmen und Platanen. Gegenüber befand sich ein Kinderspielplatz, begrenzt von einer relativ hohen bewachsenen Mauer, und dahinter lag ein alter, zurzeit wegen Renovierungsarbeiten nicht zugänglicher Friedhof mit vielen großen Bäumen. So war der Ausblick, obwohl mitten in der Stadt, ein sehr idyllischer.

Ein Geräusch holte sie zurück in die Wohnung. Sie drehte sich um, schaute um die Ecke in den Flur. Ben tapste ziemlich verschlafen und mit verwuscheltem Haar von seinem Zimmer ins Bad. Naira bemerkte, dass ihm der dunkelblaue Pyjama sehr gut stand. Es war 8.30 Uhr, um neun Uhr wollten sie gemeinsam frühstücken. Sie selbst war recht früh, aber wunderbar ausgeschlafen aufgewacht. Das aufgeregte Vogelgezwitscher in der Gasse empfand sie wie zu

Hause auf La Palma als Morgenmusik. Sie hatte einige Pilates-Übungen neben dem Bett gemacht und war dann leise ins Bad geschlichen. Eigentlich hätte Ben schon durch ihre Duschgeräusche aufwachen müssen, überlegte sie. Doch der hatte offenbar einen guten Schlaf, denn bis sie einige seltsame Töne in seinem Zimmer als Wecker identifiziert hatte, war nicht das geringste Geräusch aus seinem Zimmer zu vernehmen gewesen.

Nun erhob sie sich, ging in die Küche und füllte den Wasserkocher wieder auf. Aus den hier vorhandenen Tassen auszuwählen, fiel ihr schwer. Eigentlich gefiel ihr keine wirklich, und ein bisschen beneidete sie Ben, der gestern auch seinen doppelwandigen Teebecher aus der Reisetasche ausgepackt hatte. Er verreiste immer mit seiner Teetasse. Hm, das könnte sie sich auch angewöhnen. Sie griff entschlossen nach einer nicht so wild gemusterten, ihr von der Form her halbwegs angenehmen Tasse, nahm die Teekanne mit ihrem längst nur noch lauwarmen Grüntee und setzte sich damit wieder an den Esstisch.

Ben huschte aus dem Bad in sein Zimmer und stand nach einigen Minuten in einer weißen Hose und einem blauen Polohemd vor ihr, um gleich mit einem freundlichen »Buenos Dias, bin gleich da« in Richtung Küche zu verschwinden. Als er wieder auftauchte, hatte er ein Tablett mit seinem Tee und einen Teller mit einer getoasteten Brotscheibe dabei.

»Ist das wirklich dein ganzes Frühstück?«, fragte Naira ungläubig.

»Ja, meistens trinke ich nur meinen Tee, erst ein paar

Stunden später mag ich etwas essen. Aber heute zur Feier des Tages werde ...«

»Was gibt es denn heute zu feiern?«, unterbrach ihn Naira.

»Na, dass wir beide auf Teneriffa sind und heute das Geheimnis um das Manuskript lösen werden!«

»Na, deinen Optimismus möchte ich auch haben!« Naira schmunzelte. »Lass uns in der *Biblioteca Municipal* im TEA starten, anschließend fahren wir am besten zur Uni-Bibliothek in La Laguna, von dort habe ich auch noch meinen Ausweis.«

»Klingt nach einem guten Tagesplan. Um zehn Uhr treffe ich Manuel in der Nähe der *Plaza Candelaria* im *Café El Jablito*. Da werde ich übrigens ein Croissant verspeisen. Dies für deine Was-isst-Ben-Liste.« Er grinste und fragte: »Kommst du gleich mit, oder treffen wir uns um elf Uhr herum beim TEA?«

»Wir treffen uns beim Museum; ich muss nämlich auch für meine Buchhandlung im TEA etwas recherchieren. Ich hoffe, Carla, eine gute Bekannte, hat Dienst. Und vorher setze ich mich in unsere Bar unten auf einen Kaffee zum Telefonieren mit meiner Buchhandlung – und Mama. Zudem habe ich noch einen Vorschlag: Am Sonntag können wir eh nichts recherchieren, und in Santa Cruz ist der Familienkarneval: Was hältst du davon, wenn wir nach Puerto de la Cruz und Garachico fahren und vielleicht noch einen kleinen Stopp in Icod de los Vinos einlegen?«

Ben überlegte nur kurz. »Das klingt verlockend, willst du ein Auto mieten?«

»Nicht direkt.« Naira kicherte kurz. »Ich habe gestern Felipe gefragt, und er würde uns seinen Wagen am Sonntag borgen. Für ihn wird dieser Sonntag nämlich ein voller Arbeitstag, er braucht es also nicht, und wir bringen es sowieso am Abend zurück. Er hat Vertrauen zu dir, das heißt: Er borgt auch dir sein Auto!«

Verblüfft schaute Ben Naira an: »Echt jetzt? Feiner Kerl. Nehmen wir doch gerne an. Wir könnten den Sonntag dann ganz gemütlich im Weinmuseum in El Sauzal ausklingen lassen!«

Naira schaute zufrieden aus, trank einen Schluck und setzte fort: »Aber wenn wir heute nach Laguna fahren, wirst du den Eröffnungszug nicht miterleben.«

»Das macht gar nichts, war auch nicht mein Plan: Ich schreibe mehr über die Geschichte und die Stadt zur Karnevalszeit, baue das Karnevalsmuseum ein und habe bereits alle Eckdaten von der Karnevals-Homepage, einschließlich der aktuellen Karnevalsprinzessin und ihrer Entourage.«

»Gut vorbereitet, Señor Rodriguez, bien!«

»Ich freue mich außerdem schon aufs Konzert heut Abend.« Ben lächelte.

»Ich auch und auf einen Drink in der Cafeteria vom Auditorio mit Blick auf den Sonnenuntergang im Atlantik!«

Ben war schon fast in der Mitte der *Plaza de la Candelaria* angekommen, als aus der Seitengasse Manuel mit flottem Schritt auf den Platz einbog. Die beiden Freunde begrüßten einander und umarmten sich. »Gut schaust du aus, bist kaum älter geworden!«, meinte Manuel.

»Du aber auch«, versicherte Ben seinem Freund lachend.

Plaudernd schlenderten sie zum Café. Es waren einige Tische frei, und sie entschieden sich für einen etwas abseits stehenden unter einer Palme. Manuel erzählte Ben von seiner neuen Salto-del-Pastor-Gruppe hier auf Teneriffa und wie viele Hirtensprung-Gruppen es bereits in den Schulen gab. Und dass er nun auch eine Kampfsportausbildung angefangen hatte. Und er gestand Ben, dass er ein bisschen unter Heimweh litt und seine Freunde ihm fehlten.

»Vor allem du, Ben«, sagte er und sprach dann von einigen alten gemeinsamen Erlebnissen.

Danach wollte Manuel wissen, ob sie Grimanesa Moya schon besucht hatten und was nun wirklich der Grund für die gezielten Fragen von Ben am Telefon war.

Ben erzählte ihm von den Schimpftiraden der Moya, aber auch von ihrem Besuch bei Carlos Navarro und dem Manuskript.

»Außerdem hab ich neben der Sache mit dem alten Manuskriptblatt und der Berichterstattung über den Karneval auch noch ein Treffen mit meinem Chef«, schloss er seine Erzählung.

»Was ist das für ein Treffen?«, fragte Manuel.

»Ich fürchte, mein Boss will wieder einmal, dass ich innerhalb des Medienkonzerns endlich die Hierarchieleiter hinaufklettere, ich will aber nicht.«

Manuel lachte und schüttelte den Kopf. »Das bist original du! Andere würden gierig und dankbar sein, wenn die Karriereglocke ertönt, und du winkst ab.«

»Na ja, mir macht mein Job Spaß, aber halt deswegen, weil ich gerne schreibe, recherchiere und auf den glücklichen und gesegneten Inseln der Kanaren herumkomme. Würde ich Karriere machen, müsste ich vom Büro aus, womöglich in Madrid, kontrollieren, administrative Führungsaufgaben übernehmen, die Berichterstatter an den spannenden Plätzen beneiden und vor Langeweile sterben. Das ist inzwischen ein Spiel zwischen meinem Chef und mir. Regelmäßig zitiert er mich zu sich, schaut mir tief in die Augen, wir trinken viel Kaffee, und dann trennt er sich kopfschüttelnd von mir und versteht den Ben-Kosmos wieder einmal nicht.«

»Du würdest doch auch mehr verdienen, ist das kein Thema?«

»Nicht wirklich. Du weißt ja, dass meine Eltern nicht unvermögend waren und meiner Schwester und mir ein großzügiges Erbe hinterlassen haben. Zwar wünsche ich mir jeden Tag, sie hätten diesen verdammten Verkehrsunfall nicht gehabt und würden noch leben. So aber gibt mir das Geld zumindest die Möglichkeit, unabhängiger zu sein. Meine Ansprüche sind nicht hoch.«

»Und die Bob-Dylan-Platten kannst du dir auch leisten«, warf Manuel ein und spielte damit auf Ben, den bekennenden Dylanologen, an.

»Du sagst es, mein Freund. Aber ich hab schon genug gesprochen, jetzt erzähl du mir von diesen Bandenkriegen. Was läuft denn da?«

»Na gut. Zu den jetzigen Ereignissen gibt es ein Vorspiel. Einige Monate bevor ich meinen Dienst auf Teneriffa antrat, gab es für meine Kolleginnen und Kollegen hier einen großen Erfolg: Gemeinsam mit der italienischen Kriminalpolizei und der Europol machten sie eine große Razzia. Die Mafia wurde dabei stark dezimiert. Betrug, Entführung, Raub, illegaler Waffenbesitz und sogar zwei Morde wurden nachgewiesen.«

Ben hörte beeindruckt zu. Er hatte seinerzeit die polizeiliche Erfolgsmeldung gelesen, konnte sich aber an die Details nicht mehr erinnern.

»Die Operation führte zu einer Aufstockung der Kriminalpolizei von Teneriffa und damit auch zu meiner beruflichen Chance, von La Palma hierher zu wechseln. Wir haben es hier mit einem professionellen, über die ganze Welt verzweigten Konzern zu tun. Die Sache ist komplex, aber das Wesentliche ist, dass in diesem Vakuum, das diese Aktion erzeugt hat, neue Gangster eindringen und eine neue Organisation aufbauen. Aber zurück zum Beginn meines Vortrags. Dieser Coup im Jahr 2021 war ein Riesenerfolg für meine Einheit. Und trotzdem. Wie sagt mein Chef immer? Der Schoß ist fruchtbar noch, aus dem das kroch.«

»Wow, Manuel, du hast einen Chef, der Brecht zitiert.« Ben schmunzelte, das gefiel ihm.

»Hättest du der Polizei nicht zugetraut, was? Aber mit dem Zitat bin ich dort, wo ich hinwollte. Die aktuelle Situation am Markt des Bösen ist: Neue Verbrecher bauen sich eine neue Zelle auf und geraten damit mit den verbliebenen und stark dezimierten Mitbewerbern, der sogenannten alteingesessenen Mafia, aneinander. Das dürfte auch das Pech von Angel gewesen sein. Wir haben bis jetzt keinen Hinweis gefunden, dass Angel Mitglied irgendeiner der verbrecherischen Einheiten war. Entsprechend gehen wir davon aus, dass Angel so was wie ein Kollateralschaden des Bandenkrieges war. Da wäre ein Gespräch mit dem geflohenen Begleiter des unglückseligen Jungen sehr hilfreich. Ich habe aber den dringenden Verdacht, dass dieser keine Unterhaltung mit uns sucht.« Manuel lachte kurz auf. »Aus guten Gründen vermutlich.«

Ben war fasziniert. In kürzester Zeit hatte sich sein junger Freund enorm entwickelt. Seine Rhetorik, mit der er diese Sachverhalte zusammenfasste, war klar und eloquent. Manuel sah das große Ganze. Ihm stand eine großartige weitere Berufslaufbahn bevor. Das sagte Ben ihm auch und schmunzelte über dessen Erröten.

»Vielleicht«, fuhr Manuel dann nachdenklich fort, »vielleicht habe ich damit aber auch die Gefahr für dich klarmachen können. Sei vorsichtig, halte Abstand zu diesen gefährlichen Kreisen. Übrigens, gibst du mir die Adresse von diesem Geschäft und den Namen des Mannes, bei dem Angel so oft war? Mit dem werden wir auch noch reden wollen.«

»Selbstverständlich, aber geh sanft um mit dem alten Sir. Dass der Junge noch keine Verbrecherlaufbahn angetreten hatte, ist wahrscheinlich ihm zu verdanken.«

Die beiden Freunde aus La Palma stritten sich noch kurz um die Rechnung, Ben bezahlte, dann gingen sie ihrer Wege. Beide in durchaus gefährliche Richtungen. Das war bei Manuel und seinem Beruf nicht verwunderlich. Aber wenn Ben gewusst hätte, was auf ihn zukam, vielleicht hätte er sich doch für den Bürojob im Medienkonzern entschieden?

Auf dem Weg von der kleinen Bar zur *Biblioteca Municipal* im TEA bereute es Naira, ihre Lederjacke mitgenommen zu haben. Am Morgen hatte ihre Wetter-App einen bedeckten Himmel sowie einige Regentropfen am Nachmittag prophezeit, doch ihr war bereits jetzt bei zwanzig Grad zu warm, und die Sonne am beinahe wolkenlosen Himmel versprach noch ein paar Grade mehr. Unter einer der großen alten Platanen auf der *Plaza Primero de Mayo* machte sie kurz halt, holte ihre Unterlagen für die Bibliothek heraus und verstaute die nun eingerollte Jacke in ihrem Rucksack. Dann flanierte sie hinüber zu den beiden Bronze-Skulpturen *Escultura Lechera Canaria* und *Homenaje al Chicharrero*, eine Hommage an Fisch und Milch, vor dem *Mercado*. Jenseits des mehrspurigen Kreisverkehrs der *Plaza Santa Cruz de la Sierra* stand der architektonisch interessante Bau des TEA, *Tenerife Espacio de las Artes*, mit seinen lichtdurchfluteten Sälen, der öffentlichen Stadtbibliothek, einem Theatersaal und einem Café – und einer beeindruckenden Buchhandlung. Die war ihr erstes Ziel.

Als sie auf den Eingang zuging, blieb ihr Blick gleich an dem stattlichen Weihnachtsbaum aus geschlichteten Büchern hinter der Glasfront hängen. Jetzt noch? Aber witzig ist der schon, könnte ich bei mir auch mal machen, dachte sie und versuchte, die Buchtitel zu lesen. Typische Buchhändlerinnenkrankheit: Kaum siehst du irgendwo ein Buch, und sei es noch so verkehrt hingelegt, willst du wissen, was es ist.

Während Naira noch nachdenklich den Bücherbaum betrachtete, kam aus den Tiefen des Ladens eine etwa gleichaltrige Frau, die dunklen dichten Haare gebändigt durch einen Kurzhaarschnitt, strahlend auf sie zu: »Naira! So eine Überraschung, früher bist du vor dem Karneval immer aus der Stadt geflohen, jetzt besuchst du ihn?«

»Hola, Carla! Wie schön, dass ich dich gleich treffe! Hast du vielleicht Zeit für einen Kaffee in eurer Cafeteria unten?«

Nach Küsschen und Umarmung meinte Carla: »Da hast du Glück: Ich wollte gerade meine Pause dort verbringen, komm, gehen wir gleich.«

Sie schlenderten über den imposanten Innenhof des verspiegelten Glasbetonbaus zum Eingang des Museums und stiegen dann die breite Steintreppe hinunter. Vor dem unteren Ausgang befand sich die schattige Terrasse der Cafeteria mit Blick über den meist trockenen Flusslauf *Barranco de Santos* zur *Iglesia de la Concepción*, der zweitältesten Kirche Teneriffas, mit ihrem weithin sichtbaren Turm.

Naira erzählte vom Auftauchen des geheimnisvollen Titelblatts, ohne die damit verbundenen Ereignisse oder gar Angel zu erwähnen, und fragte Carla nach einem Altkanaren-Spezialisten. Jemanden, der sich mit alten Schriften beschäftigte. Denn im Internet gab es einige, allerdings mit widersprüchlichen Informationen, die konnte Naira nicht wirklich einschätzen. Und wer, wenn nicht Carla, könnte ihr da Namen nennen!

Carla überlegte und meinte, es wäre besser, Naira würde in die Uni-Bibliothek in La Laguna schauen. Dort kenne sie auch einen Archivar, der bestens mit Guanchen-Literatur vertraut sei. »Der hat übrigens auch am fünfbändigen Guanchen-Lexikon mitgearbeitet«, verstärkte Carla ihren Tipp. Sie holte ihr Handy aus der Hosentasche ihres schicken, orange-blau gemusterten Overalls. Nach einigem Suchen hatte sie die Kontaktdaten gefunden und rief an. »Hola, Jorge, hier Carla! Neben mir sitzt meine Freundin Naira, sie hat eine Buchhandlung auf La Palma und ist kurz auf Teneriffa – nein, nein, nicht wegen des Karnevals.« Naira sah Carla lachen, »Nein, sie recherchiert über einen alten Kanaren-Reisebericht, geschrieben von einem arabischen Kapitän. Ja, und da dachte ich natürlich gleich an dich. Bist du heute noch länger im Archiv? Sehr fein, Naira Calderón kommt am Nachmittag nach Laguna. Danke dir!« Carla stupste Naira kurz an und sagte: »So, den Termin bei Jorge hast du. Er ist der unterhaltsamste Archivar, den ich kenne. Für deine anderen Fragen brauche ich meinen Computer. Lass uns nach dem Kaffee gleich in die Buchhandlung gehen.«

Eine halbe Stunde später verabschiedete Naira sich bereits von Carla im Shop des TEA, als ihr Handy vibrierte. Sie nahm das Gespräch an. »Hola, Ben! Bist du schon in der Nähe?«

Ben erklärte, er stehe am unteren Eingang, er habe den kürzesten Weg aus dem Stadtzentrum genommen, nämlich über den schmalen Fußgängersteg von der *Iglesia la Concepcion* zum *Museo MUNA*.

Naira schlug ihm vor, sie in der Buchhandlung abzuholen. So könnte sie ihm erstens ihre ehemalige Kollegin Carla und zweitens einige neue Bücher vorstellen.

Kurz danach trat Ben durch die offene Glastür und ging, ohne sich von den Notizbüchern, Tüchern, Bildern und anderen Kunsthandwerksprodukten ablenken zu lassen, direkt auf Naira zu. Die stellte ihn Carla vor, die ihn mit überraschtem Gesichtsausdruck begrüßte: »Hola, Ben Rodriguez! Aus *Tenerife & Palma weekly* kenne ich dich schon, jetzt auch persönlich, das freut mich! Ich lese deine Reportagen gerne, und auch euren Fall Martinez habe ich mit Spannung verfolgt. Was macht deine Geschichte der Kanaren? Wird sie bald erscheinen?«

»Ach, Carla, das dauert noch. Ich entdecke immer wieder etwas Neues, von dem ich denke, das muss unbedingt in meine Geschichte, das will recherchiert sein ...«

»Er ist ein ganz Genauer«, bestätigte Naira, »und wenn er es nicht selber recherchiert hat oder mindestens drei Wissenschaftler es belegen können, bleibt es auf seiner Agenda bis zur endgültigen Klärung. Danke, liebe Carla, auch für die Vermittlung des Archivars! Wir werden uns jetzt gleich auf den Weg machen.«

Ben verstand nur Bahnhof: »Welcher Archivar? Wir wollten doch jetzt zur Unibibliothek, oder?«

Naira meinte nur: »Ja, auch – und die Details erzähle ich dir unterwegs!«

Carla schmunzelte: »Naira ist immer sehr schnell unterwegs. Ich hoffe, mein Tipp kann helfen. Auf alle Fälle habe ich mich gefreut, dich wiederzusehen, Naira! Das nächste Mal sollten wir uns zum Abendessen treffen. Ich glaube, wir hätten viel Gesprächsstoff. Alles Gute!«

»Hola, mein Name ist Zambada, ich bin ein Mitarbeiter der berühmten Zeitung *imagen*«, hatte der Typ verkündet, nachdem er in Carlos Navarros alten Laden gestolpert war. Als ob ihn das beeindrucken würde.

Carlos betrachtete den kleinen, untersetzten Mann mit der Halbglatze, die glänzte wie ein tiefschwarz umrahmter Vollmond, die spärlichen, schwarz gefärbten Haare klebten fettig am runden Schädel. Der angebliche Journalist trug ein abgeschabtes grünes Sakko, eine ausgebeulte blaue Hose, ein gelbes Hemd und braune, ausgetretene Schuhe. Die nach vorn gebeugte Figur des Mannes hinterließ einen seltsam unterwürfigen Eindruck. Am wenigsten aber gefiel Carlos die Zeitung *imagen*, für die der Mann zu arbeiteten behauptete und mit der er auch noch prahlte. In den Schaufenstern und Zeitungskiosken stach sie ihm bei seinen ausgedehnten Nachtspaziergängen mit Xaro in die Augen. Die schreienden Titelfotos, die dämlichen Schlagzeilen und die halb nackten Frauen nervten Carlos.

Und was sollte er mit diesem *imagen*-Mitarbeiter anfangen? Der schlurfte, während er redete, durch den Laden, zog alles Mögliche aus den Regalen, fasste alles an, ohne sich für die Kunstobjekte und historischen Stiche wirklich zu interessieren. Was wollte er? Das war jetzt schon der zweite Zeitungsmensch innerhalb kürzester Zeit in seinem

Laden. Das kam Carlos verdächtig vor. Natürlich hatte auch dieser Besuch mit Angel zu tun. Aber wie sollte dieser seltsame Zeitgenosse auf Carlos gekommen sein?

Was Carlos Navarro nicht wissen konnte: Auch Zambada kam direkt von der Grimanesa Moya. Die war sehr gesprächig geworden, als ihr der Reporter einen Hunderter zugesteckt hatte. Er hatte von der Moya auch erfahren, dass ihre beiden Besucher, Ben Rodriguez und Naira Calderon, die er durch die Beschreibung der Tante erkannt hatte, bereits bei ihr gewesen waren. Fünfzig Euro hatte ihn diese Information gekostet. Wenigstens wusste er jetzt, dass er auf der richtigen Fährte war: Wo diese zwei ihre Spur zogen, gab es für ihn einen guten Grund, dieser zu folgen. Das hatte sich schon auf La Palma gezeigt. Namen und Adresse des Ladenbesitzers, der ihn nun höchst misstrauisch beobachtete, hatte er erst erfahren, nachdem er weitere fünfzig Euro in die Hand der Tante des toten Jungen gedrückt hatte.

Zambada fragte sich, was hier für das selbst ernannte Detektivgespann so spannend gewesen sein konnte. Der Alte war wortkarg und grantig.

»Angel geht Sie gar nichts an«, stellte der Alte mit zorniger Stimme fest, nachdem Zambada ihn mit Fragen gelöchert hatte.

Aber egal, Zambada würde sich an den Carlos-Navarro-Beschimpfungen und Vorwürfen von Grimanesa bedienen und eine Story daraus basteln. Und eine gute Story durfte nicht mit der Langeweile der Realität gefüttert werden.

Als der Alte von einem Bauarbeiter zur Baustelle vor

dem Haus gerufen wurde, nutzte das Zambada zu einer indiskreten Visite im hinteren Raum. Das war offensichtlich die Arbeitsstätte des Mannes, so unaufgeräumt, wie das Künstlerateliers an sich haben. In der Mitte standen zwei sehr alte eiserne Werkstatttische, auf denen unterschiedlichste Papiere, Zeichnungen, Werkzeuge und dazwischen Farben und undefinierbare Tiegel verteilt waren. Ganz hinten sah Zambada eine unscheinbare Eisentür. Rundherum befanden sich Eisenregale mit Schachteln, Paketen, überquellenden Holzkisten, uralten Ordnern, Papierstapeln, Dosen, Tuben und Tiegeln.

Plötzlich fiel Zambadas Blick auf das gerahmte Foto in einem der Regale. Sein Gesicht leuchtete auf. Er zückte schnell sein Handy und fotografierte das Bild. Es zeigte einen jüngeren Carlos mit dem getöteten Angel, beide lächelten entspannt und vergnügt. Der *imagen*-Journalist war plötzlich hochzufrieden. Aber beinahe gleichzeitig schrie er laut auf. Der Hund des Alten, der ihn bisher nur aus einer Ecke mit den Augen verfolgt hatte, war plötzlich wie aus dem Nichts auf ihn losgegangen und bohrte nun seine Zähne in das rechte Bein des Zeitungsschreibers. Zambada steckte reflexartig sein Handy weg und versuchte, mit dem anderen Bein den Hund zu treten. Er riss sich kurz los und flüchtete, verfolgt von dem Tier, zurück ins Geschäft. Der Alte kam gerade wieder von draußen herein. Von Zambadas Ausflug ins Backoffice hatte er anscheinend nichts mitbekommen, aber den wilden Affentanz des Gastes mit dem Hund nahm er mit einem misstrauischen Blick zur Kenntnis. Das Tier gönnte dem Eindringling keine Ruhepause, es hatte sich wieder hartnäckig in das Reporterbein verbissen. Auf ein leises »Xaro, oina« von Carlos ließ der Hund sofort los und setzte sich, leise knurrend, zu den Füßen seines Herrchens. Zambada wollte nun nichts mehr, als sich schnellstens aus dem Staub zu machen und die Fleischwunde zu verarzten. Er humpelte zum Ausgang, öffnete diesen, scherte sich nicht weiter um den verdutzten Navarro und knallte die Tür hinter sich zu.

»Xaro?«, meinte Carlos und versuchte, durch vertrauliches Zureden und Kraulen den aufgeregten Hund zu beruhigen. »Das war wohl kein Liebestanz, was?«

Seine Mundwinkel zuckten, ein Lächeln stahl sich auf sein Gesicht, es wurde immer größer, bis der Mann schließlich aus ganzem Herzen lachte. Während sein Körper von einem Lachanfall geschüttelt wurde, kam ihm plötzlich eine fürchterliche Ahnung. Das Blut stockte in seinen Adern. Er hastete in seine Werkstatt und atmete tief durch. Erleichterung machte sich auf seinem Gesicht breit. Das Bild, auf dem der kleine Angel und er, damals noch unbekümmert, in die Welt lachten, stand, wo es immer gestanden hatte. Im Regal mit den alten Ordnern.

Er atmete tief durch. »Ich glaube, jetzt brauch ich einen kleinen Rum«, sprach er beruhigt zu Xaro, der sich, würden Hunde auf Teneriffa Rum vertragen, auch einen verdient hätte. Hätte Xaro ihm von dem Geschehnis in der Werkstatt berichten können, die Erleichterung des Alten wäre einer tiefen Furcht und Sorge gewichen.

Auf dem Weg zur Straßenbahnhaltestelle in der Nähe des *Teatro Guimerá* erzählte Ben Naira von seinem Treffen mit Manuel, und Naira berichtete Ben von ihrer erfolglosen Recherche in der *Biblioteca*, aber auch von dem Glücksfall, dass Carla möglicherweise einen heißen Tipp für sie hatte: Nairas Freundin meinte nämlich, dass Jorge, der Archivar an der Universität, der richtige Fachmann für diese Fragen sei. Denn sein Spezialgebiet und vor allem seine Leidenschaft seien seit vielen Jahren alte Schriften aus der Zeit vor der Eroberung durch die Spanier.

Die Fahrt mit der *Tranvia de Tenerife*, der einzigen Straßenbahn auf der Insel, durch Santa Cruz ließ in Ben Erinnerungen an seinen kurzen Lissabon-Aufenthalt vor etlichen Jahren aufkommen, und an seine kindliche Freude beim Straßenbahnfahren in den engen Gassen der portugiesischen Metropole damals.

Der Übergang von der neuen Hauptstadt Santa Cruz zur alten Hauptstadt San Cristóbal de La Laguna war kaum erkennbar, und nach nicht einmal dreißig Minuten stiegen sie an der Endhaltestelle der *Tranvia* aus.

Naira ging zielstrebig Richtung Uni und meinte zu Ben: »Hier habe ich studiert, und seitdem hat sich nicht viel verändert, da drüben die Buchhandlung sieht immer noch wie damals aus.«

Ben schmunzelte: »Ist ja auch erst kurze Zeit her.«

Trotz der immer wieder vorbeiziehenden dunklen Wolken lag die Temperatur konstant bei dreiundzwanzig Grad. Es war wie das ganze Jahr über auch jetzt im Februar Frühling auf den »glücklichen Inseln«.

Als sie den Campus erreichten, schaute Naira noch einmal nach der genauen Adresse. Carla hatte ihr diese mit Jorges Telefonnummer aufgeschrieben. An der Eingangstür wurden sie von einem Portier begrüßt, der nach ihren Namen fragte und sie dann anmeldete. Sie stiegen die Treppe hinauf in den zweiten Stock, bogen um die Ecke und sahen einen schlanken Mann, die schwarzen halblangen Haare im Nacken zusammengebunden. Um die dunklen Augen herum waren viele Lachfalten zu erkennen.

»Hola, du bist wohl Naira, ich bin Jorge, der Archivdrache«, begrüßte er sie.

»Hola, einen Drachen habe ich mir eigentlich anders vorgestellt«, gab Naira zurück.

»Und das hier ist Ben, Beneharo Rodriguez, er ist Journalist und schreibt für *Tenerife & Palma weekly* und *Canaria Culinaria*.«

Jorge lächelte Ben an: »Freut mich, dich persönlich kennenzulernen. Du wirst es kaum glauben, aber ich habe die CC abonniert. Auch Archivdrachen essen gerne gut, und ich mag deine Berichte, die immer ein bisschen mehr als Berichte sind! Kommt in mein Reich, ich bin schon sehr gespannt auf eure Fragen. Carla hat ja nicht wirklich erzählt, worum es geht.« Er wirkte neugierig – und Ben war sofort etwas aufgeregt. Sollte sich jetzt herausstellen, dass das Manuskript echt war?

Jorges Büro wirkte schlicht, war aber geräumig und sehr hell. Zwei Schreibtische standen da, auf einem stapelten sich alte Bücher und Unmengen von Papieren, auf dem anderen lag fast nichts neben dem Computer, nur eine dickere

Mappe. An den beiden Wänden befanden sich stählerne Bücherregale, die außer Büchern jede Menge Ordner und Papierstapel beherbergten. Hinter den Tischen hielt eine Jalousie das Sonnenlicht ab. In der Ecke links von der Tür stand ein eleganter Holztisch mit vier Stühlen, die aussahen, als wären sie direkt von Mies van Rohe hierher geliefert worden.

Mit einer einladenden Handbewegung fragte Jorge: »Was wollt ihr trinken? Ich kann starken Kaffee, Pfefferminztee und erfrischendes Wasser anbieten.«

Naira entschied sich für den Pfefferminztee, Ben schloss sich wieder einmal an.

Jorge legte ihnen ein ziemlich ramponiertes Buch mit dem Titel *Das Leben der Berber* auf den Tisch und meinte: »Ich bin gleich wieder da, hier eine Lektüre, damit euch nicht langweilig wird. Ich mach schnell Tee!« Und schon war er aus der Tür.

Noch bevor er saß, griff Ben nach dem Buch. »Naira, kennst du das?«

»Ja, ich glaube schon. Aber nur aus Literaturlisten. Schau mal, wann es erschienen ist.«

Ben blätterte vorsichtig und fand schnell die Jahreszahl. »1892.« Ben zeigte Naira eine Kapitelüberschrift, *Die Wanderungen der Berber auf die Kanaren*, und las kurz hinein. Dann legte er das Buch wieder zur Seite.

Kurz darauf kam Jorge zurück, auf einem großen Tablett balancierte er Teekanne, Tassen, Löffel und einen Teller mit undefinierbaren Keksen. Nachdem er alles auf den Tisch gestellt hatte, sagte er: »Zucker habe ich hier auch irgendwo, wenn ihr welchen braucht.«

Naira antwortete gleich für sie beide: »Vielen Dank, wir brauchen keinen Zucker.«

Sie griffen nach den Tassen, Jorge schenkte zuerst Naira, dann Ben und schließlich sich selbst ein. »So, und jetzt legt los!«

Naira begann, sie erzählte alles, was sie zu ihrem Buch wussten, also recht wenig, und zeigte Jorge das Foto von dem Titelblatt.

Jorge stand auf und tippte etwas in seinen Computer, währenddessen stellte er Zwischenfragen. Dann setzte er sich wieder zu ihnen. »Das klingt interessant. Ihr habt zwar nur eine Seite – und die leider nicht in natura –, aber in eurem Fall gibt es immerhin einige Eckdaten, die stimmen.«

Ben hing förmlich an Jorges Lippen. »Was stimmt? Ich habe meine Altkanaren-Bibliothek durchforstet, aber in keinem Literaturanhang und auch nicht im Internet habe ich etwas Konkretes zu Ibn Farukh gefunden.«

»Du hast eigentlich alles gefunden, was man dazu finden kann. Ich will versuchen, es zu erklären, muss aber ein bisschen ausholen: Ibn Farukh, es gibt leider viele unterschiedliche Schreibweisen, war ein arabischer Gelehrter und Seefahrer, der im 10. Jahrhundert lebte. Es wird in einigen Schriften berichtet, dass er im Jahr 999 von Al-Andalus aus, das ist, wie ihr wahrscheinlich wisst, das muslimische Spanien, mit drei Schiffen die Kanarischen Inseln besuchte. Und das für uns Wichtigste: Er verfasste einen Bericht über seine Reisen. Hier gibt es allerdings schon erste

Unstimmigkeiten in den alten Schriften: An manchen Stellen steht, dass die erste Reise wahrscheinlich bereits 945 stattfand. Die andere Zeitangabe, das Jahr 999, dürfte durch einen Umrechnungsfehler der muslimischen in die christliche Jahreszahl zustande gekommen sein. Sein Reisebericht wird in den Schriften von Ibn-al-Qutiyya, mehr oder weniger ein Zeitgenosse, erwähnt. Darin heißt es, dass Ibn Farukh mehrere Monate auf den Inseln verbrachte, das Gespräch mit den Altkanariern suchte und vieles, was er erlebte, in Wort und Zeichnungen festgehalten hatte.«

Ben war ganz unruhig geworden und unterbrach jetzt: »Ja, ich habe auch zwei Erwähnungen des Al-Qutiyya gefunden, aber aus denen werde ich nicht schlau. Was ist da wirklich dran?«

Jorge schaute nachdenklich. »Was wirklich dran ist, wissen wir Wissenschaftler auch nicht. Mehr gibt es nicht über Ibn Farukh, auch Al-Qutiyya kennen wir nur aus Zitaten, deren Wahrheitsgehalt wir nicht überprüfen können. Allerdings wurden die arabischen Bibliotheken noch nie wirklich befragt, und die beiden haben sicher nicht auf Spanisch geschrieben.«

»Das heißt aber, wenn dieses Manuskript von Manuel Diaz echt ist, dann hat dieser damals Einblick in die Aufzeichnungen nehmen können. Er kann uns also einen authentischen Bericht von der Lebensweise unserer Vorfahren geben. Wow!« Ben war elektrisiert.

Naira überlegte: »Wieso taucht das dann in keiner Literaturliste auf? Was meinst du, Jorge?«

»Na ja, das, was ich euch hier erzählt habe, sind eigentlich alles Mutmaßungen, kurze Erwähnungen, oft Hunderte Jahre später, und in keiner Bibliothek findet man dazu passende Bücher. Nach der Eroberung durch die Spanier gab es auch kein Interesse mehr daran, auf die Araber und ihren wesentlich respektvolleren und interessierten Umgang mit den Guanchen hinzuweisen. Diese Aufarbeitung beginnt ja erst allmählich.«

»Aber, Jorge«, insistierte Naira, »das Manuskript von Manuel Diaz ist aus dem Jahr 1648, wurde da überhaupt noch Kupferblockdruck verwendet?«

»Ja, wenn auch nur sehr selten: Das war die beste Technik, Bild und Text auf eine Seite zu bringen, die Abbildungen sind dann gestochen scharf, im wahrsten Sinn des Wortes. Es war nur handwerklich so mühsam, so aufwendig, es erforderte einen echten Künstler, dass es kaum mehr gemacht wurde.«

Naira ließ nicht locker: »Wenn der Bericht mit den Bildern 1648 noch verfügbar war, wieso finden wir dann keine Spuren von dem Buch? In irgendeiner Bibliothek, einem Archiv, im Internet? Wenigstens von der Aufbereitung durch Manuel Diaz?«

Jorge sah grübelnd in die Ferne. »Wenn es sich wirklich um einen Kupferblockdruck handelt, wurden sicher nur ganz wenige Exemplare hergestellt. Solche Auffindungswunder gibt es durchaus immer mal wieder. Auch Bibliothekare und Archivare machen Fehler, legen etwas falsch ab, tragen es falsch ein. Bei den alten handschriftlichen Verzeichnissen sind diese Fehler in den Auswirkungen oft viel gravierender, als wenn es am Computer passiert, dort kannst du es immer noch finden ...«

Hoffnungsvoll und mit aufgerissenen Augen verkündete Ben laut: »Also könnte das Manuskript tatsächlich existieren! Wir müssen es nur noch finden!«

»Du traust dich noch zu mir?« Zwischen den Augenbrauen von Carlos Navarro bildete sich eine tiefe Zornesfalte. Ja, Zorn, vielleicht auch Angst, spiegelte sich im Gesicht des alten Mannes. Seine rechte Hand umklammerte eine Waffe, die er seit dem überraschenden Tod von Angel in der tiefen Tasche seiner Arbeitsjacke trug. »Was hast du mit meinem kleinen Angel gemacht, Marco Guerrero?«

Der Mann mit den kurzen grau melierten Haaren, der den Laden des Alten betreten hatte, machte mit den Händen eine abwehrende Geste. »Ich habe gar nichts gemacht mit deinem Angel«, entgegnete er mit lauter Stimme.

Xaro, der Marco schon schwanzwedelnd entgegengegangen war, stoppte und blieb bei seinem Herrn stehen.

»Der kleine Spinner ist mir nicht von der Seite gewichen, ist um mich herumgetanzt und hat sich damit selbst in eine Schusslinie gebracht, die ziemlich sicher mir galt. Glaub mir, Carlos, wäre es anders, würde ich jetzt nicht vor dir stehen. Du hättest mich nie mehr gesehen. Er hat mir zwar das Leben gerettet, aber weder wollte ich das, noch habe ich damit gerechnet, dass ich dort abgeknallt werden sollte. Mit Angel hatte ich einen Wortwechsel, ich wollte, dass er abhaut. Du warst der Inhalt dieses Streits. Aber du kennst ihn ja selbst und weißt, wie hartnäckig er ist.«

»War, Marco, war!« Carlos' Stimme klang traurig, aber auch etwas besänftigt. »Er hatte doch sein Leben noch vor sich.«

»Es tut mir leid, aber ich kann wirklich nichts dafür, Carlos.«

»Ja, ja. Ich glaub dir ja.« Seine Hand lockerte sich um die Schusswaffe. »Welcher Bastard hat da auf euch oder dich geschossen? Und warum?«

»In der Organisation tut sich zurzeit einiges. Da gibt es eine Splittergruppe, die allerdings immer kleiner wird und die nicht will, dass sich die Familien zusammentun und stärker werden. Nach dem letzten Razzia-Debakel vor zwei Jahren müssen wir uns einfach wieder neu formieren. Aber diese Kakerlaken verstehen nicht, dass wir keine Chance haben, wenn wir uns nicht vereinen. Wir sind nur gemeinsam stark und schlagkräftig, die Idioten sollten das besser einsehen.«

Sie hatten sich, gefolgt von einem aufmerksamen Xaro, in die Werkstatt verzogen. Das Öffnen der Ladentür würde Carlos auch hier hören. Sein Gast machte es sich wie immer, wenn er hier war, auf dem alten Werkstattsessel vor dem linken Arbeitstisch bequem.

Carlos sah in eindringlich an. »Ich will etwas von dir haben. Das bist du mir schuldig. Ich will den Namen des Mörders.«

»Was willst du mit dem Namen anfangen, Carlos? Hast du vor, dich mit ihm zu duellieren? In deinem Alter?« Die Ironie, aber auch das Erstaunen waren nicht zu überhören.

»Einem Mörder, der dir das Lebenslicht ausblasen

wollte, bist du doch keine Loyalität schuldig!« Die Stimme von Carlos Navarro klang fordernd und beschwörend.

Marco gab sich einen Ruck: »Na meinetwegen, wenn du mich da raushältst. Dann schreib dir mal auf: Der Name dieser Wanze ist Paolo Mazzucchelli, ein kleiner kalabresischer Wichtigtuer, der etwas voreilig war.«

Carlos, der am Stuhl gegenüber Platz genommen hatte, schrieb den Namen in ein kleines schwarzes Büchlein. Er bedankte sich, ohne auf den fragenden Blick des Gegenübers zu reagieren. Dann sprach er weiter, als ob sie nie über das Vorangegangene geredet hätten. »Angeblich hat es dich auch erwischt.«

Ohne die Antwort abzuwarten, stand der Alte wieder auf, holte zwei Gläser und eine der Rumflaschen aus dem Regal hinter Marco, schob mit dem Ellbogen die Papiere von der Mitte der Arbeitsplatte und stellte alles vor ihnen ab. Dann setzte er sich wieder und schenkte bedächtig den Rum ein.

»Ein Streifschuss, nicht so schlimm, ein Guanche kennt keinen Schmerz«, antwortete Marco Guerrero leichthin und versuchte, mit der rechten Hand nach dem Glas zu greifen. Er stöhnte, griff dann mit der Linken zu, führte das Glas als eingefleischter Rechtshänder etwas ungelenk an den Mund und nahm einen tiefen Schluck.

Der Mann, den zurzeit einige Menschen inklusive der Polizei liebend gern als Gesprächspartner vor sich hätten, arbeitete schon eine geraume Weile mit Carlos zusammen. Carlos lieferte zuverlässige und gute Arbeit, Marco war der Verbindungsmann. Carlos war ein exzellenter Fälscher, und die Organisation hatte immer wieder Aufträge, die Marco an Carlos mit allen Angaben weitergab, später holte er dann die fertigen Produkte ab: Pässe, Dokumente, Urkunden aller Art.

»Ich bin müde, Marco«, seufzte Carlos. »Ich will nicht mehr.«

»Du willst aus der Organisation aussteigen?«, sagte der Besucher mit einem ungläubigen Lachen.

»Ja. Ich möchte mich zurückziehen und einfach nur noch mit Xaro am Meer spazieren gehen.«

»Obwohl ich für den Tod von Angel nicht verantwortlich bin, hast du trotzdem etwas gut bei mir. Aber du weißt, dass ein Ruhestand in unserer Branche normalerweise nicht vorgesehen ist. Auch keine gewerkschaftliche Pensionsabgeltung.« Er lachte heiser. »Aber ...« Er zögerte, während er nachdachte. »Durch die Umstrukturierung unserer Organisation hat mein Wort bei manchen mehr Gewicht bekommen. Einige Herren haben wegen Angel ein schlechtes Gewissen. Und, in diesem Fall nicht unwichtig: Du warst nie in zentrale Informationsprozesse eingebunden. Es könnte gehen, Carlos.«

Der Alte sah ihn an. Zwischen den beiden hatte sich im Laufe der Jahre so etwas wie eine Kameradschaft entwickelt, und Carlos schätzte Marcos Besuche. Marco hatte es immer vermieden, Details zu seiner Person und den Auftraggebern preiszugeben. Und ebenso hatte er darauf verzichtet, ihn, Carlos, auszufragen. Es gab genug andere Themen. Und Marco schien jedes Mal froh zu sein, wenn er über etwas anderes reden konnte als seine Geschäftsangelegenheiten. Um jedoch zu glauben, dass man ihn einfach würde aussteigen lassen, hatte Carlos schon zu viel erlebt. Gleichzeitig wusste er, dass er nicht viele Optionen hatte. Genau genommen eigentlich keine. Wie so oft muss ich mich auf mein Glück verlassen, dachte er und schenkte dem gefährlichen Freund erneut ein.

»Hast du dich eigentlich selbst verarztet?«

»Du meinst meinen Oberarm? Nein, ich war bei unserem Familienarzt.«

»Familienarzt?«

»Na ja, Firmenarzt.«

»Ach so, alles klar. Was hast du vorhin damit gemeint, dass ich euer Gesprächsthema kurz vor dem Tod von Angel war? Dass das sogar letztlich seinen Tod verursacht hat.«

Beim neuerlichen Erwähnen von Angel hob Xaro den Kopf und schielte zum Vorhang, der die Werkstätte vom Laden trennte.

»Vergiss es!« Marco konnte sehr brutal und zielgerichtet sein, angeblich gingen einige Leichen auf das Konto des Berufsverbrechers. Jetzt aber wurde er unsicher wie ein ertapptes Kind. »Mensch, Carlos, lass doch das Vergangene. Das bringt dir deinen Angel auch nicht wieder zurück.«

Der Alte schaute ihn lange an und weidete sich an seiner Verlegenheit. »Du wusstest, dass er mich bestohlen hat, oder?«

Erstaunt sah ihn Marco an. »Wenn du es selbst so bezeichnest, ja. Als ich das letzte Mal bei dir war, um die Reisepässe abzuholen, hast du mir von deinem verschwundenen Dokumentenblatt erzählt. Und offenbar etwas weniger leichtgläubig als du hab ich sofort auf Angel getippt. Ich hab ihm ins Gewissen geredet, dir das Blatt wieder zurückzugeben. Er hat sich geweigert, überhaupt zuzugeben, das Dokument zu besitzen. Der Narr hat alles immer wieder abgestritten und ist, wie schon erzählt, um mich herumgesprungen, als hätte er Drogen eingeworfen. Aber wie bist du darauf gekommen?«

»Ein Journalist war bei mir und hat mir erzählt, dass es einem Antiquar hier in der Nähe angeboten wurde. Zusammen mit meinem Manuskript, und das erste Blatt wurde bei dem Händler gelassen. Der Anbieter, so sagte mir der Journalist, sei ein ungefähr vierzehnjähriger Junge gewesen.«

»Und was willst du jetzt tun? Soll ich dir das Blatt zurückbringen?«

Carlos war aufgestanden und holte seinen Aldea Rum von La Palma aus dem Regal. »Danke, nein. Ich glaube, ich habe schon eine gute Lösung gefunden. Komm, lass uns mit diesem Rum, der war ein Geschenk von Angel, auf sein kurzes Leben anstoßen. Möge es ihm gut gehen, wo immer er jetzt ist.«

Xaro bellte kurz auf, grad so, als würde er dem Trinkspruch zustimmen.

Naira und Ben waren noch fast eine Stunde mit Jorge ins Gespräch vertieft. Bevor sie endlich aufbrachen, tauschten sie Telefonnummer und Mailadressen aus. Jorge bot ihnen an, weiterhin für Auskünfte zur Verfügung zu stehen, und erwähnte, dass er mindestens einmal im Jahr für einige Tage auf La Palma wandern ging. Im Gegenzug luden sowohl

Naira als auch Ben ihn in ihr jeweiliges Gästezimmer ein, also entweder bei Naira in Santa Cruz oder bei Ben auf der Westseite der Insel in Tazacorte.

Energiegeladen stiegen die beiden die Treppe hinunter.

Kaum waren sie wieder am Campus, fragte Ben: »Und jetzt?«

»Jetzt gehen wir in die *Pastelería Díaz La Laguna*, meine Lieblingskonditorei in Laguna«, antworte Naira wie aus der Pistole geschossen. »Nach so viel Tee und dem Anblick der seltsamen Kekse brauche ich einen Kaffee – und unbedingt etwas Süßes.«

»Die ist nicht weit.« Ben schmunzelte. »Ich meinte zwar, wie wir jetzt weiter in Bezug auf das Manuskript vorgehen, aber das können wir auch bei Kaffee und dem unbedingten Süßen besprechen.«

»Ja, da bin ich sehr dafür!«

Sie gingen gemächlich die *Calle San Agustín* bis zur *Plaza del Adelantado* entlang und bogen dann in die *Calle Obispo Rey Redondo* ein, eine belebte Straße mit vielen Geschäften, Restaurants und einer charmanten Architektur. Sie führte direkt zur *Iglesia de la Concepción*. Nach wenigen Schritten steuerte Naira zielsicher einen der freien Tische an, noch bevor Ben merkte, dass sie schon bei der *Pastelería* angekommen waren. Der Duft von Kaffee und frisch Gebackenem lag in der Luft.

»Ha«, rief Naira. »Bleib du hier sitzen und bewach den Tisch, ich gehe nach drinnen und bestelle für uns. Was magst du?«

Ben versicherte, den Tisch, obwohl er ihn nicht besonders schön fand, mit allen ihm zur Verfügung stehenden Mitteln zu verteidigen. Er schaute ins Schaufenster hinter sich, das einen guten Überblick über die angebotenen Köstlichkeiten gab und die Geschäftigkeit im Inneren erahnen ließ. »Ich nehme einen Kaffee, und eigentlich weiß ich nicht wirklich, was ich an Süßem will. Vielleicht bringst du mir einfach etwas mit, das du hier besonders gern magst.«

»Sí, señor, dein Risiko!«

Ben beobachtete das bunte, fröhliche Treiben und lauschte dem Klang der lebhaften Gespräche um ihn herum. Ihm wurde klar, dass der ganze pittoreske Altstadtkern mittlerweile eine einzige Fußgängerzone war. Das war eine gute Entwicklung.

Nach geraumer Zeit kam Naira mit einem Tablett zurück. Darauf befanden sich zwei Tassen mit Cortado, etliche Servietten und ein großer Teller mit vielen kleinen Hojaldre, einem Plundergebäck mit verschiedenen Füllungen.

»Ich liebe eigentlich alle Varianten von diesen kleinen Teilen, aber die mit Vanillefüllung sind wahrscheinlich am allerbesten«, erklärte ihm Naira beim Abstellen der Gaumenfreuden und setzte sich ihm gegenüber.

Mit dem ersten Schluck Kaffee fühlte sich Ben ganz entspannt.

Naira hatte währenddessen die ersten drei Hojaldre verspeist. »Die mit Apfel sind auch sehr gut, aber ich glaube, heute ist die mit der Limettencreme mein Liebling.«

Vorsichtig griff Ben nun nach einem mit Vanillecreme. »Der passt doch gut zum Kaffee, oder?«

»Mir passt jeder, auf den ich grade Lust habe!«, antwortete Naira, und im selben Moment begannen beide zu lachen.

»Okay, wenn du Süßes isst, kann man kein ernstes Gespräch mehr mit dir führen, richtig?«, fragte Ben.

Sie nickte mit vollem Mund und hob die Hand, um ihm eine kurze Pause zu signalisieren, bevor sie antwortete. »Ja, genau. Lass uns einfach diesen sonnigen Moment genießen!« Dann drehte sie ihr Gesicht zum strahlend blauen Himmel.

Ben schüttelte kaum merklich den Kopf und griff nach seiner zweiten *Hojaldre*, diesmal mit Limettencreme.

Später schlenderten Naira und Ben auf Umwegen durch die von altkanarischen Häusern gesäumten Straßen zur *Tranvia*-Station.

Naira legte einen blitzartigen Zwischenstopp vor einer Boutique ein. Sie hatte im Schaufenster ein dunkellila Kleid entdeckt, das ihr auf den ersten Blick gefiel. »Schau mal, Ben, was meinst du? Ob mir das steht?«

»Die Farbe sicher! Probier es doch einfach!«

»Schon überredet! Bin gleich wieder da.«

Ben ging zu einem kleinen Buchladen auf der anderen Straßenseite, um die Auslagen zu studieren.

Doch in kürzester Zeit erschien Naira in dem Kleid an der Ladentür und rief nach ihm. »Hola, Ben, was meinst du dazu?«

Ben schaute verblüfft drein: »Wow, das steht dir ausgezeichnet! Und das Lila passt noch viel besser zu dir, als ich dachte!«

Mit einem »Danke, gekauft! Es ist ein Baumwoll-Leinengemisch und trägt sich fantastisch« verschwand Naira wieder im Laden. Während Ben noch immer in Richtung Ladentür starrte, stand sie schon wieder neben ihm, mit einer hübschen Tragetasche in der Hand.

»Ach, Ben, schon deshalb hat sich der Ausflug nach La Laguna für mich gelohnt: Ich komme auf La Palma kaum zum Shoppen, es muss bei mir immer so spontan wie jetzt passieren: ein Blick, eine Anprobe, passt – und zahlen.« Naira strahlte.

Gerade als sie am Ende des Gässchens um die Ecke bogen, fuhr an der Station am anderen Ende der Straße die *Tranvia*-Linie 1 ein.

»Wir müssen nicht rennen«, gab Naira ihr Insiderwissen zum Besten, »die steht da immer mindestens fünf Minuten, manchmal auch zehn. Aber einsteigen können wir gleich und haben dann ganz vorne Plätze in Fahrtrichtung.«

Als Naira ihren Rucksack und die Kleidertasche neben sich abstellte und Ben seinen Rucksack dazu, meinte sie: »Wir haben jetzt ziemlich exakt fünfunddreißig Minuten Zeit bis zum *Intercambiador*. Lass uns unser Wissen zusammenfassen.«

Ben nickte und machte den Anfang. »Wir haben, genau genommen hat dein Felipe«, Naira verzog das Gesicht bei der Betonung, »ein Manuskript aus dem Jahr 1648 mit dem Titel: *Der Bericht von Kapitän Ibn Farukh, der im Jahre 999 mit drei Fregatten die paradiesischen Inseln, auch Canaren genannt, erkundete. Aufgezeichnet im Jahre 1648 von Manuel Diaz.*«

»Gut auswendig gelernt, aber wir haben nur das Titelblatt, und der Anbieter war der junge Angel. Wir wissen weder, woher er es hatte, noch wo sich die restlichen Blätter befinden – und er kann uns keine Auskunft mehr geben ...« Naira wirkte sehr nachdenklich.

»Ja«, sagte Ben »wir wissen auch nicht, warum der Junge sterben musste. Hat sein Tod etwas mit dem Manuskript zu tun? Aber lassen wir den armen Angel kurz beiseite: Nach dem Gespräch mit Jorge bin ich mir ziemlich sicher, dass Ibn Farukh wirklich einen Bericht verfasst hat, auch wenn dieser heute in keinem Archiv mehr auffindbar ist!«

Mittlerweile waren andere Fahrgäste zugestiegen, und die Bahn setzte sich in Bewegung. Die wenigen Mitreisenden im Waggon schauten immer wieder verstohlen zu dem Paar, das in ein für sie alle unverständliches Gespräch vertieft war.

Naira saß inzwischen ganz aufrecht, Zeichen ihrer einsetzenden Anspannung. »Aber Manuel Diaz konnte den Bericht wirklich noch 1648 auswerten. Und die Abbildungen! Dann müsste doch eigentlich diese Wiedergabe aus dem Jahr 1648 noch in den Bibliotheken stehen; die kann doch nicht auch einfach verschwunden sein! Hast du auch in Madrid eine Online-Abfrage gemacht?«

»Ja, ich habe gefühlt in allen Bibliotheken Spaniens und dazu noch in Paris und Rom online abgefragt. Nichts!« Ben machte dennoch ein erwartungsvolles Gesicht. »Stell dir vor, wenn wir nun das einzige Exemplar finden oder das einzige, das noch existiert! Diesen originalen, authentischen Bericht aus dem Jahr 900 mit irgendwas über die Lebensweise unserer Vorfahren! Es gibt kein vergleichbares Dokument, das hatten wir einfach nie – und nun taucht diese tausend Jahre alte Schilderung auf, frisch wie eine aktuelle Reisereportage!«

Naira ließ sich von Bens Begeisterung anstecken. »Und da es ein Kupferblockdruck ist, sind es sicher großartige Bilder, sonst hätte sich der Buchhersteller nie die Mühe gemacht. Es ist so aufregend, neue Erkenntnisse zu gewinnen und gleichzeitig die Geschichte unserer Ahnen zum Leben zu erwecken!«

»Damit sind wir aber wieder bei Angel«, warf Ben ein. »Er ist unser einziger Anhaltspunkt, um an die fehlenden Blätter zu kommen. Seine Tante, Grimanesa Moya, hat wirklich keine Ahnung. Und so wie sein Zimmer aussah, hat er es nicht bei ihr versteckt und ...«

Naira unterbrach Ben: »Versteckt! Wie ist er überhaupt an dieses Werk gekommen? Eventuell doch durch Carlos Navarro? Hat der uns angelogen? Aber wenn ja, warum?«

»Hm, Carlos Navarro hätte keinen Grund zu lügen: Wenn Angel es ihm gestohlen hätte, wäre er doch froh, die fehlende Seite wiederzubekommen, und hätte das aufgeklärt. Aber, du hast das ja auch bemerkt, es interessiert ihn: sowohl inhaltlich als auch historisch und künstlerisch!« Ben lächelte bei seinen letzten Worten, ihm ging es wohl genauso.

»Ja, so kam es mir auch vor. Und seine Werkstatt zeigt ja auch, dass er ein sehr guter, wenn nicht sogar ausgezeichneter Kupferstecher ist. Hast du die Platte mit dem begonnenen Teide-Stich gesehen? Die blühenden Natternköpfe im Vordergrund? So zart, du erkennst jede einzelne Blüte!« Naira war immer noch ziemlich beeindruckt.

»Trotzdem«, fast beschwörend kamen Bens Worte, »trotzdem müssen wir herausfinden, wo Angel den Rest des Buches versteckt hat. Und wenn wir wüssten, woher er das Titelblatt hatte, könnten wir uns den Rest wahrscheinlich zusammenreimen.«

»Wir sollten noch mal mit Carlos Navarro reden, zum Beispiel, wenn wir ihm das Titelblatt zur Begutachtung bringen. Wie siehst du das? Ich denke, er muss doch irgendwelche Anhaltspunkte für uns haben, er muss eine Ahnung haben, wo Angel sich aufgehalten hat, welche Freunde er hatte, was er am Hafen gemacht hat, mit wem er Kontakt hatte!« Naira sprach sehr bestimmt und immer lauter, die Aufmerksamkeit der anderen Fahrgäste war ihr sicher.

Ben bemerkte die neugierigen Blicke nicht, er nickte nur heftig und sagte: »Carlos Navarro ist jedenfalls unser einziger Anhaltspunkt zum Buch.«

In Gedanken versunken schwiegen beide eine Weile. Dann fischte Naira ihr Handy aus dem Rucksack und informierte Felipe über die Recherche in La Laguna.

Ben hatte sich sein rotes Notizbuch zur Hand genommen und las seine Notizen über das Gespräch mit Jorge, die er in der Konditorei gemacht hatte.

Inzwischen waren sie wieder in Santa Cruz angekommen, die *Tranvia* fuhr gerade recht langsam die Straße nach dem *Teatro Guimerá* entlang, als Ben von seinen Notizen aufblickte und verhalten aufschrie.

Sofort schaute auch Naira auf die Straße. »Was ist los, was hast du gesehen?«

Ben sah aus, als hätte er in eine Zitrone gebissen: »Ich glaub es ja fast nicht, aber ich bin mir leider ganz sicher: Dieser unsägliche Zambada ist auch hier in der Stadt. Eben sind wir an ihm vorbeigefahren. Seit wann interessiert sich dieser Kerl für den Karneval? Oder riecht er beim unglücklichen Tod eines Jungen eine Story für sich und sein – na ja – Blatt?«

»Ach, Ben, ich glaube, beim Höhepunkt des Karnevals sind alle Journalisten der Kanaren in Santa Cruz. Und die, die nicht dabei sind, sind beim Karneval auf Gran Canaria! Wahrscheinlich hat er ein Interview mit der diesjährigen Karnevalsprinzessin geplant.« Sie lächelte ihn an und setzte fort: »Vergiss ihn! Wir haben heute einen Abend im *Auditorio* vor uns, und ich freue mich schon sehr auf das Konzert. Wir beide werden diesen Ausflug in die Musik genießen.«

»Du hast recht: Leute wie Zambada sollte man schlicht ignorieren. Aber«, Ben sah noch immer missmutig drein, »wenn wir flott genug sind, schaffen wir vorher noch einen Cocktail auf der Terrasse des *Auditorio Cafés* mit Blick in den Sonnenuntergang. Klingt das nicht richtig romantisch?«

»Und wie!«, sagte Naira. »Ich bin voll motiviert, einen neuen Rekord im Umziehen aufzustellen!«

Die Nacht war klar und der Himmel sternenübersät, die Meeresluft angenehm. Der sanfte Wind spielt mit Nairas langen Haaren, die nur von einem Haarreifen aus Horn gebändigt wurden. Sie und Ben blieben kurz hinter dem Ausgang des *Auditorios* stehen und schauten auf den bewegten Atlantik im Mondschein.

»Das war ein wunderschönes Konzert. Von der Mischung aus Mozart mit Kanarischen Volksweisen war ich ja vorher nicht wirklich überzeugt, aber die Zusammenstellung und natürlich die Interpreten waren großartig!« Naira schob ihr schwarz-lila gemustertes Seidentuch wieder an seinen Schulterplatz zurück und zupfte das neue Kleid an den Hüften zurecht. »Findest du nicht auch?«

»Absolut! Ich war auch skeptisch, aber es war erstaunlich, wie diese beiden doch ganz unterschiedlichen Musikstile harmonierten.« Ben war noch immer sichtlich und hörbar begeistert. »Was meinst du: Wollen wir gleich hier noch etwas trinken, wo wir vorhin zu spät dran waren? Oder möchtest du lieber in unserer Bar vorm Haus einen Drink?«

»Nein, lass uns hierbleiben, ich mag das Geräusch der Wellen und den Blick in die Weite des Meeres.« Naira hatte kaum zu Ende gesprochen, da startete Ben schon und ging hinüber zur Terrasse des Lokals. Mit ihm allerdings ungefähr die Hälfe der Konzertbesucher. Er schlängelte sich sehr geschickt zu einem freien Tisch in der ersten Reihe direkt am Meer und setzte sich.

Naira folgte ihm gemächlich. »Gut gemacht, Ben! Weißt du schon, was du trinken willst?«

»Ich glaube, wir haben jetzt viel Zeit zum Auswählen. Die beiden Kellner sind im Konzert-ist-zu-Ende-Stress, und ich weiß es noch nicht wirklich: Ich schwanke nämlich zwischen einem kühlen Bier, an das dachte ich gegen Schluss des Konzerts, es war doch ziemlich warm im Saal, oder deinen *Don't Forget*, den ich auch sehr gerne mag.« Ben schaute fragend zu Naira.

»Ich nehme den *Don't Forget*, der passt für mich gut zum Ausklang des Konzerts«, beschloss Naira. «Ich bin gespannt, ob sie den überhaupt noch haben. Andererseits ist das ein Klassiker auf den Inseln, und jede Bar sollte eigentlich Campari, Grapefruitsaft und Tonic dahaben.«

Sie sprachen über die Vielfalt von Instrumenten, die bei dem Konzert zum Einsatz gekommen war. Von den Streichern und Bläsern bis hin zu traditionellen kanarischen Instrumenten wie der Timple, die zusammen eine einzigartige Klangfülle erzeugten.

Naira stellte fest: »Die Melodien der kanarischen Volksweisen haben eine besondere Wärme und Fröhlichkeit, während die Mozart-Stücke eine gewisse Eleganz eingebracht haben.«

Ben pflichtete ihr bei.

Endlich kam ein Kellner zu ihrem Tisch, und sie konnten zu Nairas Freude zwei *Don't Forgets* bestellen – wieder einmal hatte Ben sich angeschlossen.

Auf dem Heimweg schlenderten Ben und Naira gemütlich durch die laue Nacht von Santa Cruz de Tenerife. Das Licht der Straßenlaternen war so sanft, dass sie die Sterne sehen konnten. Die Klänge entfernter Musik und die Stimmen aus den umliegenden Bars und Restaurants begleiteten sie bis zur Haustür.

Ben drehte sich zu Naira um. »Und wer von uns hat jetzt den Schlüssel? Ich habe meinen nämlich nicht mitgenommen ...« Naira erschrak, aber nur kurz. Sie mochte eigentlich keine Türen, die man einfach zuwerfen konnte, und schon waren sie verschlossen, mit solchen hatte sie schon öfter schlechte Erfahrungen gesammelt. Aber mit einem schnellen Griff in ihre kleine Handtasche hatte sie den Schlüssel in der Hand und öffnete.

Beschwingt gingen sie die zwei Stockwerke hinauf, dann nahm Ben Naira den Schlüsselbund aus der Hand, öffnete die etwas unberechenbare Wohnungstür und fragte: »Wollen wir noch einen Schluck trinken und den gelungenen Abend ausklingen lassen?«

»Gern, ich bin noch gar nicht müde, also eigentlich bin ich noch immer von der schönen Musik beflügelt! Ich hole den Malvasier aus dem Kühlschrank, einverstanden?«

»Ja, fein! Und ich schau nur noch schnell in meine Mails und auf die Schlagzeilen, dann bin ich schon bei dir.«

Naira schleuderte ihre eleganten Schuhe neben der Eingangstür von sich, stellte sie dann ordentlich nebeneinander ab und ging in die Küche. Mit der Weinflasche im Kühler und den beiden Gläsern setzte sie sich an den Esstisch und legte ihre Beine auf dem Sessel daneben hoch. »Sag, magst du noch Picos?«, rief sie Ben zu.

Der antwortete mit seltsamen Lauten, die am ehesten nach Fluchen klangen.

Naira stand wieder auf und ging barfuß zu Bens Zimmer. »Was ist los?«

Ben schaute verdrossen von seinem Computer auf. »Naira, das glaubst du nicht: Dieser widerliche Zambada ist ein ... Mir fehlen die Worte! Bitte schau dir das an.«

Und Naira sah die Seite von *imagen* am Bildschirm. Über dem Artikel war ein Bild mit Carlos Navarro und dem Jungen zu sehen, darunter stand: *Das ist der junge, elternlose Angel Moya mit süßen zehn Jahren in schlechter Gesellschaft.* Schnell überflog Naira den Beitrag:

Verwahrlosen unsere Kinder, verwahrlost die Gesellschaft.

Ein Bericht unseres Inselreporters Zambada aus Santa Cruz de Tenerife.

Weltweit 100 Millionen Kinder leben nach Schätzungen auf der Straße. 33 Millionen Kinder sind sogar obdachlos ohne Eltern. Der Fall Angel Moya ist ein schreckliches Warnzeichen für unsere Gesellschaft. Wie imagen schon berichtete, wurde der junge Angel Moya am vergangenen Mittwoch in Santa Cruz de Tenerife am Hafengelände erschossen. Bis heute ist es unserer Polizei nicht gelungen, diesen schrecklichen Mord zu klären. Moya war offensichtlich trotz seiner jungen Jahre bereits Teil einer Verbrecherorganisation und ist als Opfer eines grausamen Bandenkrieges zu Tode gekommen. Aus einer Studie, die unserer Zeitung vorliegt, geraten die meisten elternlosen Kinder auf die schiefe Bahn.

 Auch dieses Kind hatte keine Eltern mehr. Angel war ein Jahr alt, als seine leibliche Mutter ihn verließ und sein Vater erschossen wurde. Dieser sogenannte Vater war ein verkommenes Subjekt, ein schmutziger Verbrecher. Er ließ den kleinen Angel bei seiner geldgierigen Tante zurück, die dem Kind weder Erziehung noch Liebe schenkte. Der einzige »Freund« war ein seltsamer Alter, bei dem der Junge sich herumtrieb. Die Schule schwänzte Angel bei jeder Gelegenheit. So lernte er weder schreiben noch lesen. Natürlich war der Umgang mit dem alten Carlos Navarro, einem »Künstler« am Rande der Zona Centro, ein denkbar schlechter für den armen Jungen. Ein räudiger, aggressiver Hund, der in dessen verwahrlostem Laden sein Dasein fristet, war der einzige Spielgefährte für das Kind.

Ihr imagen-Reporter immer vor Ort, um Wahrheit und Information bemüht, hat sich diese Verhältnisse angesehen: Wen wundert es, dass ein junger Mensch in einem solchen Umfeld und ohne die schützende Hand der erziehenden Eltern auf die schiefe Bahn gerät? Wo andere Jugendliche mit ihren Freunden Sport betreiben, zusammen Hausaufgaben machen oder im Kirchenchor singen und Gott loben, hockte der Junge bei diesem seltsamen Alten oder trieb sich mit Verbrechern am Hafen herum, probierte wahrscheinlich die ersten Drogen und beging den ersten Diebstahl im Supermarkt. Die Folgen sind längst spürbar durch die steigende Kriminalität in unserer schönen Stadt.

Das Attentat

Der *Mercado de Nuestra Señora de África* sah aus wie eine alte arabische Festung, obwohl er im 20. Jahrhundert erbaut worden war. Verkaufsstände in schattigen Arkadengängen boten ein Fest für alle Sinne: Mangos, Ananas, Papayas und köstliche kleine Kanaren-Bananen leuchteten und dufteten intensiv. Neben vielen regionalen Produkten wie den berühmten kanarischen Kartoffeln gab es üppige Jamon-Stände und verschiedenste kanarische Käsesorten und außerdem eine unglaubliche Auswahl an frischem Fisch und Meeresfrüchten. In der Fischhalle im Untergeschoss sowie in der ersten Etage konnte man in Steh-Restaurants alles verkosten.

Mitten in dieser lebhaften Atmosphäre und umgeben von den unterschiedlichsten Gerüchen saßen Naira und Ben und tranken Kaffee. In der Mitte ihres Tischs stand ein Teller mit *Tarta de naranja*, dem wunderbaren kanarischen Orangenkuchen mit Mandelblättchen, und einem Stück *Tarta de datiles*, saftigem Dattelkuchen. Der erneut strahlend blaue Himmel über ihnen versprach einen weiteren frühlingshaften Tag, genau das richtige Wetter für ihre Fahrt nach Orotava, fanden die beiden. Naira hatte Ben vorher jeden einzelnen Marktstand gezeigt, den sie früher, als sie noch auf Teneriffa lebte, frequentiert hatte, und sie hatten frische Pasta gekauft. Die wollten sie abends zu Hause in ihrer Ferienwohnung zubereiten. Weil sie sich nicht für ein Rezept entscheiden konnten, befand sich nun ein ansehnliches Sortiment an Zutaten wie mit Spinat, Ricotta, Fleisch, Gemüse und Pistazien gefüllte Tortelloni, Mezzelune und Ravioli gut verpackt in Nairas Tasche. Die hatte sie inzwischen vorsorglich unter dem Tisch im Schatten abgestellt.

Ben schaute gedankenverloren auf den Uhrturm auf der anderen Seite des Hofes.

»Du, das schaffen wir alles, wir werden pünktlich in Orotava sein«, versicherte ihm Naira, die seinen nachdenklichen Blick auf die baldige Busabfahrt schob.

»Ja, ich weiß. Ich war in Gedanken schon beim Gespräch mit Gonzales. Nein, entschuldige, daran habe ich nur kurz gedacht. In Wirklichkeit grüble ich, was wir machen können, um an die restlichen Blätter des Ibn-Farukh-Buches – so nenne ich das jetzt – zu kommen. Haben wir eine Möglichkeit nicht bedacht? Wie können wir Angels Wege und Kontakte der letzten Tage rekonstruieren, falls unser nochmaliges Gespräch mit Carlos Navarro nichts bringt?«

»Darüber habe ich heute Morgen auch schon nachgedacht und dann beschlossen, zuerst unsere Fahrt nach La Orotava zu genießen. Da treffe ich übrigens kurz Rosie, die Naturführerin, erinnerst du dich? Und am Nachmittag, während du dir die Freuden des Karnevals gibst, will ich mit

Felipe beratschlagen. Vielleicht hat er ja noch eine Idee und ...«

»Was könnte Felipe beitragen, das wir nicht können?«, unterbrach Ben sie etwas missmutig.

»Er handelt schon viele Jahre mit antiquarischen Büchern, er hat damit viel Erfahrung, und es ist ihm sicherlich auch schon einiges Seltsame untergekommen. Warum also nicht ihn fragen?«, gab Naira zurück und schob sich das letzte Stückchen der *Tarta de naranja* in den Mund.

»Na ja, wahrscheinlich hast du recht, wir sollten nach jedem Strohhalm greifen.« Ben seufzte.

»Wir könnten Klassenkameraden von Angel ausfindig machen«, schlug Naira vor. »Er wird doch irgendwem irgendwas erzählt haben. Ist die Polizei eigentlich mit den Ermittlungen zu Angels Tod schon weiter, hast du was von Manuel gehört?« Naira sah jetzt auch auf die Turmuhr, die leeren Tassen und den Teller – und dann zu Ben.

Der schüttelte den Kopf. »Komm, lass uns unsere Einkäufe nach Hause tragen, bald kommt der Bus.«

»Ah, warte, ich nehme da vorne noch eine von diesen köstlich aussehenden Honigmelonen mit!« Gleichzeitig zeigte Naira auf die Tasche unter dem Tisch. »Bitte ganz vorsichtig tragen: Darin ist unsere *Pasta fresca* – und ein Überraschungsdessert!«

»Dieser große *Mercado* in Santa Cruz ist wirklich der schönste und ungewöhnlichste Markt, den ich kenne«, befand Ben.

Sie hatten ihre Einkäufe zu Hause im Kühlschrank verstaut und waren nun auf dem Weg zum *Intercambiador*, dem Bus nach La Orotava.

»Da hat Franco ordentlich Steuergeld investiert, um sich beim Volk einzuschleimen. Dabei war er damals noch gar nicht der große Diktator von Spanien, sondern ein kleiner Gouverneur«, sagte Ben.

»So gering war sein Rang nun auch wieder nicht«, erwiderte Naira, um auch ein wenig mit ihrem Wissen zu glänzen. »Er war immerhin Militärgouverneur von Teneriffa.«

Die Ampel sprang auf Grün, und sie überquerten den mehrspurigen, stark befahrenen Kreisverkehr beim Kaufhaus *El Corte Inglés*.

»Beneharo!« Eine sonore Stimme mit einem leichten russischen Akzent ertönte neben ihnen. Genauso schön wie die Stimme war sein Äußeres: ein eleganter, heller Sommeranzug, dazu ein mitternachtblaues Hemd ohne Krawatte und Schuhe, die so unauffällig wie teuer aussahen.

Der groß gewachsene, schlanke Mann mit dem sorgfältig rasierten Schädel war zweifellos aus einer anderen Welt. Zumindest aus einer anderen Geldwelt. Seine Begleitung war aber noch mal eine ganz andere Erscheinung. Naira hatte immer gedacht, so etwas gäbe es nur im Modemagazin, aber nicht im echten Leben. Perfekt gekleidet und umhüllt von einem Parfüm, für dessen Preis sie wahrscheinlich einige Male mit dem Taxi nach Orotava und zurück fahren könnten. Sie, die auf dem Weg zum Busbahnhof waren. Der Mann umarmte den überraschten Ben und freute sich sichtlich, ihn zu sehen.

Er gab Naira formvollendet die Hand, dem Handkuss

entzog sie sich geschickt, und Dimitri Dimitrijev stellte sich Naira und dann beiden die Frau an seiner Seite vor. »Sofia Martinez, Parfümdesignerin und Besitzerin der Firma *Siempre Sofisticada*.«

Sofia Martinez wirkte wie eine mächtige Akteurin aus einem James-Bond-Film. Eine, die den Mordbefehl gab und sich dann weiter in das vertiefte, was der auf dem sündhaft teuren Designerschreibtisch aufgeklappte Laptop ihr präsentierte. Das Pro mit echter Goldprägung, Sonderanfertigung versteht sich. Ihr Händedruck war nicht von schlechten Eltern. Und sie betrachtete die beiden durchaus freundlich.

Dimitri drückte Ben seine Visitenkarte in die Hand. »Meine neue Telefonnummer, ruf mich bitte an, ja?«, meinte er fast entschuldigend, und an das blonde Wesen gewandt sagte er: »Das ist Ben, mein Studienfreund aus Madrid, und die Dame neben ihm die berühmte Buchhändlerin aus La Palma. Sie waren es, die herausfanden, wer deinen Bruder getötet hatte.«

Die Schwester von Alvaro Martinez blickte erstaunt und nun auch ein wenig interessierter auf Naira und Ben.

Jetzt erst bemerkte Ben einen schwarzen Maybach Exelero hinter den beiden, ein Chauffeur hielt ihnen die Tür auf, sie stiegen ein – und weg waren sie.

»Okay«, sagte Naira und holte langsam, aber tief Luft. »Unser Bus wartet auch nicht auf uns.«

Da begann Ben zu glucksen, immer heftiger musste er lachen, Tränen liefen ihm die Wangen entlang. Die Situation war einfach zu absurd gewesen.

Auf der Busfahrt nach La Orotava unterhielten sich Naira und Ben über das eigenartige Zusammentreffen mit Dimitrij und Alvaros Schwester Sofia. Während Ben überlegte, warum Dimitrij auf Teneriffa sein könnte, sagte Naira schmunzelnd: »Gut, dass ich nicht öfter mit solch fremdartigen Wesen zu tun habe.«

In der Nähe des Städtchens Tacoronte konnten sie nun auf der rechten Seite die eindrucksvolle Küstenlandschaft von Teneriffa mit dem türkisblau glitzernden Wasser sehen. Auf der linken Seite ließ sich immer wieder der eindrucksvolle Teide blicken, der sich heute in voller Schönheit, diesmal nicht in Wolken gehüllt, präsentierte. Ab Puerto de la Cruz, dem ehemaligen Hafen von Santa Cruz, fuhr der Bus bergauf.

»Ich freue mich schon auf unseren morgigen Ausflug nach Puerto! Und gut, dass Felipe uns sein Auto borgt, obwohl er seinen Wagen eigentlich ungern fremden Händen anvertraut.« Bevor Ben antworten konnte, sprach Naira weiter: »Wir sollten unsere Badesachen mitnehmen. Früher bin ich immer gerne in der Poolanlage *Lago Martiánez* geschwommen. Die ist direkt am Meer und wurde von dem Architekten César Manrique, unserem großen kanarischen Künstler, geschaffen. Speziell bei sehr bewegtem Atlantik ist es da sehr entspannend. Und er ist auch groß genug, dass man wirklich schwimmen kann. Wollen wir da mal hin?«

Ben war in Gedanken schon bei Jorge Gonzales und nickte einfach zu Nairas Frage. Sie bemerkte seine Unaufmerksamkeit und dachte, spätestens morgen früh würde sich ja herausstellen, ob er zugehört hatte. Sie versuchte, ein Grinsen zu unterdrücken, und schwieg.

Schließlich erreichte der Bus La Orotava, Naira sah bei der Einfahrt in die Stadt viel traditionelle kanarische Architektur und meinte sich zu erinnern, dass sie europäisches Kulturerbe war und unter Denkmalschutz stand. Am Ortsrand stiegen sie aus und gingen gemeinsam bis zur *Plaza de la Constitución*. Hier wollten sie sich später auch wieder treffen.

Ben bog dann in die *Calle Araujo* zu seinem Treffen mit Gonzales, Naira spazierte noch bis zur *Calle León*, um zum *Jardin Botánico* zu gelangen. Dort wollte sie sich mit Rosie, ihrer Freundin aus der Grundschule, treffen. Rosie Vidal war begeisterte Pflanzenliebhaberin und hatte ihre Liebe zum Beruf gemacht: Sie organisierte Naturwanderungen, zuerst einige Jahre auf La Palma und nun schon seit über einem Jahr zusätzlich auf Teneriffa. Rosie konnte nicht nur Naturwissen lebendig vortragen, sondern auch ihre Leidenschaft für die kanarische Pflanzenwelt mitreißend vermitteln. Als Naira zum Jardin abbog, sah sie Rosie mit einigen Leuten bei dem alten schmiedeeisernen Tor stehen. Sie war etliche Minuten zu früh dran und schlenderte langsam näher. Kaum hatte Rosie sie wahrgenommen, winkte sie ihr, verabschiedete sich mit einem flotten »Adiós« von der Runde und kam mit schnellen Schritten auf Naira zu. Die beiden umarmten einander lachend und küssten sich links, rechts, links auf die Wangen.

»Endlich wieder einmal ein Treffen geschafft, und diesmal auf Teneriffa!« Rosie freute sich sichtlich über das Wiedersehen.

»Wieso haben wir uns seit Wochen nicht gesehen? Brauchst du keine Pflanzenbücher mehr?«, scherzte Naira.

»Ach, hör auf, ich habe längst viel mehr daheim als du in der Buchhandlung! Aber weißt du, wenn mir meine Buchhändlerin keine Novitäten anbietet, tut das meinen Finanzen sehr gut!«

Beide lachten, und Rosie sprudelte gleich weiter: »Komm, lass uns in Richtung Gofiomühle gehen, in die *Casa Lercaro*, die ist quasi daneben. Dort gibt es einen hübschen Patio mit einem Lokal. Zu meinem nächsten Termin habe ich es dann auch nicht weit, denn der ist in anderthalb Stunden in der Mühle.« Naira war einverstanden. Dieses Lokal kannte sie noch gar nicht.

Plaudernd gingen sie die wenigen Schritte bis zur *Calle San Francisco*, in die sie bei der berühmten *Casa de los Balcones*, einem architektonischen Juwel aus dem 17. Jahrhundert, einbogen. Wenige Schritte weiter waren sie an ihrem Ziel angelangt. Im romantischen Innenhof der *Casa Lercaro* besetzten sie einen freien Tisch neben dem Wasserrad, umgeben von zahlreichen Pflanzen.

Naira sah sich neugierig um. »Das ist mit viel Liebe eingerichtet; dass du dich hier wohlfühlst, verstehe ich gut.«

»Freut mich, wenn es dir hier auch gefällt, aber jetzt sag schon: Wieso bist du, noch dazu zur Karnevalszeit, die du doch gar nicht magst, auf Teneriffa?«

Naira überlegte kurz. »Das ist eine spannende Geschichte. Sie beginnt natürlich mit einem Buch, und zwar mit einem sehr alten Buch ...«

»Ich will alles wissen, dafür haben wir genau eine Stunde und fünfzehn Minuten Zeit«, unterbrach Rosie mit neugierigem Gesichtsausdruck, und Naira begann zu erzählen.

Ben saß bereits mit einer Zitronen-Granita auf der Terrasse des *Liceo de Taoro* auf der *Plaza de la Constitución*, als Naira auftauchte. »Hola, Ben! Wie war's, wie ist's gelaufen?«, fragte sie interessiert.

»Hola, Naira. Du weißt ja, wie Gonzales ist, ich habe dir ja schon öfter von ihm erzählt«, begann Ben nachdenklich. »Allerdings wirkte er noch gestresster als früher ... Und er scheint auch den Druck von oben nicht mehr so leicht wegstecken zu können. Es werden im Konzern neue Magazinprojekte gestartet, und er braucht in seiner Organisationsstruktur halt noch eine zusätzliche Ebene, an die er delegieren kann und die seine unmittelbare Assistenz darstellen sollte. Er hat ein höheres Personalbudget zugesprochen bekommen und kann jetzt viel besser finanziell navigieren.« Ben machte eine kleine Pause und winkte dem Kellner, der auch gleich zum Tisch kam.

Naira bestellte ebenfalls Zitronen-Granita – »die habe ich schon lange nicht mehr getrunken« – und war sofort wieder aufmerksam bei Bens Erzählung.

»Gonzales war noch hartnäckiger als sonst. Ich könnte in der Position des Koordinators und Leiters der Außenreporter wesentlich mehr Geld verdienen. Er schätze mich sehr – das freut mich natürlich, ich bewundere auch seine Energie und seine Kompetenz. Gleichzeitig sehe ich, wie ihn der Job auffrisst ...«

Naira wollte etwas sagen, bemerkte aber Bens Konzentriertheit und schwieg.

»In der Einstellung zu Beruf und Geld könnten wir nicht unterschiedlicher sein. Ich will halt nicht auf die Rente hin malochen. Dafür ist mir nicht nur das Leben an sich zu wichtig, sondern ich arbeite auch mit meinen Kontakten als Außenreporter auf den Inseln zu gern zusammen. Der Job, den ich jetzt habe, der passt zu mir, im Gegensatz zu einem reinen Bürojob. Außerdem würde ich nicht mehr zum Bücherschreiben kommen – und in der Buchhandlung würdest du mich kaum sehen. Ich hätte einfach nicht mehr die Zeit zum Lesen! Die Gespräche mit dir würden mir unendlich fehlen.« Ben setzte nachdenklich fort. »Außerdem ist Jorge Gonzales selbst kein leuchtendes Beispiel für mich. Drei Ehen, alle gescheitert – und seine Kinder kennen ihn kaum ...«

Der Kellner servierte die erfrischend aussehende Zitronen-Granita, Naira nahm vorsichtig einen kleinen Schluck von dem kühlen Getränk und wandte sich wieder ganz Ben zu.

»Zumindest halbwegs will ich machen, was ich selbst will. Will einfach ich sein. Das kann ich nicht in einem kleinen Zimmer, wo an der Wand bunte Bilder meiner Inseln hängen, die mich daran erinnern, in welch traumhafter Umgebung ich lebe. Mit Menschen, die die freundlichsten und positivsten der Welt sind, aber mit denen ich kaum mehr zu tun hätte. So empfinde ich das zumindest. Trotz Klimakatastrophen und Vulkanausbrüchen.«

Naira hatte ruhig zugehört, immer wieder einen Schluck Granita getrunken und zwischendurch genickt. »Nein, Ben, das wärst nicht du. Du und ein Managerjob, unvorstellbar. Und dein Boss hat deine Absage einfach hingenommen? Das kann ich mir jetzt nicht vorstellen.«

»Nein, nein, ganz und gar nicht. Wir spielen dieses Spiel ja nicht zum ersten Mal, aber er sah sich wohl noch nie so in die Ecke gedrängt. Er braucht einfach jemanden, der ihn unterstützt. Er ist ja auch nicht der Typ, der gern klein beigibt. Gonzales hat akzeptiert, dass ich nicht die zweite Ebene unter ihm sein will. Also hat er sich schon ein Alternativkonzept zurechtgezimmert. Er hat mir die Leitung von *Canaria Culinaria* aufgedrängt. Und die Arbeit für die Wochenzeitung soll ich wie bisher auch weitermachen. Die Leitung der CC soll ich aber nicht als Bürohengst erledigen, sondern als der oberste Außendienstmitarbeiter. Ich kann mir meine Themen selbst aussuchen und die anderen Themen mit den KollegInnen besprechen, auch zuteilen. In stetiger Kommunikation mit ihm. Da brauch ich auch keinen fixen Standort, schon gar nicht Madrid, das kann ich locker mittels Videokonferenz organisieren, meinte er. So haben wir uns geeinigt, und ich hab mich einverstanden erklärt, eine Probezeit von drei Monaten zu absolvieren.« Den letzten Satz hatte Ben schnell und nachdrücklich gesagt.

Naira sah ihn zweifelnd an: »Kommt das nicht einer Kapitulation gleich?«

»Das sehe ich nicht so, denn wenn es mir zu viel ist, beende ich das Experiment. Immerhin bin ich dann nicht für mehr und noch mehr neue Magazinprojekte verantwortlich, und ich kann mich auf meine Gebiete, meine Vorlieben konzentrieren. Und die Endredaktion bleibt bei Gonzales, das war meine Bedingung.«

»Pass auf, Ben«, sagte Naira nachdenklich. »Pass auf dich auf, sonst wirst du geschluckt!«

Der Typ spähte unauffällig durch die schon lange nicht mehr gereinigten Schaufensterscheiben, es war niemand im Laden zu sehen. Leise öffnete er die Tür, schlüpfte schnell hinein und schloss sie vorsichtig hinter sich. Es war still im Geschäft. Nur von weit weg war Karnevalsgetümmel zu vernehmen. Aus dem angrenzenden Raum hörte man ein leises, unrhythmisches Schaben. Der Mann, der Kragen seiner schwarzen Jacke war hochgestellt, blieb stehen und hörte auf die Laute, bevor er ein paar Schritte zum halb offenen Durchgang machte. Er war extrem schlank, fast dünn, wie ein Schattenriss, verstärkt durch das komplette Schwarz seiner Kleidung und die schwarzen Sneaker. Seine Haare wurden von einer schwarzen Sportkappe versteckt. Sein Gesicht verbarg sich hinter einer schwarzen FFP2-Maske, die fast das ganze Gesicht bedeckte. Lauernd und leicht gebückt blieb er wieder kurz im Laden stehen. Lautlos zog er aus seinem weiten Ärmel ein schmales, nach vorne spitz zulaufendes Messer.

Hinten in der Werkstatt saß Carlos Navarro auf einem alten Holzhocker und schabte mit dem Rücken zum Durchgang an einem Metallstück, das vor ihm auf dem Arbeitstisch lag. Er legte sein Werkzeug auf dem Tisch ab, nahm die rechts von ihm stehende Teetasse in die Hand und trank einen großen Schluck. Anschließend griff Navarro wieder nach seinem dünnen, scharfen Instrument und bearbeitete weiter das Werkstück.

Als er abrutschte, fluchte er leise mit zusammengebissenen Zähnen. Der Alte arbeitete hoch konzentriert und schien das Heranschleichen des Mannes nicht zu hören. Von draußen, von der Hofseite, drangen Geräusche herein. Eine Frauenstimme sprach mit einem Hund, der bellend antwortete. Die dunkle Gestalt stand inzwischen schon fast vor dem Rücken des Meisters und blickte auf den dichten, strubbeligen grauen Haarschopf hinunter. Carlos Navarro schabte mit seiner ganzen Aufmerksamkeit an dem Werkstück. Der Eindringling hob das Messer, trat aber in der Bewegung auf ein Eisenstück, das am Boden lag. Das Geräusch ließ Carlos abrupt aufspringen, und er drehte sich trotz seines Altes mit einer fast katzenartigen Geschwindigkeit um. Der Mann vor ihm stieß ihm nun das Messer gegen die Brust, vermutlich versuchte er, das Herz zu treffen. Es gab einen hörbaren Widerstand, das Messer rutschte ein Stück nach unten und fand dann dort eine Einstichstelle. Carlos Navarro schrie auf, es klang eher nach Fluchen als nach einem Hilferuf.

Hinter der Tür bellte es nun laut, und der Hund warf sich kräftig dagegen. Auch die Frau, die vorher mit sanfter Stimme zu vernehmen war, schrie laut irgendwelche Worte. Gleich würde sie zusammen mit dem inzwischen grässlich jaulenden Hund den Raum stürmen. Der Mann lief zurück in den Laden und hörte hinter sich den lauten Aufschrei der Frau und dazu abwechselndes Bellen und Winseln. Offenbar hatten sie Navarro entdeckt.

Im Hinauslaufen zog der erfolglose Killer den Schlüsselbund von der Innenseite der Ladentür, riss diese auf und drückte sie schnell hinter sich zu. Mit der einen Hand hielt er die Tür zu, mit der anderen steckte er den Schlüssel ins Schloss, drehte ihn um und verstaute ihn in seiner Jackentasche, in die er jetzt auch seine Maske steckte. Flott, aber nicht hektisch, tauchte er in der nächsten Seitenstraße in einer Traube karnevalistisch gestimmter Menschen unter.

Manuel hatte Ben angerufen und die beiden gleich nach ihrer Rückkehr aus Orotava noch am Busbahnhof erreicht und mit wenigen Worten informiert. Sie kamen sofort in die Werkstatt von Carlos Navarro.

Nun standen sie mit Manuel nahe an dem umgeworfenen Hocker, auf dem Holzboden darunter waren noch Blutflecke sichtbar.

Ben dachte daran, wie sehr er sich auf den Moment gefreut hatte, wenn er Carlos das Titelblatt bringen würde. Carlos hätte seine Lupe genommen und das Blatt lange begutachtet. Dann hätte er gebrummelt, dass sein Experte, mit dem er sich bereits ins Einvernehmen gesetzt habe, schon mit großem Interesse auf das Deckblatt warten würde. Sie hätten Rum getrunken, den von Aldea, und über die friedfertigen Ureinwohner gesprochen. So hatte er sich das vorgestellt.

Stattdessen stand er nun in der Werkstatt des Alten und

fühlte lähmende Trauer und Brechreiz. Auch Manuel hätte er lieber unter anderen Umständen wiedergesehen. Einige Spurenexperten und Polizisten wuselten noch um sie herum. Carlos hatten sie längst abtransportiert, Gott sei Dank nicht ins Leichenschauhaus, sondern ins Krankenhaus. Das Messer war an dem silbernen Zigarrenetui in seiner Brusttasche abgerutscht und hatte statt des Herzens die Lunge erwischt. Das sei keine leichte Verletzung, und Carlos habe ins Koma versetzt werden müssen, erzählte Manuel, der kurz zuvor mit dem zuständigen Arzt telefoniert hatte.

Auch Manuel habe sich seine Begegnung mit Carlos anders vorgestellt, erklärte er Naira und Ben. Da Ben ihn um Schonung des Alten gebeten habe, habe er beschlossen gehabt, das Gespräch mit ihm persönlich zu führen. Nun hoffte er, dass sein Vorhaben nicht vom Tod des Mannes durchkreuzt wurde. Ob Carlos überleben würde, war im Moment noch nicht klar.

Um sie herum herrschte jetzt Totenstille, nur durch leises Winseln unterbrochen, das immer wieder von einem wolfsähnlichem Aufheulen abgelöst wurde. Xaro wirkte völlig durcheinander und rannte hin und her, dann wieder legte er sich apathisch in sein Körbchen und rollte sich zusammen. Naira versuchte, den verstörten Hund zu beruhigen. Der nahm zwar dankbar die Streicheleinheiten entgegen, sprang dann aber wieder auf, um seine Runden zu ziehen und sein Herrchen zu suchen. Sie hatten sich sofort bereit erklärt, sich um den Hund zu kümmern und Xaro mitzunehmen. Manuel war offenkundig heilfroh darüber und ließ sie eine provisorische Übernahmeerklärung unterschreiben.

Inzwischen waren auch die Spezialisten von der Spurensicherung mit ihrer Arbeit fertig und machten sich auf den Weg ins Labor und zur Dienststelle. Naira sammelte die ihr wichtig scheinenden Dinge für Xaro zusammen: Die Leine hing dort, wo Carlos sie am Donnerstag vor Nairas Spaziergang mit dem Hund vom Haken genommen hatte. Die Futterschüssel stand fast direkt darunter, daneben das Hundefutter. Im untersten Regalfach daneben fand sie außerdem eine Hundebürste, eine halbe Rolle Hundekotbeutel und einiges Hundespielzeug.

Die noch immer geschockte Nachbarin holte die Decke vom Innenhof, auf der Xaro gern draußen sein Schläfchen machte. Und sie erklärte Naira entschuldigend, dass sie den Vierbeiner zwar wirklich möge, aber ihr Mann leide unter einer Hundehaarallergie, also vielleicht auch unter einer Hunde-Allergie, sie könne also beim besten Willen den Hund nicht in Pflege nehmen. Nach diesen Worten ging sie nach oben zu ihrem Mann.

Naira packte alles in eine große, leere Papiertüte, die sie zwischen zwei der Regale eingeklemmt fand. Die Decke rollte sie ein, die würde sie einfach unterm Arm tragen. Die Tüte war schön und wie neu, der geschmackvolle, grafisch sehr gelungene Aufdruck darauf warb für das *Papier-Museum Punta Brava, Puerto de la Cruz*.

Beim Einpacken entdeckte Naira einen kleinen weißen Zettel, der am Tütenboden fast klebte. Es war eine Eintrittskarte in das Museum, das Datum war zwar nicht wirklich lesbar, aber Naira meinte, zumindest Dezember 2022 zu erkennen. Sie legte den Zettel, sicher war sicher, auf den einen der beiden Arbeitstische, den sie am ehesten als Büroschreibtisch vermutete.

Xaro hatte sie die ganze Zeit aufmerksam von seinem Platz aus beobachtet. Sollten sie den großen Hundekorb, in dem er sichtlich gerne lag, auch mitnehmen? Ja, denn bis zu Felipe, zu dem sie ja eigentlich gehen wollten, um das Auto abzuholen, war es nicht weit. Den würde sie aber erst ganz zum Schluss einpacken und die Decke einfach hineinlegen. Oder noch besser: Korb, Decke und die Tragetasche sollte Ben nehmen, sie selbst würde mit Xaro gehen.

Ben und Manuel hatten in der Zwischenzeit in der Schublade unter der Kasse einen großen Schlüsselbund mit sieben Schlüsseln gefunden. Sie probierten die Schlüssel der Reihe nach durch, bis sie den Geschäftsschlüssel und auch den von der Hintertür der Werkstatt identifiziert hatten. Carlos Navarro wohnte einen Stock über der Werkstatt, also waren wohl auch seine Wohnungsschlüssel dabei. In der Lade lag auch sein Ausweis, der erst vor zwei Jahren ausgestellt worden war. Manuel nahm ihn mit.

Ben fragte Manuel, was er von dem Überfall, eigentlich dem Mordversuch, halte, denn das sei es doch eindeutig: Wenn Carlos nicht das Zigarrenetui in der Brusttasche gehabt hätte, wäre es ein glatter Herzstich geworden.

»Ja, ich sehe es auch als Mordversuch – der hoffentlich nicht doch noch gelingt ... Aber ich kann dazu noch gar nichts sagen, denn vorläufig weiß ich über Navarro wahrscheinlich weniger als du. Meine Kollegen haben die Nachbarn befragt, aber es war keine Beobachtung dabei, die uns weiterhilft. Es ist Karnevalszeit. Interessant war, dass Carlos zwar als ziemlich verschlossener Einzelgänger gilt, doch haben alle nett und respektvoll von ihm geredet. Aber unsere Arbeit hat gerade erst begonnen, und wenn ich etwas Interessantes erfahre, rufe ich dich an.« Manuel versperrte die hintere Tür und stand nun, den Schlüsselbund in der Hand, neben Naira.

»Danke, Manuel, wir bleiben in Verbindung. Naira, kann ich noch helfen? Soll ich Xaro anleinen?«, meldete sich Ben wieder zu Wort.

Als er seinen Namen hörte, stand Xaro auf und ging schnurstracks zu Naira. Sein Halsband hatte er anscheinend immer um, auf alle Fälle heute. Naira griff nach der Leine, und der Hund ließ sie sich problemlos anlegen.

»Ich glaube, deine Frage hat Xaro schon beantwortet. Mal schauen, ob er nun wirklich so brav mit mir geht. Aber bis zu Felipe ist es ja nicht weit, wir sind gleich dort. Schau, dort drüben habe ich den Korb mit Decke und die Tragetasche abgestellt. Kannst du das alles mitnehmen? Oder lass die Tragetasche stehen, mein Rucksack ist nicht schwer, das ginge sicher auch.«

»Nein, lass nur, probieren wir es einfach mal aus.« Ben ging hinter Manuel nach vorn in den Laden, den Korb mit der Decke unter dem einen Arm und die Tragetasche in dem anderen. Manuel hielt ihnen die Tür auf und bedankte sich noch mal, dass sie Xaro mitnahmen. »Den Hund polizeilich ins Tierheim bringen zu müssen, ist mir dank euch erspart geblieben!«

Sie verabschiedeten sich. Naira und Ben gingen mit Xaro nach rechts Richtung Tabakfabrik und Manuel nach links zu seinem geparkten Polizeiwagen.

Xaro lief gehorsam neben Naira her. Vermutlich dachte er, sie gingen mit ihm zu Carlos. Nach ihrer Ankunft bei Felipes Buchhandlung blieb Naira neben der Garagenausfahrt stehen. »Warte du vielleicht mit Xaro hier, und ich rede erst einmal mit Felipe. Wir sind ja jetzt etwas früher dran als ausgemacht. Aber so wie ich ihn kenne, hat er die Papiere und den Autoschlüssel sicher schon mittags vorbereitet und in die Büroschublade gelegt.« Sie lächelte und drückte Ben die Leine mit Xaro in die Hand. »Bin gleich wieder da!« Mit schnellen Schritten verschwand sie in der Buchhandlung.

Tatsächlich tauchte sie gleich wieder auf – jetzt mit Papieren und einem Autoschlüssel in der Hand. »Felipe ist schon durch den Keller in die Garage gegangen, er kommt gleich da rausgefahren. Du kannst dann einfach übernehmen, und ich räume die Sachen in den Kofferraum, vorher setze ich Xaro auf den Rücksitz. Nur die Decke muss ich gleich auf die Rückbank legen, Felipe möchte keine Hundehaare im Auto. Hm. Wir werden das Auto wohl morgen Abend noch innen reinigen müssen.«

Nairas kurzes Auflachen konnte Ben nicht einordnen, aber er hatte keine Zeit, darüber nachzudenken, denn jetzt öffnete sich das Garagentor. Felipe fuhr mit seinem blitzblauen Seat Ateca heraus, stellte ihn, ohne den fließenden

Verkehr zu behindern, halb auf der Straße, halb auf dem Gehweg ab und stieg aus.

»Hola, Ben! Wieso ihr jetzt plötzlich mit Hund unterwegs seid, habe ich zwar nicht verstanden, aber er soll ja, wie Naira mir versicherte, ein besonders wohlerzogener und sauberer Hund sein.« Felipes Miene sah allerdings eher nach Misstrauen aus.

»Danke, Felipe, du kriegst dein Auto morgen Abend genau so schön und sauber zurück, wie es jetzt ist!«, versprach Naira mit Nachdruck und strahlte Felipe an.

Ben staunte über Nairas Wandlungsfähigkeit, während er den Kofferraum öffnete und den Korb hineinhievte. Dann legte er die Tragetasche dazu und schloss die Klappe wieder.

Naira hatte sofort die Decke genommen und auf der Rückbank ausgebreitet. Erst jetzt fiel ihr auf, dass Ben die Leine einfach losgelassen hatte, aber Xaro ruhig sitzen geblieben war. Naira klopfte kurz mit der Hand auf die Decke, und der Hund sprang auf den zugewiesenen Platz auf der Bank. »Danke für deine guten Manieren«, flüsterte sie ihm zu.

Ben hatte inzwischen hinter dem Steuer Platz genommen, Felipe stand daneben. Seinem Gesicht nach zu urteilen, war er über seine Zusage, seinen schicken Wagen zu verleihen, nicht wirklich glücklich. »Dann bis morgen! Ich muss wieder hinein.«

Naira umarmte den etwas verkrampft wirkenden Felipe und lief auf die andere Autoseite zum Beifahrersitz. Xaro saß ruhig auf der Rückbank, und Ben fädelte sich vorsichtig in den lebhaften Verkehr ein.

»Puh, ich dachte schon, Felipe würde wegen Xaro einen Rückzieher machen«, seufzte Naira. »Aber Xaro ist so ein kluger Hund, hast du bemerkt, wie vorbildlich er sich verhalten hat?«

»Na ja, ich glaube, so ist er einfach. Er war wohl nur ganz kurz wegen des Angriffs auf sein Herrchen außer sich. Wir werden ja sehen, wie er sich verhält, wenn wir in unserer Wohnung sind – und Carlos ist nicht da.«

Ben konzentrierte sich auf den Verkehr, denn was zu Fuß nur ein entspannter Weg von ungefähr zwanzig Minuten war, wurde zur Karnevalszeit zu einer wesentlich längeren Strecke, allein schon weil die Innenstadt umfahren werden musste. Sie brauchten fast eine Stunde, bis sie in der Nähe ihrer Wohnung einen Parkplatz suchen konnten.

Nach einigen Runden meinte Ben: »Du, ich glaube, es ist klüger, du steigst vor der Haustür aus, legst die Sachen auf den Gehweg – die nehme ich nachher mit hoch –, und du gehst mit Xaro schon mal nach oben. Ich fahre noch einmal vor bis zum Parkplatz vom Kaufhaus. Dort stelle ich den Wagen ab und komme dann nach.«

»Gute Idee. Sonst kurven wir noch in einer Stunde hier herum.« Nairas Stimme klang leicht genervt.

Ben hielt an, Naira holte die Hundeausstattung aus dem Kofferraum und stellte alles auf dem Gehweg ab. Nachdem sie ihren Rucksack geschultert hatte, öffnete sie die hintere Tür, Xaro sprang nach draußen und schaute sich suchend um. Mit dem Ellbogen schob Naira die Autotür zu, und Ben fuhr weiter. Mit dem Hund an der Leine öffnete sie die Haustür. Nun ließ sie Xaro los, der schnuppernd bis zu den ersten Stufen ging, schnappte sich nun doch alles vom Gehweg und schleppte es hinter dem sich wachsam bewegenden Xaro die zwei Stockwerk hinauf.

Ben, der erst eine halbe Stunde später eintraf, kam keuchend zur Wohnungstür herein und sah beim Esstisch Naira neben dem Hundekorb kauern, in dem Xaro relativ teilnahmslos lag. »Glaub mir, auf La Palma habe ich noch nie so lange einen Parkplatz gesucht. Ein Karneval hat eindeutig mehr Auswirkungen, als man sich vorstellt!« Er reichte Naira, die Xaro sichtlich erfolglos mit einem Hundespielzeug aufmuntern wollte, die eingerollte Decke aus dem Wagen.

Naira legte sie neben sich ab, zum Ausbreiten im Korb musste Xaro seine Lagerstätte erst einmal verlassen. »Sag, hast du eigentlich auch einen Maulkorb mitgenommen?«, fragte Ben. Naira stand auf und schüttelte den Kopf. »Nein, daran habe ich gar nicht gedacht. Ich habe auch nirgendwo einen Maulkorb liegen gesehen. Brauchen wir aber! Und vielleicht irgendwelche Leckerli, um ihn abzulenken. Da vorne«, sie deutete über den Esstisch durchs Fenster in Richtung *Mercado*, »sind wir doch an einem Petshop vorbeigegangen, oder? Da könnten wir noch schnell hin, danach kochen wir. Weißt du, dass wir seit dem Frühstück nichts gegessen haben?«

»Ja ... Die entspannte *Granita* in Orotava heute Mittag

war das Letzte, das ich meinem Magen geboten habe«, antwortete Ben verblüfft.

»Na, dann sollten wir jetzt wenigstens jeder ein Glas Wasser trinken, und dann gehen wir los und besorgen den Maulkorb und die Leckerlis. Aber Xaro lassen wir lieber hier.«

Nach wenigen Minuten hatten sie den Laden *Perro y Gato* erreicht. Hier gab es alles, was Hundebesitzer so benötigten: verschiedenste modische Leinen, diverse Bürsten, schicke Körbchen, unglaubliches Spielzeug – und natürlich auch Maulkörbe. Eine riesige Futterauswahl und jede Menge Leckerlis gehörten natürlich auch zum Angebot. Ben und Naira waren nicht auf eine solch unüberschaubare Vielfalt an Leckereien für Tiere gefasst gewesen. Darauf, dass man so ziemlich alles kaufen konnte, was das Tierherz begehrte. Oder eher der Tierfreund?

Ben griff nach einem Maulkorb, der ihm für Xaros Schnauze groß genug und zudem angenehm schien. Naira wühlte sich gegenüber schnell durch all die Funktionssnacks, gesunden Snacks, Trocken- und Nasssnacks, Leckerlis für die Zähne, für die Knochen und noch vieles mehr. Sie fühlte sich überfordert und griff letztendlich willkürlich zu.

»Ich glaube, zur Hundeernährungswissenschaftlerin werde ich jetzt nicht auf die Schnelle. Also nehme ich einfach ein paar verschiedene Packungen mit, wir werden ja sehen, was ihm schmeckt.«

»Ich würde es nicht anders machen«, bestärkte Ben sie auf dem Weg zur Kasse.

Noch bevor sie die Wohnungstür aufgeschlossen hatten, hörten sie Xaro winseln.

»Das bricht einem ja fast das Herz«, murmelte Naira mehr zu sich selbst beim Hineingehen.

Xaro stand gleich hinter der Tür. Naira nutzte die Gelegenheit und legte ihm die Decke in den Korb. Er stieg hinein und rollte sich zusammen, immerhin hatte er dadurch etwas Vertrautes. Naira atmete kurz auf, füllte seine Wasserschüssel frisch, während Ben den Maulkorb an die Garderobe zur Leine hängte. Anschließend gingen sie in die Küche.

Kurz darauf sprang Xaro wieder auf, winselte, ja fiepte sogar wie eine riesengroße Maus, rannte in der Wohnung auf und ab und kratzte an den Türen. Er reagierte auch nicht auf Nairas Beruhigungsversuche oder Ablenkungsmanöver mit Leckerlis.

»Er muss doch hungrig sein, oder?«

Ben hatte inzwischen gegoogelt und herausgefunden, dass so ein Verhalten nach Verlust der Bezugsperson normal war und bis zu einem halben Jahr andauern konnte.

Das konnte Naira nicht trösten. »Und wenn schon!«, sagte sie bestimmt.

Ben wollte lieber nicht darüber nachdenken, was sie damit meinte. Ihm schwante Übles – sie hatte sich in den Hund verliebt. »Das wird noch anstrengend«, gab er zu bedenken, »vielleicht sollten wir diesen Fall doch lieber den Spezialisten vom Tierheim überlassen.«

Naira ignorierte Ben, drehte sich um, ging in die Küche und begann, lautstark Töpfe und Teller fürs Kochen hervorzukramen.

Ben folgte ihr langsam, holte den Schinken aus dem Kühlschrank und legte ihn auf die Küchenarbeitsplatte. Dann griff er nach der Honigmelone und schnitt diese entschlossen – und mit mehr Kraftaufwand, als nötig gewesen wäre – in zwei Teile, fischte sich einen Löffel aus der Besteckschublade und entfernte die Kerne directo in den Mülleimer. Er belegte eine Vorspeisenplatte mit den zerkleinerten Melonenstücken und drapierte den *Jamon* darüber.

Naira stand neben ihm am Herd, linker Hand die verschiedenen Pasta-Sorten, die nur noch für wenige Minuten ins kochende Wasser mussten. Im Topf stiegen schon Bläschen auf.

Ben suchte und fand Servietten. Er trug sie gemeinsam mit dem Besteck zum Esstisch.

Xaro war in den letzten Minuten nicht zu hören gewesen. Ben erfasste mit einem Blick zum Hundekorb, warum: Der irritierte Hund hatte sich nicht beruhigt, er war lediglich vor Erschöpfung eingeschlafen.

Naira hatte die Pasta noch nicht in den Topf gleiten lassen, das wollte sie erst nach dem Verzehr der Vorspeise tun. Sie stellte Gläser und einen Korb mit Weißbrot auf den Tisch. Die Teller für Vorspeise und Hauptspeise hatte Ben auch schon gedeckt, er holte noch Wasser und gekühlten Wein, Naira transportierte die Platte mit dem Schinken und der Melone, anschließend setzten sich beide an den Tisch.

»*Hora de comer!*«, sagten sie synchron.

Sie lächelten sich an und stürzten sich auf die Vorspeise. Xaro rührte sich nicht, trotz des Schinkengeruchs, der in der Luft lag. Beim ersten »*Saludos*« schien die Welt kurz wieder in Ordnung.

Sie standen zwar immer noch unter Schock, aber langsam schob ihr analytischer Reflex die Emotionen zumindest vorübergehend zur Seite.

Als sie dann noch schnell die Pasta bereitet und endlich verzehrt hatten, war ihr Magen mit der langen Essenspause versöhnt. Sie schenkten sich den fantastischen kanarischen Malvasia nach, und Naira, immer noch aufgewühlt, stieß hervor: »Warum ausgerechnet Carlos? Der kann doch keiner Fliege etwas zuleide tun. Was war das? Ein Raubüberfall?«

»Es wurde eigentlich nichts geraubt, zumindest konnte die Polizei nichts feststellen, viel Zeit hatte der feige Mörder nicht, und was hätte auch geraubt werden können? Carlos ist ein armer Schlucker.«

Naira schaute nachdenklich und nahm einen großen Schluck Wasser. Dann sagte sie: »Letztlich wissen wir viel zu wenig über Carlos. Dass er sympathisch ist, mag ja stimmen, sagt aber nicht allzu viel über ihn aus. Was wissen wir bisher? Carlos lebt zurückgezogen. Er verlässt seine Wohnung eigentlich nur, um einen Stock tiefer seine Werkstatt mit angeschlossenem Laden aufzusuchen. Bei Dunkelheit geht er mit Xaro spazieren. Am Tag ist der Hund im Innenhof des Hauses, und Carlos erspart es sich, mit ihm durch die hellen Gassen zu gehen. Bis vor Kurzem hatte ihm das

Angel abgenommen, Carlos war wahrscheinlich außer in der Nacht nie draußen.«

Ben drehte sein leeres Wasserglas zwischen den Händen hin und her. »Eine junge Frau im Haus, die ihn mochte, ging für ihn einkaufen. Das hat er mir alles beim letzten Besuch erzählt. Er scheut die Öffentlichkeit. Die Gründe für dieses ausweichende Verhalten kennen wir nicht. Verbirgt er etwas? Auf jeden Fall sich selbst. Für Grimanesa Moya ist er ein verhasster Festlandspanier. Sie hat behauptet, er sei Baske. Vielleicht liegt das Geheimnis in seiner Vergangenheit? Die Basken haben ja als stolzes, eigenständiges Volk eine nicht ganz ruhige Geschichte. Ihr Kampf um Eigenständigkeit ist noch nicht zu Ende.«

Da schrie Naira plötzlich auf: »Der Zeitpunkt! Dieser verfluchte Zambada!«

Ben sah sie erschrocken an. Aus dem Hundekorb drang ein leises Winseln. Xaro träumte vermutlich von Carlos. Naira beugte sich zu dem Tier und streichelte ihm sanft über den Kopf.

»Wie bitte?« Irritiert schaute Ben sie an.

»Der hat doch dieses Foto als Aufhänger für seinen pseudobesorgten Blabla-Artikel über die verlotterte, vernachlässigte Jugend genutzt. Nicht nur, dass er das Foto sicher gestohlen hat, er hat Carlos damit wahrscheinlich zur Zielscheibe gemacht, ihn in seiner Sensationsgier aus seiner Abgeschiedenheit gezerrt.«

»Okay. Aber wer könnte es auf ihn abgesehen haben?«, fragte Ben. »Die baskische Untergrundorganisation ETA? Der Geheimdienst? Die Mafia? Was soll Carlos mit der Organisierten Kriminalität am Hut gehabt haben? Oder hat es etwas mit Angels Tod zu tun? Oder mit dem Manuskript, das der Junge Felipe angeboten hat? Hat Carlos doch davon gewusst?« Er nahm einen großen Schluck aus dem Weinglas, als würde er darin die Antworten auf ihre offenen Fragen finden.

»Wer war der Mann bei Angel? Vielleicht war ja er der Messerstecher? Weißt du, was, Ben? Wir wissen eigentlich wirklich überhaupt nichts.« Naira schaute recht missmutig drein.

»Da hast du wohl recht. Aber wie sagte doch Sokrates, der große Philosoph? Ich weiß, dass ich nichts weiß. Ein guter Anfang. Oder?«

»Wenigstens wissen wir, dass Carlos noch am Leben ist.«

Xaro machte einen tiefen Seufzer, als hätte er die Worte verstanden, und Naira kraulte ihn zärtlich hinter den Ohren.

Unterwegs

Die ersten zarten Sonnenstrahlen weckten Naira. Noch im Bett dehnte sie sich katzengleich in alle Richtungen und vernahm Xaros Winseln, wie schon einige Male in der vergangenen Nacht. Sie stand auf und ging leise über den Gang zu Xaros Korb. Er kam ihr die letzten Meter bereits entgegen. Liebevoll kraulte sie ihn am Kopf und versuchte, seinen erwartungsvollen Blick zu deuten. Im Hundenapf nahe seinem Schlafplatz war immer noch viel übrig von gestern, auch die Wasserschüssel war halb voll. Sie beneidete Ben um seinen tiefen Schlaf, er war nämlich kein einziges Mal in der Nacht wach geworden. Zumindest war er nicht aus seinem Zimmer gekommen. Sie hingegen war einige Male, allerdings erfolglos, zu Xaro gegangen, um ihn zu beruhigen.

Naira dachte, dass der heutige Ausflug für Xaro gut sein könnte, das würde ihn vielleicht ablenken und müde machen. Mit der halb vollen Futterschüssel ging sie leise in die Küche, Xaro folgte ihr genauso leise, setzte sich neben sie und beobachtete, wie sie seine Schüssel reinigte und mit frischem Hundefutter auffüllte.

»Komm, friss, du musst ja auch bei Kräften bleiben«, flüsterte sie mit sanfter Stimme.

Xaro nahm ohne Eifer einige Bissen und starrte sie dann an.

»Okay, du willst nach draußen, wir waren zwar erst um vier unten, aber ... aber ich gehe nicht in meinem Pyjama, warte.« Sie huschte in ihr Zimmer, lehnte die Tür an – und Xaro war sehr schnell wieder erwartungsvoll neben ihr. Nun zog sie doch nur ihren leichten, grün gemusterten Baumwollbademantel über. »Es ist grad erst sieben Uhr vorbei, da werden doch nicht viele Menschen unterwegs sein«, beschwichtigte sie sich selbst und ging in ihren Flipflops vorsichtig mit Xaro im Schlepptau Richtung Wohnungstür. Die Leine schnappte sie sich vom Garderobehaken, befestigte sie an Xaros Halsband, dann steckte sie den Schlüssel in die Bademanteltasche, und Xaro schlüpfte beim Öffnen der Türe sofort hinaus und zog sie fast die Treppen hinunter.

Zurück ins Haus wollte Xaro dann nicht wirklich. Er versuchte, sie in Richtung Innenstadt zu ziehen. Naira wurde klar, wohin er wollte – zurück zu Carlos' Werkstatt. Mit einigem Zureden konnte sie Xaro zur Tür dirigieren. Langsam und offensichtlich etwas widerwillig stieg er mit ihr wieder die Treppen hinauf. Als sie die Wohnungstür öffnete, war es immer noch ganz still in der Wohnung. Xaro ging auf seinen Korb zu und legte sich hinein.

Naira verschwand in ihrem Zimmer und überlegte: »Schlafen lohnt sich nicht mehr, ich werde ein paar Yogaübungen machen und dann Frühstück.«

Um Punkt 8.30 Uhr waren alle drei bereit zum Aufbruch. Ben hatte sich bei seiner morgendlichen Tasse Tee von Naira über die Nacht informieren lassen und sie bedauert. »Möchtest du lieber hierbleiben und noch eine Runde schlafen? Wir könnten ja auch später starten und nur das halbe Programm machen.«

»Nein, ich bin unternehmungslustig«, behauptete Naira. »Und ich bin schon neugierig auf das Papiermuseum in Puerto, das kenne ich gar nicht. Wenn Carlos Navarro eine Tragetasche von dort hat ...«

»Meinst du, wir können dort etwas über ihn herausfinden?«, fragte Ben.

»Wir sollten nichts unversucht lassen. Er verließ seine Werkstatt fast nie, und wenn er nach Puerto fuhr und ins Papiermuseum ging, dann hat das etwas zu bedeuten«, schlussfolgerte Naira.

»Na ja, vielleicht hat ihm jemand irgendwas in dieser Tüte gebracht, und er wollte sie aufbewahren, bis er sie braucht?«

»Tja, das wissen wir erst, wenn wir dort waren!«, erwiderte Naira entschlossen.

Die Fahrt auf die andere Seite der Insel verlief angenehm, unterwegs gab es malerische Aussichten auf das azurblaue Meer und den Teide im Hintergrund. Das frühlingshafte Wetter ließ alle Farben leuchten. Ben fuhr entspannt und sicher, obwohl er sich erst gestern mit dem Auto vertraut gemacht hatte. Xaro hatte sich gleich nach dem Einsteigen auf der Rückbank eingerollt. Ihr erstes Ziel, die Küstenstadt

Puerto de la Cruz, erreichten sie nach einer guten halben Stunde. Ben fuhr von der Schnellstraße ab und folgte den Schildern ins Zentrum. So fanden sie leicht zu einem Parkhaus fast am Hafen. Xaro, von Naira gleich an die Leine genommen, wirkte irgendwie aufgeregt. Sie gingen zur Hafenmeile, schlenderten diese entlang zur *Playa del Muelle*, wo die Statue der Fischhändlerin stand, und genossen den Duft der salzigen Meeresluft.

»Jetzt ist ein Kaffee fällig, was meinst du?«, fragte Naira, und Ben murmelte so was wie Zustimmung.

Sofort steuerte Naira das *La Fragata* an, sie hatte auf der Meerseite des Lokals einen freien Tisch entdeckt. Xaro legte sich anstandslos zwischen Sessel und Hauswand, direkt an Nairas Seite.

Ben kannte diese alte Bar nicht, schaute neugierig durch die Glasscheiben und stand gleich wieder auf: »Ich gehe kurz rein, diese alte Einrichtung muss ich mir anschauen. Bestell bitte einen *Cortado* für mich.«

»Klar, gerne!«, antwortete Naira. «Ich war früher gerne hier. Das Lokal hat sich in all den Jahren kaum verändert. Man kann von hier aus den ganzen Platz, die kleine *Playa* und die vielen Menschen gut beobachten.«

Ben drehte eine Runde im *Fragata*, um sich die nostalgisch wirkende Inneneinrichtung, vor allem die Theke, genauer anzusehen, und ging dann wieder nach draußen.

Der Kaffee kam, und sie genossen seinen Duft, die entspannte Atmosphäre und den Blick auf den Stadthafen. Xaro lag die ganze Zeit ruhig an seinem Platz.

Nachdem sie die Kaffeepause beendet hatten, schlenderten sie gemächlich die Hafenpromenade entlang. Mit beinahe tänzelnden Schritten lief Xaro vor Naira und Ben. Die Sonne strahlte nach wie vor vom blauen Himmel herab, und ein angenehmer Wind begleitete sie auf ihrem Weg zum *Lago Martiánez* direkt am Meer. Die Poolanlage, gestaltet vom kanarischen Künstler César Manrique, war für ihre einzigartige Architektur, die vielen Palmen und das spektakuläre Panorama bekannt. Die Promenade davor pulsierte vor Leben: Menschen in bunter Strandkleidung und mit großen Badetaschen auf dem Weg zum Schwimmen oder Surfen, elegante Sonntagsspaziergänger wie auf dem Weg zur Kirche und stilvoll gekleidete Frauen und Männer, die die Stühle vor den Cafés und Restaurants besetzten.

Kaum auf der Höhe des Bads angekommen, drückte Naira Ben die Leine mit Xaro in die Hand und zückte ihr Handy. »Ich will ein paar Fotos machen, im Gespräch mit meinen Eltern hat sich unlängst herausgestellt, dass sie diese Anlage nicht kennen, sie haben nur darüber gelesen. Vielleicht motivieren die Bilder sie mal wieder zu einem Ausflug nach Teneriffa.«

»Könnt ich mir gut vorstellen, deine Mutter schwimmt ja gerne«, bestätigte Ben ihre Überlegung, und da fiel ihm ein: »Hast du eigentlich deine Badesachen mit? Ich hab meine nämlich vergessen ...«

»Ach Mist, ich meine auch. Na ja, wir hätten eh kaum Zeit dafür, wir wollen doch noch so viel unternehmen. Und wer weiß, ob wir Xaro mitnehmen dürften.« Naira sah nur sehr kurz erschrocken aus. »Ben, bleib bitte da an der weißen Brüstung stehen, ich mache ein Bild mit dir im Vordergrund und den vielen Schwimmbecken im Hintergrund. So sieht man fast die halbe Anlage. Und meine Mama wird sich freuen, wenn sie dich auch sieht!«, fügte Naira schelmisch hinzu.

Ben schmunzelte, tat wie geheißen und fragte dann: »Sag mal, wie lange hat denn das Papiermuseum geöffnet?«

»Die haben erst jetzt, um zehn Uhr, aufgemacht. Sieh mal, wir gehen da vorne rechts und dann die *Avienda Cristobal Colon* entlang zum Parkhaus zurück, einverstanden?«

Ben nickte. »Du kennst dich hier wirklich gut aus, wenn man bedenkt, dass du doch schon einige Jahre nicht mehr hier warst, oder?«

»Den Stadtplan von Puerto habe ich in meinem Gedächtnis gespeichert, so oft war ich in meinen Studentenzeiten hier! Vielleicht schaffen wir auch noch einen Besuch im *Jardín Botánico*, dann zeige ich dir meinen damaligen Lieblingsleseplatz direkt neben dem Würgefeigenbaum. Warst du da schon mal?«

Ben lächelte. »Ja, den Garten und den Baum kenne ich. Vor einigen Jahren habe ich für *Canaria Culinaria* einen Bericht über den *Jardín de aclimatación* geschrieben. Kennst du die Geschichte dazu?«

Naira schüttelte den Kopf.

»Vor zweihundert Jahren sollten da Pflanzen aus aller Welt für den König in Madrid akklimatisiert werden. Das hat zwar nicht richtig funktioniert, aber dadurch gibt es diesen weltberühmten Garten auf Teneriffa!«

Naira schaute verblüfft. »Den Artikel muss ich lesen, das

wusste ich noch nicht! Ich finde, der *Jardin* ist ein echtes Paradies für Pflanzenliebhaber – und einzigartig auf den Kanaren!«

»Mich musst du nicht überzeugen, ich bin deiner Meinung«, meinte Ben mit einem Grinsen.

Sie plauderten noch eine Weile im Gehen über die Geschichte des Botanischen Gartens und die Gärtner von Teneriffa, die im Laufe der Jahrhunderte dem König bestenfalls die Hälfte seiner Pflanzen weitergeschickt hatten – weshalb es hier diese wunderschöne Exotikpflanzensammlung gab. Xaro hatte sich ihrem Tempo angepasst und lief unaufgeregt neben ihnen, bis sie beim Parkhaus angelangt waren.

Da die Innenstadt überwiegend den Fußgängern vorbehalten war, musste Ben beim Verlassen der Parkgarage wieder stadtauswärts fahren, um dann die Abzweigung unterhalb des *Parque Taoro* nach Punta Brava, dem alten malerischen Ortsviertel von Puerto de la Cruz, zu nehmen. Es war relativ einfach, den Weg zu finden, denn es gab an fast jeder Ecke einen Wegweiser zum *Loro Parque*, der in diesem Stadtviertel beheimatet war.

Ben lenkte den Wagen ruhig und sicher die Avenida González hinunter zum Meer, bog links ab und fuhr dann entlang der Uferstraße, vorbei an der *Playa Jardin* und der *Playa Maria Jiménez*, bis er schließlich auf der Avenida Loro Parque ankam.

Der *Loro Parque* war ein Zoo, der eine faszinierende Vielfalt von exotischen Tieren, darunter Gorillas, Löwen, Delfine, Orcas, über viertausend Papageien und einen weißen Tiger, beherbergte.

In dem hohen Bürogebäude am Hafen von Santa Cruz waren vor allem Speditionsfirmen, Werftoffices und Versicherungen ansässig. Die vierte abgeschlossene Büroetage war belegt von der Firma *Seguridad y confianza*, deren Angebot neben Projekten wie IT-Security und Sicherheitsleistungen für Einzelfirmen vor allem Personenschutz für Politiker beinhaltete. Wenn Staatsbesuche oder Tagungen stattfanden, wurde *Seguridad y confianza* als Subpartner in den staatlichen Schutz mit eingebunden. Es hieß, dass die Firma einem Politiker aus Madrid gehörte, der durch seine Beziehungen die meisten Kooperationsverträge erhielt. Der lokale Chef des Unternehmens hatte gerade persönlich einen Politiker vom Festland abgeholt und zu seinem Hotel gebracht.

Jetzt saß er in seinem nüchtern eingerichteten Büro und wirkte genervt. Er wurde von seinen Mitarbeiterinnen »*Cuchillo*«, das Messer, genannt. Ob ihm seine extrem schlanke, beinahe spitze Gestalt oder sein scharfer Umgang mit Menschen diesen Namen beschert hatte, wusste niemand mehr. Ihm war sein Spitzname bekannt und durchaus recht, hielt er doch ohnehin die nötige Distanz zu seiner Truppe. Genervt schien er wohl wegen des Telefonats, das er gerade führte. Oder eher mit ihm geführt wurde.

»Ja, Boss, ja, Boss, tut mir leid, Boss, mach ich, Boss«, war heiser und gepresst zu hören.

Aus dem Handy erklang eine Befehlsstimme, die keine

Widerrede duldete. So hörte sie sich mit ihrem tiefen Bass jedenfalls an.
»Du bringst den Auftrag schnellstens zu Ende. Schnellstens! Ich dachte, du bist ein Profi. Ein Stümper bist du. Eine Schande!«
»Wäre ich bei meiner Arbeit nicht von der Riesendogge gestört worden ... Ja, ich erledige das, keine Zeugen, ja, keine Zeugen. Ja, verstanden, mach ich, Chef.«

Cuchillo wischte sich mit der einen Hand über die Stirn und knallte mit der anderen das Handy auf den Schreibtisch. Dann nahm er das Messer, das auch auf der Arbeitsfläche lag, und strich zärtlich mit dem Daumen über die spitz zulaufende Schneide.

Naira hielt Ausschau nach einem Parkplatz. »Ich glaube, da vorne hinter dem Zoo können wir parken. Da stehen einige Bäume und spenden Schatten, und zum Museum ist's auch nicht weit.«

»Gute Idee, danke.« Ben bog links ab und parkte nach wenigen Metern unter einer mächtigen Platane.

Xaro sprang förmlich aus dem Auto und umrundete hektisch den Baum, wobei er jeden Zentimeter beschnüffelte und Naira hinter sich herzog. Über diese Aktion lachend stieg auch Ben aus und verschloss das Fahrzeug.

»Schau«, erklärte Naira und zeigte über die Straße, »gleich hinter dem *Restaurante Punta Brava* – das kann ich übrigens sehr empfehlen, jedenfalls wenn es noch so gut ist wie vor einigen Jahren – gehen wir die Gasse vor bis zum Meer, da muss das *Museo de Papel* sein.«

»Ich war ja auch schon oft in Puerto, aber hier bin ich noch nie gewesen. Sieht wirklich wie ein altes Fischerdorf vor achtzig Jahren aus.« Diesmal machte Ben einige Fotos mit dem Handy. »*Das unbekannte Teneriffa* wäre doch einmal ein interessanter Beitrag, was meinst du?«

»Ja, und da kann ich dir aus meiner Studienzeit noch einige Tipps geben.« Naira musste bei der Erinnerung schmunzeln, sprach aber nicht weiter.

Nach wenigen Minuten durch die menschenleere Gasse standen sie vor der kleinen, alten Mühle, die das Papiermuseum beherbergte. Neben dem Eingang hing ein großes Schild mit dem Logo, das Naira von der Tragetasche kannte. Die strahlend weißen Mauern erzählten von vergangenen Zeiten und der einstigen Bedeutung des Ortes. Das Rauschen des heute wilden Atlantiks, der direkt hinter der Mühle tobte, verlieh der Umgebung eine fast mystische Atmosphäre.

Als Naira und Ben das Museum betraten, wurden sie von einem freundlichen älteren Herrn begrüßt, der sich als Kustos vorstellte. Er hatte offenbar kaum Besucher erwartet und lud sie herzlich ein, sich auf eine Zeitreise durch die Jahrhunderte der Papiergeschichte zu begeben.

»Ja, gerne«, antworteten Naira und Ben beinahe gleichzeitig. Kustos fragte sie nach ihren Berufen und war erfreut, eine Buchhändlerin, also eine Frau, die das Papier liebte, als Besucherin begrüßen zu dürfen. Und ob der Journalist nicht vielleicht Lust hätte, einen Artikel über dieses kleine Museum zu schreiben?

»Könnte schon sein«, antwortete Ben, »ich bin immer auf der Suche nach außergewöhnlichen Orten auf unseren Inseln.«

Kustos ging mit ihnen durch die Räume, erklärte die Papierherstellung im Wandel der Zeit und erzählte einige Anekdoten. Seine Liebe zur Materie war ebenso offensichtlich wie seine Freude über die interessierten Zuhörer.

Aufmerksam lauschten ihm Naira und Ben vor allem bei den verschiedenen Herstellungsmethoden, die hier im Museum noch gepflegt wurden.

Im nächsten Raum legte er vor Naira eine Auswahl von Papiersorten auf den Tisch, wie sie heute, aber auch in früheren Jahrhunderten für Kupferstiche verwendet worden waren. »Man muss es fühlen, be-greifen im wahrsten Sinn des Wortes, um zu begreifen.«

Auch Ben fuhr mit seiner Hand vorsichtig fühlend über einige der Blätter, die Naira einzeln begutachtete.

»Ich schlage gerne neue Bücher auf und streiche übers Papier, meist mit geschlossenen Augen«, tat Naira kund.

»Apropos Papierliebe: Seit Kurzem kennen wir jemanden, der auch viel von Papier versteht und damit arbeitet, nämlich Carlos Navarro in Puerto Cruz.«

Kustos sah sie abwartend an.

»Er stellt Kupferstiche mit Ansichten von Teneriffa und den anderen Inseln her.«

Und Ben fügte dazu: »Durch Carlos Navarro sind wir überhaupt erst auf Ihr Museum hier aufmerksam geworden.«

»Ah, jetzt weiß ich, von wem ihr sprecht! Ja, diesen großen, hageren Mann mit dem markanten Bart, den kenne ich! Er war einige Male hier, leider in größeren Abständen.«

Naira und Ben blickten sich kurz an und lauschten neugierig.

»Er weiß unsere alten überlieferten Herstellungsweisen wirklich zu schätzen, versteht sich auf Papierqualität. Er kauft auch immer wieder bei uns ein und hatte jedes Mal seinen Hund mit. So eine Art wie eurer, der ist übrigens auch sehr brav!«

Naira und Ben tauschten wieder einen Blick aus.

»Ja, das ist ein besonderes Kerlchen«, stellte Naira mit einem liebevollen Blick auf Xaro fest.

»Señor Navarro arbeitet schon viele Jahre mit Papier und hat in jungen Jahren, wo, weiß ich nicht, den Kupferstich und Druck noch von echten Künstlern gelernt. Wenn er etwas erzählte – und wir sprachen immer nur über Papier und das Druckhandwerk –, erfuhr ich Details, die sogar ich noch nicht kannte. Er ist ein sprechendes Lexikon der Druckerzeugung, liebt Papier und Druck seit seiner Kindheit.«

»Wir wollen unbedingt noch sehen, welche Papierarten Sie hier zum Kauf anbieten, Carlos Navarro hat so schöne Stiche, Zeichnungen und Aquarelle in unterschiedlichen Papiervarianten.« Naira wollte unbedingt noch mehr Hinweise sammeln.

Kustos sprach freudig weiter: »Bei uns erstand er viele verschieden Arten, sicher nicht nur für Bilder. Ich glaube, er kalligrafiert auch. Das hat er mir zwar nicht erzählt, aber seine Anforderungen an die Papiere …«

»Ja, für welche Verwendung haben Sie denn noch Papier?«, unterbrach Naira neugierig.

»Kommt mit mir, wir gehen dort hinüber, ich zeige euch einiges.«

Noch während er sprach, ging Kustos voran in den kleinen Verkaufsraum. In den Regalen lagen unterschiedliche handgeschöpfte Papiere, zum Teil aus Gräsern gefertigt, und auf einem Pult unter einer Glasplatte waren Schreibwerkzeuge auf Samt drapiert. Von verschiedenen Federkielen und den dazugehörigen Schreibfedern bis hin zu wunderschönen Pinseln reichte die Auswahl.

»Und Sie produzieren diese Papiere alle selbst?«, erkundigte sich Ben beeindruckt.

»Ja, ungefähr einmal im Monat. Aber meine zwei Hände allein reichen leider nicht zur Produktion. Deshalb kommt mein Enkel – er ist Grafiker, und die Papierherstellung ist sein Hobby – und hilft mir. Wir produzieren immer wieder andere, und Señor Navarro war immer wieder auf der Suche nach ausgefallenen Papiersorten.«

Naira deutete auf einen kleinen Stapel in dem Regal links von ihr und fragte: »Wofür wird zum Beispiel dieses hier verwendet?«

»Sie haben einen guten Blick«, schmunzelte Kustos, »das wird gerne für besonders aufwendige Kupferstiche verwendet. Es ist auch komplex in der Erzeugung und deshalb eines der teuersten. Und es ist eines von Señor Navarros Lieblingspapieren, davon hat er schon etliche Lagen mitgenommen.«

»Jetzt freue ich mich auf frische Meeresfrüchte in Garachico. Kennst du das Lokal mit den Terrassen direkt am Meer, beim *Castillo*?«, fragte Ben fröhlich.

Naira und er waren nun schon eine Weile auf der Schnellstraße TF-5 unterwegs, die immer wieder einen spektakulären Ausblick bot. Sie waren sich einig, dass das Gespräch im Papiermuseum sie nicht wirklich weitergebracht, immerhin jedoch einige Vermutungen bestärkt hatte. Jetzt wollten sie den restlichen Tag genießen.

»Aber vorher machen wir noch einen Zwischenstopp in Icod de los Vinos und sagen dem fantastischen Drachenbaum guten Tag!«, beschied Naira.

»Hast du noch nicht genug Drachenbäume auf la Palma gesehen?«, neckte Ben sie und warf einen Blick in den Rückspiegel auf den schlafenden Xaro.

»Also so ein beeindruckendes Exemplar wie den *Drago milenario* in Icod gibt es nirgendwo sonst. Der ist, finde ich, etwas ganz Besonderes. Und ich würde dich danach auf ein Getränk deiner Wahl auf der *Plaza de la Constitucion* bei den Kandelaberpalmen – die kenne ich auch nur von dort – einladen!«

»Schon überredet«, sagte Ben und hielt Ausschau nach der Abzweigung. »Außerdem fällt mir gerade ein, dass ich schon lange nicht mehr im *Museo Guanche* vorbeigeschaut habe, das ist ja eh gleich um die Ecke.«

»Kein Problem, ich will nämlich gar nicht in den Drago-Garten hineingehen, ich möchte lieber vom Kirchenplatz gegenüber schauen und mein Bild machen. So schön kriegst du ihn nämlich nur von dort auf ein Foto!«

Ben nahm die Ausfahrt nach Icod. »Wie viele Fotos hast du denn eigentlich schon von dem Baum? Reicht es noch nicht für das Guinness-Buch der Rekorde?«

Naira deutete einen Boxhieb auf seinen Oberarm an und schmunzelte.

Nach der dritten Runde um das Drago-Areal nahm Ben die Einfahrt ins Parkhaus El Drago. Als das Auto endlich stand, sprang Xaro raus und wollte sofort davon. Aber Naira wusste schon länger, dass es am besten war, ihn noch vor dem Öffnen der Wagentür anzuleinen. Xaro bellte kurz und zog an der Leine. Dann gab er sich geschlagen und wartete brav auf Naira und Ben.

»Ist das nicht ein netter Platz!«

Ben, der sich gerade einige Stichworte zum *Museo Guanche* notierte, nickte.

Während Nairas Fotosession am Drago hatte Ben der Ausstellung einen schnellen Besuch abgestattet. Als er fertig geschrieben hatte, klappte er das Notizbuch zu, verstaute seine Schreibutensilien wieder im Rucksack und erkundigte sich: »Hast du nicht auch Hunger?«

Xaro hob die Ohren und winselte. Naira wandte sich dem Hund zu und kraulte ihn. »Doch, ich gestehe: Ich freue mich jetzt auch schon aufs *El Caletón*, so heißt doch das Lokal mit den Terrassen auf der Lava, wo du hinwolltest, oder?«

»Ja, ich glaube, so heißt es.«

Nach einem köstlichen Mahl mit beeindruckendem Meeresblick verließen Ben und Naira Garachico. Naira wollte in Hafennähe noch ein kleines Geschäft mit farbenprächtig handgefärbten Seidentüchern besuchen. Dort angekommen, konnte sie sich nicht entscheiden: »Blau oder rot, Ben?«

»Beide sehr schön!«

»Du bist grad keine Hilfe!«

»Warum nimmst du denn nicht beide?«

»O. k., *gracias*, überredet!«

Ben stand mit dem wieder sehr unruhigen Xaro vor der weit geöffneten Tür des Ladens und hätte gerne längst im Auto gesessen. Aber nun wollte Naira unbedingt noch einen kleinen Rundgang durch den Ortskern machen. Ben hatte den leisen Verdacht, dass sie eigentlich auch die anderen Schaufenster in der hübschen Altstadt inspizieren wollte, denn sie blieb bei fast jedem Geschäft stehen, worauf Xaro jedes Mal gleich an der Leine zog.

»Welche Strecke bevorzugt meine Teneriffa-Reiseleiterin nach El Sauzal?«

»Die schönste, ist doch klar!«

»Na, so genau wollte ich das gar nicht wissen!«, feixte Ben. »Welche ist denn die für dich schönste?«

Naira überlegte. »Eigentlich hat jede der Straßen ihren Reiz. Aber der Himmel ist so blau, fast wolkenlos, da würde ich doch gerne wieder die alte Straße fahren, die verläuft oft ganz nah am Meer – und der Teide zeigt sich auch öfter.«

»Dann machen wir das so. Von El Sauzal nach Santa Cruz fahren wir eh wieder auf der Schnellstraße.«

Ben war immer besonders glücklich in lokalen Vinotheken, die die Weine der Gegend repräsentierten. Wie eine Buchhandlung, die die Bücher der Umgebung in einer eigenen Abteilung zeigte. Deshalb besuchte er in neuen Orten meist solche Wein- und Buchhandlungen. Wenn er Glück hatte, fand sich dort eine Verkäuferin oder eine Sommelière, die es ebenso als Glück empfand, einem Gleichgesinnten zu begegnen.

Einem, der zuhören, riechen und schmecken konnte, der sein Glas drehen konnte, um die Farben zu studieren. In *La Casa del Vino* gab es eine hervorragende Auswahl an Weinen aus der Region, und im gemütlichen Innenhof luden Tische zum Kosten in angenehmer Atmosphäre ein. Auf der dem Meer zugewandten Seite der Anlage befand sich ein beliebtes Restaurant, ebenfalls mit dem Namen *La Casa del Vino*. Dies alles war untergebracht in einem rustikalen Gutshaus, das *La Baranda* genannt wurde und sehr behutsam und exklusiv ausgebaut worden war. Nicht nur die wirklich ansehnliche Sammlung aus Weinen, alle auf Teneriffa gekeltert, war der Hit: Auch ein Weinmuseum und ein Shop rund um Wein und Kunsthandwerk waren hier untergebracht. Natürlich hatte Ben bereits Artikel über *La Baranda* für sein Magazin geschrieben, doch es änderte sich gerade viel bei den Winzern. Und diese Veränderungen waren es auch, die den Weinjournalisten, aber auch den privaten Weinkenner veranlassten vorbeizukommen.

Die Gegend war mit ihrem Panoramablick über die grün bewachsene Insel, den Atlantik und auf den Teide wohl einzigartig. Die tief stehende Sonne erreichte mit ihren Strahlen den Innenhof der *Casa del Vino* nicht mehr, tauchte aber alles in ein sanftes, goldenes Licht.

Ben ging es heute vor allem um die neuen Rotweinjahrgänge, die aus der einheimischen Rebsorte *Listán Negro* gekeltert wurden. Er ließ sich an der Theke einige Kostproben geben und ging mit Naira und Xaro in den Hof. Für Naira hatte er zwei neue Weißweine aus der Rebsorte *Malvasia* geordert. Sie liebte besonders den frischen, mineralischen *Malvasía Volcánica*. Von den Proben, die in stilvollen Gläsern vor ihm standen, war Ben bereits nach dem ersten Verkosten begeistert, was höchst selten vorkam.

Xaro hatte sich unter den runden Holztisch verzogen und gab keinen Laut von sich. Das Wasser, das ihm von einem der Kellner des Hauses gebracht worden war, rührte er nicht an.

»Xaro macht mir Sorgen, er frisst fast nichts, trinkt wenig und reagiert kaum«, teilte Naira ihren Kummer mit.

Ben begutachtete gerade das wunderschöne Rubinrot des Weines und sah Naira von der Seite an. »Du kennst ja meine Meinung, Naira. Xaro braucht fachliche Betreuung.«

»Betreuung von fremden Menschen – in einem Tierasyl! Kommt nicht infrage. Das hab ich doch schon gesagt. Xaro braucht vertraute Menschen, wenn er schon sein Herrchen nicht hat.«

Der bestimmende Ton ließ Ben verstummen. Er ließ das Thema fallen und widmete seine Aufmerksamkeit umso nachdrücklicher wieder seinen Weinen.

Naira kostete mit etwas angespannten Gesichtszügen nun ihren Malvasia, einen fand sie besonders ansprechend, und ihre Miene hellte sich auf.»Ich werde fragen, ob ich diesen Wein auch auf La Palma kaufen kann, mitschleppen will ich ihn nicht. Aber der wäre eine hübsche Alternative zu meinem Lieblingswein von Victoria Torres!«

Ben pflichtete ihr bei und fragte dann aus heiterem Himmel:»Was meinst du, was Navarros Einkäufe im Papiermuseum zu bedeuten haben?«

Naira machte ein nachdenkliches Gesicht.»Klar braucht er spezielle Papiere für seine Teneriffa-Ansichten, die Drucke, die er herstellt. Aber dass er von der einen Sorte gleich mehrere Lagen gekauft hat, finde ich, nun ja, interessant. Mir scheint das Papier zu dünn für seine Bilder ...«

»Hast du da einen Hintergedanken? Ich habe nämlich überlegt, dass diese Papiersorte sich so anfühlt wie das Titelblatt unseres herbeigesehnten Ibn-Farukh-Buchs, nur dass es natürlich viel frischer ist.«

»Ja, so ein Gedanke kam mir auch, aber dass ein ganzes Buch so aufwendig gefälscht wird – denk an die vielen Abbildungen, die ein solches Werk enthalten muss –, kann ich mir wiederum auch nicht vorstellen. Denn verkaufen kann man so etwas ja höchstens an dich.« Sie kicherte kurz. »Bibliotheken oder Antiquariate wollen in so einem Fall sicher die Provenienz dokumentiert haben. Und allein für die wahrscheinlich vorhandenen Bilder im Kupferblockdruck musst du nicht nur ein sehr guter, sondern auch ein sehr ausdauernder Künstler sein.«

Ben grübelte eine Zeit lang, dann trank er den letzten Tropfen aus einem der Verkostungsgläser und schlug vor aufzubrechen. Vorher musste er aber noch mal in die Vinothek. Er wollte ein paar Flaschen kaufen und auch den Auftrag erteilen, einige Kisten zu ihm nach Hause nach La Palma zu liefern. Den Malvasia für Naira vergaß er dabei nicht. Vielleicht konnte er sich damit wieder als einfühlsamer Mensch beweisen. Für Naira, die es grausam von ihm fand, gerade jetzt den armen Hund in ein Tierheim stecken zu wollen. Ein paar Flaschen nahm er direkt für die nächsten Tage mit – für ihre gedeihliche Zusammenarbeit, wie er hoffte. Angesichts dessen, was auf sie zukam, eine weise Entscheidung.

Der Himmel war dunkelblau, fast indigo. Einige grauschwarze Wolkenbänke zogen über die Stadt, als Ben und Naira Santa Cruz erreichten. Als Ben noch überlegte, ob sie der *Carneval de Dia* irgendwo auf dem Weg zu Felipe behindern könnte, schlug Naira ihm eine Route abseits des Karnevalszuges vor. Diesen Vorschlag nahm er gerne an und folgte Nairas Anweisungen. Zwar beschlich ihn bald der Verdacht, dass sie den Stadtkern umrundeten, aber nach einer halben Stunde landeten sie tatsächlich in Felipes Straße.

Naira bat Ben, vor der Garageneinfahrt anzuhalten und mit Xaro auszusteigen, sie wolle zuerst das Auto von den Hundehaaren reinigen und dann erst Felipe von ihrer Rückkehr verständigen. Ben nahm Xaro an die Leine, ließ ihn aussteigen und befestigte die Leine am Halteverbotsschild neben dem Wagen. Er hob vorsichtig die Hundedecke von der Rückbank, schüttelte sie aus, rollte sie zusammen und stopfte sie in die Außentasche seines Rucksacks. Aus dem

Kofferraum holte er noch die gut gefüllte Weintasche und stellte sie mit dem Rucksack an der Hauswand ab. Eine Weinflasche stellte er neben die Tasche und nahm wieder Xaros Leine in die Hand. Der Hund wirkte nervös, verhielt sich jedoch kooperativ.

Naira fegte noch die letzten sichtbaren Fellhaare mit der Hand von der Rückbank. »So, das sollte passen.« Zufrieden machte sie die paar Schritte zur Sprechanlage und drückte auf die Klingel. »Hola, Felipe! Wir sind wieder da und würden dir gerne dein Auto zurückgeben.«

Felipes Stimme war hörbar, aber für Ben nicht verständlich, doch Naira lächelte und nahm ihm die Leine aus der Hand. Gleich danach ging die Haustür auf, und Felipe kam heraus. Ben hatte in El Sauzal eine Flasche Rotwein, nach Beratung mit Naira, für Felipe mitgenommen. Diese drückte er ihm nun ihn die Hand. »Vielen Dank fürs Autoborgen, ich hoffe, dieser Wein schmeckt dir, *salud*!«

Felipe nahm die Flasche freudig entgegen, stellte sie jedoch sofort zu seinen Füßen ab und zog das Blatt, das er unter seinem Arm geklemmt hatte, hervor: »Das geheimnisvolle Titelblatt gebe ich dir lieber gleich mit.«

Ben schaute verblüfft, griff zu und entgegnete: »Das hast doch du bekommen! Wir fahren ja demnächst wieder nach La Palma zurück und ...«

»Nein, nein, Ben! Nimm es, bei dir ist es besser aufgehoben, und ihr werdet sicher noch darüber recherchieren, ich kenne doch Naira«, wehrte Felipe ab, nahm auf dem Fahrersitz Platz und öffnete mit der Fernbedingung das Garagentor. »Und sieh es mal so: Durch Angels Tod habe ich ja auch keinen – wie soll ich es nennen? – Ansprechpartner mehr. Haltet mich jedoch bitte auf dem Laufenden, diese seltsame Geschichte interessiert mich.«

»Danke, Felipe, das würden wir sowieso!« Naira beugte sich hinunter und drückte Felipe ein Küsschen auf die Wange, Xaro beobachtete diese Aktion aufmerksam, während Ben seinen Rucksack schulterte und nachdenklich das Blatt in der Hand betrachtete.

Felipe fuhr in die Hauseinfahrt, blieb kurz stehen und rief noch lächelnd: »Herzlichen Dank für den Wein, ich werde euch berichten, wie er mir schmeckt!«

Naira Calveróns längster Tag

»Ich gehe zuerst in die *Casa del Carnaval*, anschließend versuche ich, mich in die Karnevalsstimmung auf den Straßen einzufühlen«, sagte Ben, während sein Frühstückstee langsam abkühlte. »Begleitest du mich, oder treffen wir uns irgendwo?«

Naira löffelte bedächtig die letzten Bissen ihres Müslis mit frischer Mango, sie fühlte sich unausgeschlafen. Xaro war auch in dieser Nacht recht unruhig gewesen, und sie hatte einige Male aufstehen müssen, um ihn zu beruhigen. Früh am Morgen hatte sie seinen großen dunklen Augen, die sie bittend ansahen, nachgegeben und war mit ihm hinunter auf die Straße gegangen. Jetzt schlief er in seinem Korb.

»Das Karnevalsmuseum kenne ich recht gut, ich gehe lieber ins Krankenhaus und schau mal nach Carlos. Xaro kann da leider nicht mitkommen. Auch möchte ich ihm den heutigen großen Karnevalstrubel ersparen. Ich komme später wieder hierher zurück, versorge ihn, danach können wir telefonieren, um uns abzustimmen, wo wir uns treffen. Okay?«

Ben nickte.

Naira hatte sich lange überlegt, was sie heute anziehen sollte. Sie war der Meinung, dass die Wahl ihrer Kleidung an Tagen, an denen sie sich nicht gut fühlte, wie ein persönliches Aufbauprogramm wirken konnte. Es sollte bequem sein und fröhliche Farben haben. Auf den ersten Blick war ihr das auch gelungen: Die curryfarbene Leinenhose und das lockere dunkelblaue Baumwollshirt mit honigfarbenen Ornamenten wirkten sonnig. Ihr französisch geflochtener Zopf sah nicht nur aufwendig, sondern auch elegant aus. Für eine ihrer Halsketten konnte sie sich nicht entscheiden, aber vielleicht sah sie beim Durch-die-Stadt-Schlendern etwas Passendes.

Sie hatte Ben nichts über die vergangene Nacht erzählt, aber er schien zu vermuten, dass sie erneut von Xaros Winseln aufgewacht und wahrscheinlich einige Male aufgestanden war. Schon mehrfach hatte er gefragt, ob sie sehr müde war. Er hatte wie immer tief geschlafen.

Während Ben noch seinen Tee trank, stand Naira auf und trug ihr Frühstücksgeschirr in die Küche. Die Sonnenstrahlen erhellten den ganzen Raum. Als Naira ihre Zimmertür öffnete, war Xaro schlagartig munter und trabte zu ihr. Vom Semmelblonden eskortiert, kam sie mit ihrem Rucksack wieder zurück.

»Xaro, du bleibst hier. Dein Futternapf ist gefüllt, und wir waren erst vor einer Stunde draußen. Also sei brav, in ein paar Stunden bin ich wieder zurück und gehe wieder mit dir hinunter!«

Wie viel Xaro wohl von dem verstand, was Naira sagte? So oder so tat es ihr leid, den Hund allein zu lassen.

»Ich bin auch gleich bereit, gib mir noch zwei Minuten, dann können wir gemeinsam los und ein Stück des Weges zusammen gehen«, sagte Ben in einfühlsamem Ton und erhob sich.

Xaro in die Wohnung einzusperren, war nicht einfach gewesen, Ben hatte eingegriffen und den Hund zurückgedrängt, um dann endlich die Eingangstür zu schließen. Naira hatte vergeblich versucht, Xaro zu beruhigen. Eine Viertelstunde später gingen sie ziemlich schweigsam nebeneinander die *Calle Navarro* in Richtung Innenstadt.

»Naira, ich verstehe ja, dass dir der Hund ans Herz gewachsen ist, aber ich denke, er wäre im Tierheim besser aufgehoben, die Leute dort haben Erfahrung mit ...«

»Nein, du verstehst gar nichts!«, unterbrach ihn Naira aufgebracht. »Xaro weiß nicht, wo sein Herrchen ist, er hat den Überfall auf Carlos ja fast miterlebt und den Abtransport des Schwerverletzten und ...«

»Ja, und du willst ihm jetzt Psychotherapeutin sein, oder wie?«

Naira blieb abrupt stehen: »Zynisch zu werden, hilft weder dem armen Xaro noch uns, Ben.«

Ben stand ihr nun gegenüber. »Naira, ich versuche, das Hundeproblem rational zu lösen, mit dir gehen die Emotionen durch, und ...«

»Das magst du so sehen, aber ich sehe ein armes Lebewesen, das leidet, weil seine einzige echte Bezugsperson plötzlich verschwunden ist!« Naira stellte das mit eisiger Stimme fest. »Weißt du was, du biegst eh da vorne zum Karnevalsmuseum ab, ich gehe gleich hier in die City. Reden wir am Nachmittag darüber, ich ...«

»Ja, wenn du bitte die Zeit nutzt, um darüber nachzudenken, Abstand zu gewinnen, dann wirst du ...«

»Ben, bitte schweig jetzt einfach. Adiós.«

Am *Kiosko* auf der parkähnlichen *Plaza Weyler* saß Naira mit einem *Café con Leche*. Nach einem flotten Fußmarsch – sie ging immer sehr schnell, wenn sie aufgebracht war – wollte sie nun endlich Luft holen und nachdenken. Was war mit Ben los? Er war doch sonst so einfühlsam, er müsste doch ihre Sorge um Xaro verstehen. Das Tierheim konnte doch keine Lösung sein, da wurden die Tiere nur eingesperrt und bekamen nicht die Liebe, die sie brauchten. Na ja, sie war heute unausgeschlafen und etwas ungeduldig, aber ...

Nairas Gedanken rasten wild durch ihren Kopf. Sie hatte den Eindruck, in ihrem Hirn tobte ein heftiger Streit, in den sie nicht eingreifen konnte. Konnte? Oder wollte sie nicht? Sie wusste, dass sie eigentlich eher harmoniesüchtig als streitlustig war. Sie versuchte, sich an Übungen aus dem autogenen Training zu erinnern. Bevor sie Carlos im Krankenhaus besuchte, wollte sie ihre innere Ruhe wiederfinden. Wenn sie jetzt in ihrer Buchhandlung auf La Palma wäre ...

Sie fischte ihr Handy aus dem Rucksack, schaute auf die Anrufliste und tippte auf die oberste Nummer. Ihre Mitarbeiterin Marion meldete sich rasch mit »*Biblioteca de Babel*, *buenos días*«, und Naira fand sich augenblicklich in Gedanken an ihrer Theke im dritten Raum ihrer Buchhandlung wieder. Sie nahm genussvoll einen Schluck Café. Marion erzählte munter drauflos, es gab keinerlei Probleme, nur Anekdoten, und Naira hatte den Eindruck, dass sie selbst sich beim Zuhören in Sekundenschnelle entspannte.

Nach dem Gespräch und einem Blick auf die Uhr beschloss Naira, den kleinen Schmuckladen nicht weit von der *Plaza Weyler* aufzusuchen. Sie hatte ihn in bester Erinnerung, vor allem, weil sie in diesem Shop schon einige wunderschöne Ketten und Armreife gekauft hatte – alle frei von jeglichem Metall. Naira hatte nämlich eine ausgeprägte Metallallergie und vertrug weder Gold noch Silber oder Platin auf der Haut. Die Künstlerin, der der Laden gehörte, verarbeitete fantasievoll Holz, Keramik, Horn und auch Kunststoff. Dort konnte sie eventuell noch ein, zwei schöne Stücke erstehen. Und nach dem Besuch im Krankenhaus und ihrer Rückkehr in die Wohnung würde sie einen ausgedehnten Spaziergang mit Xaro unternehmen, bevor sie sich bei Ben melden wollte. Der Plan hob ihre Stimmung.

Wie gut, dass ihr der kleine Schmuckladen eingefallen war! Zwei Halsketten, eine aus Holz, die andere aus bunten Bananenblätterkugeln, befanden sich nun in ihrem Rucksack, während eine dritte, bestehend aus dunkelblauen und ockerfarbenen Glaskugeln, ihren Hals schmückte.

Mit entschlossenen Schritten folgte Naira dem Verlauf der *Rambla de Santa Cruz*, das Krankenhaus war schon auf der linken Seite in Sichtweite. Ihre Gedanken waren bereits bei

Carlos, und sie hoffte auf einen optimistischen Bericht des Arztes.

An der Rezeption ließ sie sich die Zimmernummer geben. Ihr war klar, dass das kein üblicher Krankenbesuch war. Ein Kranker, der im Koma lag, würde vermutlich keine große Sehnsucht nach Schokolade oder einem Schwätzchen haben. Daher gab es das alles nicht. Sie wollte Carlos sehen, und vielleicht würde er ja ihre Gegenwart spüren. Vorher wollte sie aber noch mit dem zuständigen Arzt sprechen. Da die Polizei, sprich Manuel, ihren und Bens Namen im Krankenhaus angegeben hatte, war das kein Problem.

»Doktor Gruber«, stellte sich der diensthabende Arzt vor. Eigentlich genoss er gerade eine kurze Pause, die er aber offensichtlich gerne der attraktiven Naira schenkte. »*Doctor en los Alpes* nennen sie mich«, lachte er.

»Warum das?«, erkundigte sich Naira höflich.

»Es gibt eine beliebte deutsche Fernsehserie hier«, schmunzelte er, »die heißt *Der Bergdoktor* und ist auch im spanischen TV inzwischen sehr gefragt.« Nachdem sich Nairas Gesichtsausdruck nicht verändert hatte, erklärte der Arzt: »Der *Doctor en los Alpes* heißt Gruber wie ich. Und ich bin noch dazu in der Region Wilder Kaiser in Österreich, dem Gebiet des Bergdoktors, geboren, was meine schlauen Kolleginnen sehr schnell herausgefunden haben. Außerdem behaupten meine Mitarbeiter, ich sähe ihm ähnlich. Das auch noch.«

Naira freute sich über den heiteren Gesprächseinstieg, hatte aber noch nichts von diesem Bergdoktor gehört und gesehen. Dass sie keinen Fernseher besaß, erzählte sie lieber nicht.

Doktor Gruber kam zum Thema: »Also, Signora Calderón. Das Messer ist in Señor Navarros Bauchraum eingedrungen. Zwerchfell, Leber und Blutgefäße sind dabei verletzt worden. Eine absolut lebensgefährliche Verletzung, daher haben wir den Patienten auch sofort in Tiefschlaf versetzt. Die Operation verlief gut, trotz seines Alters hat der Patient eine gute Kondition. Auch das Herz ist in einem sehr guten Zustand. Sie werden mir vermutlich auch nicht mehr zum Unfall erzählen können als die Polizei, Signora Calderón?«

»Nein«, bedauerte Naira, »das kann ich nicht, allerdings habe ich eine Frage, die mich beschäftigt. Wäre Carlos tot, wenn das Messer des Täters nicht abgerutscht wäre?«

Doktor Gruber räusperte sich: «Ja, davon können wir ausgehen.«

Auf Nairas Gesicht zeigte sich eine tiefe Sorgenfalte. »Wird er durchkommen?«

»Er ist zwar nicht mehr der Jüngste, aber er scheint wirklich zäh zu sein. Er hat eine gute Chance!«

»Kann ich zu ihm?«

»Er ist noch im Koma, aber *good vibrations* könnten hilfreich sein. Ein Besucherstuhl steht in Bettnähe, setzen Sie sich zu ihm. Reden sie zu ihm, erzählen sie ihm angenehme Dinge! Wir wissen ja noch immer nicht wirklich, was die Patienten in diesem Zustand mitbekommen.«

»Danke, Doktor Gruber!« Jetzt musste sie auch lächeln. So also sehen Bergdoktoren aus, dachte sie. Was sind eigentlich Bergdoktoren? Sie notierte sich in Gedanken, dieser Frage nachzugehen und irgendwo eine Folge der TV-Serie anzuschauen.

Nach einer freundlichen Verabschiedung durch den sympathischen Arzt rief eine Schwester am Ende des Gangs nach ihm. Dieser wies noch schnell auf die Tür zu Carlos' Krankenzimmer.

Naira öffnete sie und trat vorsichtig und leise einen Schritt in das dämmerige Einzelzimmer. Rundherum blinkten, brummten und piepsten diverse medizinische Geräte. Die Jalousien waren fast geschlossen, und Nairas Augen brauchten einen Moment, um sich an die Dunkelheit im Raum zu gewöhnen. Als sie den zweiten Schritt machen wollte, blieb sie wie angewurzelt stehen. Die Sicht auf den alten Mann im Krankenbett versperrte ein dunkler Rücken, der zum Patienten hinuntergebeugt war. Zuerst dachte sie, es sei ein Pfleger oder Arzt, doch dann verstand sie, dass sie falschlag: Der Mann richtete sich auf und hatte ein Kissen in beiden Händen. Ein ungutes Gefühl überkam sie, und ihr Herz begann plötzlich, heftig zu klopfen. Die extrem dünne Person, nun aufgerichtet zu ihrer ganzen Größe, mit einem überdimensionierten Mund-und-Nasen-Schutz wirkte auf Naira lächerlich. Sie musste unwillkürlich an Batman denken, aber leider konnte sie nicht auf die Pausetaste der Fernbedienung drücken. Dies hier war kein Film.

Die seltsame Gestalt drehte sich abrupt um, bewegte sich rasch auf sie zu, warf ihr das Kissen ins Gesicht, stieß sie gleichzeitig grob zur Seite und verschwand durch die noch geöffnete Türe. Der kräftige Stoß schleuderte Naira zu

Boden. Sie war aber sofort wieder auf den Beinen, schoss das Kissen wie einen Fußball weg und lief zum Krankenbett. Der ungebetene Gast hatte Carlos Navarro offensichtlich mit dem Kissen ersticken wollen. Ob Carlos noch atmete, konnte sie in ihrer Aufregung nicht feststellen. Aber sie registrierte, dass sich bei den lebenserhaltenden Maschinen weder Töne noch Lichter verändert hatten. Der rote Alarmknopf leuchtete ihr entgegen, sie drückte ihn, so schnell sie konnte, eilte nach draußen auf den Gang – und rief laut um Hilfe.

In wenigen Sekunden kamen zwei Krankenpflegerinnen angelaufen, gefolgt von Doktor Gruber und weiteren Weißkitteln. Auf dem Gang wurden einige Türen geöffnet, Besucher schauten neugierig zur wieder verstummten Naira, der das Entsetzen noch ins Gesicht geschrieben war.

Im Intensivzimmer von Carlos wurden sofort die Leuchtstoffröhren eingeschaltet und die Geräte überprüft. Die nächste Viertelstunde in dem kleinen Raum war hektisch, doch Carlos hatte keinen weiteren Schaden erlitten. Naira informierte die Pflege-Crew über die Geschehnisse, und der Security-Mann des Krankenhauses wurde verständigt. Eine Nachfrage im Empfangsbereich ergab nichts: Niemand hatte eine dunkle große Gestalt mit schwarzer Maske gesehen.

Naira setzte sich in dem sonnendurchfluteten Gang auf einen der Stühle gegenüber dem Zimmer. Sie atmete tief durch, holte ihr Handy aus dem Rucksack und rief Ben an. Als er sich meldete, unterbrach Naira ihn sofort mit noch immer ziemlich atemloser Stimme. »Du glaubst nicht, was hier bei Carlos eben passiert ist, Ben!«

»Naira, erzähl, was ist los?«

»Stell dir vor, als ich vorhin ins Zimmer von Carlos gehen wollte und die Tür geöffnet habe, war da ein Mann, der grad dabei war, ein Kissen auf Carlos' Gesicht zu drücken. Als er mich bemerkt hat, ist er geflohen und hat mich dabei zu Boden geworfen.«

»Was? Das gibt's doch nicht! Wo bist du jetzt? Ist alles okay mit dir?«

»Ja, mehr oder weniger. Aber, Ben, das war der nächste Mordversuch an Carlos! Er ist noch immer im Koma und hat das wahrscheinlich überhaupt nicht mitgekriegt, aber mein Herz rast noch immer. Der Täter konnte das Krankenhaus unerkannt verlassen. Ich fürchte, er probiert es so lange, bis er Erfolg hat ... Carlos braucht unbedingt Polizeischutz! Ich bin jetzt auf dem Gang, vor dem Zimmer, und ...«

»Ich verständige sofort Manuel und rufe dich zurück«, unterbrach Ben sie. »Bleib dort sitzen, versuch, dich zu entspannen. Ich bin so froh, dass dir nichts passiert ist!«

Naira versicherte, ihren Platz erst zu verlassen, wenn Personenschutz für Carlos eingetroffen war.

Ben unterbrach die Verbindung und rief Manuel an.

Dr. Gruber kam aus dem Intensivzimmer und setzte sich neben Naira. »Ist mit Ihnen alles in Ordnung? Haben Sie sich beim Sturz verletzt? Kann ich irgendetwas für Sie tun?«

»Danke, es geht schon wieder halbwegs. Und nein, ich bin gut gefallen«, sie lächelte, »vermutlich nicht mal ein blauer Fleck.«

Gruber wirkte beruhigt. »Wir haben die Polizei schon verständigt, die sollte in Kürze eintreffen. Die müssen nur irgendwie durch den Karnevalszug kommen. Möchten Sie vielleicht einen Kaffee oder ein Glas Wasser?«

»Danke, einen großen Schluck Wasser könnte ich vertragen.«

Der Arzt stand auf, ging den Gang nach vorn und bog ins letzte Zimmer. Naira schaute ihm nach. Bevor sie ihren Blick abwendete, kam er schon mit zwei kleinen Wasserflaschen heraus und auf sie zu. Eine schraubte er auf, gab sie ihr und öffnete auch die zweite: »*Salud!* Señor Navarro ist zwar im Koma, aber die aufgezeichnete Herzfrequenz zeigt uns, dass er die Gefahr gespürt hat.«

Naira schaute ihn erschrocken an.

»Keine Angst, sein Zustand hat sich nicht verschlechtert«, beruhigte Gruber sie und fuhr fort: »Wir sind auch alle geschockt: Einen Mordversuch gab es bei uns in der Klinik noch nie.«

Da machte sich Nairas Handy bemerkbar, sie hatte es neben sich abgelegt und griff schnell danach. Doktor Gruber stand auf und ging wieder zu seinen Kolleginnen ins Krankenzimmer.

»Ben, wie schaut's aus?«

»Manuel lässt dich grüßen. Der Notruf vom Krankenhaus ging bei Ihnen ein, die Tatortgruppe ist schon unterwegs. Ich habe mit ihm ausgemacht, dass du in sein Büro kommst, nachdem du seinen Kollegen vor Ort den Hergang geschildert hast. Ich gehe jetzt gleich hin, wir treffen uns dort. Da kannst du dann bei Manuel das Protokoll unterschreiben, und wir zwei gehen gemeinsam nach Hause, was meinst du?«

»Gut, ich nehme mir gleich nach dem Eintreffen der Polizei ein Taxi zu Manuels Büro am Hafen, das wird ja dann nicht lange dauern. Xaro wartet nämlich sicher schon auf unseren Spaziergang.«

Die Kriminalbeamten trafen nach einer guten Viertelstunde ein, was angesichts des Karnevalsgetümmels an ein Wunder grenzte. Ein Beamter kümmerte sich gleich um Naira und ihren Bericht. Dass sie anschließend ins Kommissariat fahren würde, wusste er schon von Manuel und verabschiedete sie rasch.

Naira lief die Treppen hinunter, sie freute sich auf die frische Luft, den frühlingshaften Wind und die Sonnenstrahlen nach der Aufregung in dem dunklen Intensivzimmer. Vor dem Krankenhaus stand ein Raucher und blickte in ihre Richtung. Sie hielt Ausschau nach einem Taxi, konnte aber weit und breit keins sehen. Ihr Herz klopfte schon wieder heftig, und sie verspürte einen leichten Schmerz in der rechten Schulter. Sollte sie sich bei dem Sturz in Carlos' Zimmer doch eine Prellung zugezogen haben? Egal, jetzt wollte sie nur eins, nämlich so schnell wie möglich zu Manuel und Ben.

Aufgeregt blickte sie nach links, schaute nach rechts: kein Taxi weit und breit! Da fiel ihr der Karnevalszug ein, der heute auch über die *Rambla* zog. Nein, das darf doch nicht wahr sein, muss ich jetzt quer durch die Innenstadt laufen?,

schoss es ihr durch den Kopf. Dafür brauche ich sicher eine gute halbe Stunde!
Der Raucher, ein gepflegt wirkender Mann, warf seine Zigarette an den Straßenrand und kam auf sie zu: »Entschuldigen Sie, kann ich Ihnen helfen? Sie schauen so suchend ...«
»Ich muss dringend zur Polizeistation am Hafen und wollte mir ein Taxi nehmen, aber heute ist die *Rambla* wohl für den Karneval gesperrt, und ...«
»Ja, ist sie.« Er deutete mit einem Nicken zur nächsten Kreuzung. »Mein Wagen steht gleich da vorne, ich kann Sie mitnehmen. Ich muss nämlich auch zum Hafen. Wir können außen herumfahren und dann über die *Avenida la Roche* am Meer zurück. Ich setzte Sie bei der Polizei ab.«
Naira überlegte nicht lange, die Aufregungen des heutigen Tages waren ihr eindeutig zu viel. Sie wollte zu Ben, ihm alles haarklein erzählen, seine besonnene Art würde ihr ihre innere Ruhe wiederbringen, und Xaro wartete ja auch! »Das ist sehr nett von Ihnen, das nehme ich gerne an!«
»Schnell, da vorne kommt schon der Karnevalszug. Wir sollten unbedingt vorher die *Rambla* überqueren!«
Naira folgte ihm mit raschen Schritten. Unterwegs würde sie Ben verständigen, dass sie auf dem Weg zu ihm war. So ein glücklicher Zufall! Der Typ kam ihr zwar irgendwie seltsam vor, sie konnte sich aber ihr diffuses Unbehagen nicht erklären und hielt das für eine Folge des gerade erst überstandenen Schocks. Außerdem war Naira immer schon der Meinung gewesen, man sollte Menschen nicht

nach dem ersten Eindruck beurteilen, und der Mann war höflich und vor allem hilfsbereit!

An seinem dunklen Wagen angekommen, sagte er: »So, da wären wir, *por favor*«, und öffnete ihr die Beifahrertür. Kaum saß auch er im Auto, Naira hatte sich bereits angegurtet und wollte nun im Rucksack auf ihrem Schoß nach dem Handy suchen, drehte er sich zu ihr, nein, zur Rückbank um und griff nach etwas. »Entschuldigen Sie, ich muss meine Brille aus der Tasche holen.«

Naira hatte die Sporttasche im Fond des Wagens gar nicht wahrgenommen. Sie kramte in ihrem Rucksack. Im nächsten Moment verspürte sie einen Stich im Oberarm, wollte sich zur Seite drehen – da neigte sich ihr Kopf mit einem ungläubigen Gesichtsausdruck zum Fenster hin, und ihre Augenlider senkten sich langsam.

Ben versuchte, sich durch das vom Karnevalstreiben bestimmte Stadtzentrum zu kämpfen. In seinem Kopf rasten die Gedanken. Was war das nur für ein Chaos? Offensichtlich sollte Carlos um jeden Preis und diesmal durch Ersticken eliminiert werden. Warum? Ben seufzte und fluchte vor sich hin. Es schien ihm, als wären alle Bewohner der Kanaren heute auf dieser Straße unterwegs. Zum Glück war Naira genau im richtigen Moment ins Zimmer gekommen. Apropos Naira. Er hatte die Geschockte gebeten zu warten, bis er Manuel informiert hatte und der Polizeischutz für Carlos eingetroffen war. Manuel hatte er sofort telefonisch im Büro erreicht, der gleich einen Polizisten ins Krankenhaus geschickt hatte. Erstaunlich war, dass sie das nicht schon längst getan hatten, dachte Ben. Aber der Alte war ihnen vermutlich nicht so wichtig.

Endlich erreichte er das schmucklose Polizeigebäude und schritt zügig durch die Tür. Manuel erklärte, dass er gerade eine Task-Force-Sitzung hinter sich gebracht hatte und nun dringend einen Kaffee brauchte. »Auch einen?«, fragte er Ben nach ihrer Begrüßung.

Der kam auch für Ben gerade richtig.

»Wie geht's euch mit dem Hund?«, erkundigte sich Manuel vorsichtig.

Ben verzog das Gesicht. »Der ist jetzt in unserer Ferienwohnung, frisst kaum und rennt vermutlich die ganze Zeit den langen Flur hin und her. Ich werde dann mit Naira schleunigst dorthin gehen, damit er rauskann.«

Manuel nickte verständnisvoll und hielt Ben kurz am Oberarm. »Naira wird ja bald da sein. Sie muss dann nur ein kurzes Protokoll unterschreiben, dann könnt ihr zu eurem Familienhund.« Manuel bemerkte Bens plötzlich veränderten Gesichtsausdruck offenbar nicht, denn er sprach weiter: »Du, dieser Carlos Navarro ist mir ein Rätsel. Alle logischen Denkspuren verlaufen im Sand. Dein Manuskript, der Tod des Jungen, die Rolle der Mafia, das Messerattentat, das neuerliche Attentat auf Navarro, der verschwundene Begleiter von Angel Moya ... Ben, ich hoffe, du glaubst nicht, dass uns hier langweilig ist.« Manuel lachte kurz auf. »Du beehrst unsere Insel, und wir haben gleich noch mehr Denksportaufgaben. Das ist kein Vorwurf, aber könntest du bitte in Zukunft Abstand davon nehmen und stattdessen die Kollegen auf Gran Canaria mit einer solchen Rätselrallye beehren?«

Ben schmunzelte, und beide tranken den erstaunlich guten Kaffee der Polizeistation. Es gab die Legende, dass sich Kriminelle freiwillig verhaften ließen, um diesen Kaffee zu bekommen.

Nach einem großen Schluck dachte Ben, dass auch die blödesten Gerüchte ein Stückchen Wahrheit beinhalten konnten. »Ich kann gar nichts dafür, Manuel, weder für die Rätselrallye noch für den traurigen Hund. Ich bin ja nur ein Journalist, zuständig für Karneval und Guanchen.«

Beide grinsten, dann erkundigte sich Ben nach Manuels Sport- und Liebesleben auf Teneriffa. So würden sie die Wartezeit auf Naira unterhaltsam überbrücken.

Nairas Entführer stand vor einem dreistöckigen Haus in einer schmalen Gasse. Er zündete sich eine Zigarette an, steckte das Feuerzeug in die Jackentasche, zog ein Tuch heraus und wischte sich damit den Schweiß von der Stirn. Erstaunt betrachtete er das feine Stofftaschentuch. Er hatte es noch nie vorher gesehen. Wahrscheinlich gehörte es der *Señora*, um die er sich eben noch gekümmert hatte. Ab einem gewissen Zeitpunkt war alles perfekt gelaufen. Nachdem zuerst so gut wie alles schiefgegangen war, hatte er zumindest ein Debakel verhindern können: enttarnt zu werden und sowohl sich selbst als auch seiner Firma zu schaden.

Sein dunkles Sakko, das er im Krankenhaus trug, hatte er nach seiner Flucht gegen eine helle Jacke getauscht. Wie gut, dass er immer Sachen zum Umziehen im Wagen hatte.

Sein Handy riss ihn aus den Gedanken. Ein Mitarbeiter seiner Firma rief an. Er möge doch, da er in der City sei, etwas abholen. Sie kämen jetzt nicht mehr durch den Karnevalstrubel, und der Kunde benötige die Lieferung überraschenderweise noch heute. Der Abholort war ein Handyshop zwei Häuserblocks weiter. Cuchillo warf den Zigarettenstummel auf den Boden. Er hatte heute noch eine Menge zu erledigen. Unter anderem musste er noch sein Problem endgültig aus der Welt schaffen.

Ben ging in Manuels Büro unentwegt auf und ab, ohne es selbst zu merken. Langsam stieg eine leichte Sorge in ihm auf. Wo blieb denn Naira? Sie sollte doch längst hier sein und hatte schon mehr als eine Stunde Verspätung! Bei anderen Menschen, beispielsweise seiner Schwester, hätte er sich vorstellen können, dass sie sich unterwegs ablenken ließen. Von einer Buchhandlung oder einem anderen Geschäft. Aber nicht die verlässliche Naira, die immer pünktlich war. Niemals! Und ihr Handy war abgeschaltet. Wieso? Er hatte sie mittlerweile alle angerufen: Felipe, Rosie, ja sogar in der Buchhandlung auf La Palma. Es hätte ja sein können, dass die dort von ihr gehört hatten. Nein, nichts. Lauter Fehlanzeigen.

Ben spürte, wie Manuel sich bemühte, ihn zu beruhigen. Er habe schon eine ganze Menge erlebt zwischen Himmel und Erde, außerdem sei wegen des Karnevalsumzugs das Stadtzentrum ziemlich abgesperrt. Vielleicht hatte sie jemanden getroffen und saß jetzt irgendwo mittendrin. Das Handy könnte ja auch einfach leer sein, und sie hatte vielleicht kein Ladekabel dabei. In Wahrheit war auch Manuel besorgt, das sah und hörte Ben ihm an.

Was hatte Manuel gesagt? Eine Suchaktion war erst nach vierundzwanzig Stunden möglich. Sollte Naira bis dahin nicht aufgetaucht sein, würde Ben Himmel und Hölle in Bewegung setzen. Doch bis dahin war sie ganz sicher wieder aufgetaucht. Guter Versuch, dachte Ben. Aber nein, das macht mich auch nicht ruhiger. Er hatte alle, die er angerufen hatte, um sofortigen Rückruf gebeten, sollte sich Naira melden. Er musste irgendwann in ihre Ferienwohnung, der arme Hund brauchte Futter und Zuwendung. Vielleicht war Naira doch mehr von den Ereignissen mitgenommen und nach Hause gegangen? Und wenn das Handy leer war, konnte sie ihn ja auch nicht anrufen, ihr Ladekabel hatte er am Morgen in der Küche an der Steckdose hängen sehen ...

Schließlich fasste Ben einen Entschluss: Er verließ das Polizeigebäude, auch wenn ihm dies nicht leichtfiel. Mit der wiederholten Bitte, ihn sofort anzurufen, wenn irgendeine Info zu Naira eintraf oder sie doch einfach in die Station spazierte, machte er sich auf den Weg. Ben kam es vor, als wäre der Welt die Farbe entzogen, er fühlte sich bleiern und schwer.

Vor dem Polizeigebäude tobte der Karneval. Nie zuvor war Ben so davon genervt gewesen wie heute. Er drängelte sich durch die Menge und versuchte so schnell wie möglich über Nebengässchen bis zum *Mercado* zu gelangen. Ein Betrunkener hielt ihm eine Bierflasche entgegen und schüttete ihm einen Schluck der warmen Brühe übers Hosenbein. Zwei junge Frauen nahmen ihn in ihre Mitte und wollten mit ihm tanzen. Genau das brauch ich jetzt, dachte sich Beneharo, dem wirklich nicht nach Tanzen zumute war. Vor der Bar unten in ihrem Wohnhaus stand ein Kellner und rauchte eine Zigarette. Ben beneidete ihn. Ihm fiel der Werbeslogan einer Firma ein: »Ihre Sorgen möchten wir haben.« Er verstand sein Hirn nicht mehr. Wie konnte er in dieser Situation Werbesprüche reproduzieren?

Er stieg die enge Treppe hinauf und öffnete die Türe. Da saß Xaro und blickte ihn vorwurfsvoll an, offensichtlich, weil nur er es war und nicht Carlos oder Naira.

»Tut mir leid«, sprach Ben laut, »bist wohl nicht begeistert, mich zu sehen.« Niemand antwortete ihm. Schon gar nicht Naira. Xaro drehte sich um und trollte sich irgendwohin, wo er sich wieder dem Winseln in unterschiedlichen Tonhöhen und -tiefen widmete.

Ben durchsuchte die Wohnung. Vielleicht war Naira total ermüdet schlafen gegangen? Nein, in ihrem Zimmer war sie nicht. Alle Türen, die geschlossen waren, riss er auf. Auch im Bad schaute er nach. Nein, sie war nicht da. Hatte sie womöglich einen Unfall in der Stadt? Angefahren von einem Auto? Erschossen von der Mafia? Ein Messer im Leib? Das geschah ja gelegentlich in dieser verdammten Stadt. Er rief Manuel an und bat ihn, die Krankenhäuser anzurufen. Manuel antwortete, dass er längst schon per Rundruf veranlasst habe, ihm bei Einlieferung einer Frau mit entsprechender Beschreibung sofort Bescheid zu geben, aber bis jetzt sei keine Meldung eingegangen.

Ben versuchte unterdessen, Xaro zum Fressen zu bewegen. Aber das war sinnlos. Er hatte fast nichts von dem Futter angerührt, das sie ihm am Morgen hingestellt hatten. Frisches Futter beachtete er ebenso wenig. Ein bisschen Wasser trank er und verzog sich dann, traurig blickend, wieder in sein Körbchen.

Ben setzte sich vor ihn auf den Boden. »Carlos lebt, und du wirst ihn wiedersehen. Das möchte ich auch von Naira sagen können.« Und er fühlte es wieder, dieses schwere Grau der Verzweiflung. Verdammt, was war passiert? Sie hatte doch noch auf den Wachpolizisten gewartet. Hatte ihr dieses Schwein vor dem Krankenhaus aufgelauert? Es war bisher keine Leiche gefunden worden. Das war doch schon was. Oder?

Xaro hörte ihm aufmerksam zu. Zumindest konnte man es so interpretieren. Seine klugen Augen bedeuteten Zustimmung, und irgendwie tröstete Ben die Anwesenheit des Hundes.

»*Siehst du?*«, hörte er Nairas Stimme im Kopf. »*Und du wolltest ihn ins Tierheim stecken.*« Er ging dem inneren Klang ihrer Stimme nach, stand auf und setzte sich an den Tisch im Vorraum der Wohnung. Er wählte die Telefonnummer von Yaiza und erzählte von Nairas Verschwinden.

Seine Schwester meinte zuerst auch: »Es ist ja der große Karnevalstag, da geht doch alles drunter und drüber, wer weiß, wen sie getroffen hat und mit wem sie nun plaudernd irgendwo sitzt. Da kann man sich schon um ein paar Stunden verspäten. Dass das Handy genau dann leer ist, wenn man es am wenigsten brauchen kann, kenne ich auch gut.«

Da erzählte er ihr eine Kurzfassung von den Geschehnissen des Tages. Sofort war auch Yaiza beunruhigt, wollte sich das jedoch offenkundig nicht anmerken lassen und versuchte, ihn zu trösten, wie sie es immer getan hatte, als sie noch Kinder gewesen waren. Und um ihn abzulenken, erzählte sie von Elena, ihrer zwölfjährigen Tochter, und deren neuesten Internetabenteuern.

Ben hatte in sein Telefonbuch neben Elenas Namen geschrieben: *Elena ist schlau und frech. Und viel klüger als ich.* Er liebte seine Nichte. Indirekt hatte sie sogar damals den Fall auf La Palma gelöst.

Auch jetzt brachte Yaiza ihren Bruder mit den Elena-Geschichten zum Lachen. Leider nur einen kurzen Moment. Und trotzdem fühlte sich Ben nach dem Gespräch mit seiner älteren Schwester etwas besser.

Naira fühlte sich seltsam benommen und verspürte Übelkeit, begleitet von einem dumpfen Pochen in ihrem Kopf. Sie hatte das Gefühl, in einem Albtraum gefangen zu sein, in dem sie kaum Luft bekam und sich nicht bewegen konnte. Mit Mühe versuchte sie, ihre Augen zu öffnen, doch alles, was sie sah, war Dämmerung und in sich zerfließende Schatten. Der Drang, sich die Augen zu reiben, überkam sie, doch sie konnte ihre Hände nicht heben.

Langsam kehrte etwas Wachheit zurück. Aus weiter Ferne vernahm sie Geräusche, die sie nicht einordnen konnte. Sie wollte sich umschauen, doch ihre Augen funktionierten noch immer nicht, alles schwankte. In der Hoffnung, das sei doch nur ein böser Traum, schloss sie immer wieder die Augen. Sie lag auf etwas Hartem – vielleicht ein Holzboden? –, aber ihr war nicht kalt. Jemand hatte sie zugedeckt. Wieder wollte sie sich mit den Händen über die Augen reiben, dabei stellte sie mit Entsetzen fest, dass ihre Hände mit Plastikklebebändern an einem Eisengestell fixiert waren. Und ihre Beine waren an den Knöcheln ebenfalls mit einem massiven Gewebetape gefesselt.

Naira wollte nach Ben rufen, doch der Mund blieb verschlossen. Die Erkenntnis traf sie wie ein Schlag: Sie war gefangen, gefesselt und geknebelt. Sie hatte keine Ahnung, wo sie war. Panik stieg in ihr hoch. Sie schloss die Augen und versuchte, langsam und ruhig durch die Nase zu atmen.

Was war passiert? Sie war auf dem Weg zu Manuel gewesen, Ben wartete dort auf sie. Genau, jetzt wurden ihr die Ereignisse bei Carlos im Krankenhaus wieder bewusst. Sie war doch mit dem Taxi zur Polizei gefahren, oder? Nein, sie wollte ... Sie erinnerte sich, wie sie aus dem Krankenhaus getreten war, erinnerte sich an die Erleichterung, dass Carlos nicht mehr passiert war – und an ihre Freude über die frische Frühlingsluft und den Sonnenschein. Und dann? Da waren nur dunkle Schatten. Unwichtig, zuerst musste sie unbedingt dieses verdammte Tape vom Mund kriegen! Luft!

Sie beugte ihren Kopf so nahe wie möglich an das eiserne Gestell, an dem ihre Hände fixiert waren. Die Decke rutschte von ihrem Rücken. Über sich nahm sie nun eine große Holzplatte wahr, vielleicht war sie an einen massiven Tisch gefesselt? Egal, sie brauchte zuerst einmal mehr Luft. Der Geruch in dem dunklen Raum, dessen Wände sie nicht sehen konnte, weckte eine Erinnerung. Sie überlegte. Diese

Mischung aus Holz und Staub, Eisen und Farbe hatte sie doch erst unlängst gerochen. Ja, das war in Carlos' Laden gewesen. War das möglich? Langsam gewöhnten sich ihre Augen an die Dunkelheit, auch das Schwindelgefühl pausierte. Die Perspektive vom Boden aus war ihr fremd, doch in ihr verfestigte sich die Vermutung, dass sie sich in Carlos Navarros Werkstatt befand. Und zwar gefesselt an den gusseisernen Fuß eines seiner Arbeitstische, die sie bewundert hatte. Wie zum Teufel war sie hierhergekommen?

Sie lag auf ihrer rechten Seite, parallel zum Tisch. Ihre Handgelenke waren mehrfach mit Tape umwickelt oberhalb ihres Kopfes am Tischbein befestigt. Wenn sie sich von dem Knebel befreien wollte, musste sie irgendwie Kopf und Finger zusammenbringen. Wegen der reliefartigen Ornamente und Verzierungen am Tischbein konnte sie die Hände nicht nach unten bewegen, also musste sie mit dem Kopf nach oben. Naira schob sich noch näher an den Tisch, schmiegte sich regelrecht an das gusseiserne Bein. Der Abstand zu ihren Fingern war nun geringer, aber sie waren noch immer weit über ihrem Kopf. Ähnlich wie bei Side-Crunches bäumte sie ihren Oberkörper auf. Beim dritten Versuch krallte sich ihr Mittelfinger kurz ins Klebeband. Ja, so könnte das funktionieren! Sie dankte ihrer eigenen Disziplin, täglich ihre Yogaübungen absolviert zu haben, und probierte es weiter. Wieder und wieder.

Sie brachte ihren Mund bis zu den Fingern und konnte so bei jedem Hochkommen das von Ohr zu Ohr dreifach über ihre Lippen geklebte Tape ein Stückchen von der Haut lösen. Es dauerte eine Weile, sie war zu ungeduldig, rutschte mit dem Finger ab und zerkratzte sich die Wange, einige Haare klebten auch fest, aber dann: Mit einem letzten Fingergriff riss sie sich das Klebeband fast komplett vom Gesicht, es hing nun an der linken Wange, sie konnte den Mund öffnen und schrie sofort los. Aber sie hörte sich selbst kaum, ihre Stimme war rau und heiser, und ihr Rachen fühlte sich an, als wäre er mit Sand gefüllt. Verzweifelt rief sie erneut, aber es kam nur ein schwaches Krächzen heraus. Ihre Kehle schmerzte.

»Hilfe! Helft mir! Ben! Hiiiiilfe!«

Ihre Stimme überschlug sich, aber die Lautstärke nahm kaum zu. Wieder stieg Panik in ihr hoch. Sie verspürte Durst, dachte an ihre Wasserflasche, die sie heute ausnahmsweise eingepackt hatte, und überlegte: Wo ist eigentlich mein Rucksack? Mein Handy? Ich muss mich orientieren. Moment: Da drüben, das könnte der Vorhang zum Laden sein, ich erahne dahinter einen Lichtschein. Der könnte vom Schaufenster kommen, von der Straßenbeleuchtung. Dann müsste eigentlich hinter mir die Tür ins Treppenhaus sein. Wie viele Meter sind das? Kann ich den Tisch bis dahin ziehen? Naira probierte, mit dem ganzen Körper abwechselnd zu ziehen und zu schieben – aber der schwere Arbeitstisch ließ sich keinen Millimeter bewegen.

Plötzlich fiel es ihr wieder ein: Sie war mit einem Mann in ein Auto gestiegen – und dann? Und dann fehlte ihr jegliche Erinnerung. Was war geschehen? Eine kalte Hand griff ihr ans Herz: Wer immer sie hierhergebracht, betäubt und zu einem Paket verschnürt hatte, der hatte noch etwas vor mit ihr. War das der Attentäter, der die Mordversuche an

Carlos verübt hatte? Wie viel Zeit bis zur Rückkehr ihres Entführers würde ihr bleiben?

Die Zeit schien stillzustehen, während Naira fieberhaft nach einer Lösung suchte. Ihre Gedanken wirbelten umher, und sie erinnerte sich an all die Geschichten, die sie über Entführungen und Rettungen gelesen hatte. Aber diesmal war sie diejenige, die jemanden retten musste – und zwar sich selbst.

Sie riss sich die Reste des Klebebands vom Gesicht. Ihre Haut brannte, aber das war ihr im Moment egal. Der nächste Schritt – ihre Hände zu befreien – würde jedoch weitaus schwieriger werden. Sie versuchte verzweifelt, ihre Zähne als Messer zu benutzen. Ihre Gelenkigkeit kombiniert mit jahrelanger Yoga-Erfahrung ermöglichte zwar den Versuch, aber das Gaffa-Tape war von ausgesprochen zäher Qualität. Naira kämpfte gegen die aufkommenden Tränen der Frustration an, als sie feststellte, dass ihr der bisherige Erfolg, nämlich ihren Knebel zu entfernen, nichts brachte. Niemand hörte sie. Wahrscheinlich war auch niemand im Haus. Alle waren vermutlich beim Karnevalsumzug.

Aus der Ferne konnte sie immer wieder Geräusche ausmachen. Auch vernahm sie nun, da sie in die Stille horchte, ein Knistern, ein Trippeln. Kam der Entführer zurück? Wie könnte sie sich wehren? Nein, die Geräusche stammten vielleicht von Mäusen. Doch die Dunkelheit der Werkstatt, die Ungewissheit über ihre Lage, die Absichten und die unklare Identität ihres Entführers schürten immer wieder ihre Angst. Dennoch gab sie nicht auf. Sie wusste, dass sie sich nicht geschlagen geben durfte. Die Minuten verstrichen quälend langsam, aber ihre Entschlossenheit blieb ungebrochen. Auch wenn sie nicht wusste, wie viel Zeit ihr blieb.

»Komm, Xaro, Gassi!« Ben hielt es nicht mehr länger in der Wohnung aus. Es gab jetzt keinen Menschen, der Naira kannte und von ihm noch nicht angerufen worden war. Das Gespräch mit seiner Schwester hatte ihm gutgetan. Gleichzeitig überfiel ihn jetzt die Erinnerung an das quälende, peinigende Warten auf seine Eltern vor langer Zeit. Er hatte damals noch in Madrid gelebt, und seine Schwester hatte ihn angerufen und ihm weinend erzählt, dass es bei El Paso eine Massenkarambolage gegeben habe, an der auch ihre Eltern beteiligt gewesen seien. Aber sie konnte nichts Genaues sagen. Es gab damals mehrere Tote, und es herrschte ein grauenhaftes Tohuwabohu auf der Straße nach Los Llanos. Sie riefen sich immer wieder gegenseitig an in der Hoffnung, dass sich der Vater oder die Mutter beim anderen gemeldet hätte. Die Ungewissheit, ob ihre Eltern unter den Lebenden oder Toten waren, hatten die nächsten zwei Stunden zur Hölle gemacht. Er hatte zum ersten Mal in seinem Leben gebetet. Diese grauenhaften Folterstunden hatten das Geschwisterpaar noch enger zusammengeschweißt.

Und dann hatte wieder das Telefon geläutet. Yaiza hatte fast keine Stimme mehr, und jedes Wort bohrte sich in seine Seele. Für ihre Eltern sei jede Hilfe zu spät gekommen. Die Nachricht hatte Ben damals den Boden unter den Füßen weggezogen. Dass sich dies nun mit Naira wiederholen könnte und nichts mehr sein würde wie zuvor, das schnürte ihm jetzt die Kehle zu.

»*Vamos*, Xaro!« Der Hund folgte widerstrebend, aber es siegte doch sein Bedürfnis.

Draußen war es bereits dunkel, und die Straßen waren nur schwach ausgeleuchtet. Xaro trottete neben ihm an der Leine. Der alte Carlos war die Welt für den Hund, dachte sich Ben. Und jetzt? Keine Rituale mehr, die nur ihm galten, ob beim Füttern oder wenn er sich auf den Rücken warf, um am Bauch gestreichelt zu werden. Einfach weg. Die Straßenlaternen sahen wahrscheinlich so aus wie die bei den Nachtspaziergängen mit Carlos. Aber sie gaben ein düsteres Licht für Ben und seinen Begleiter. Für Ben war der Gedanke, Naira womöglich nie wiederzusehen, unvorstellbar grauenhaft. Warum hatte er sich nur wegen Xaro mit ihr gestritten? Ein völlig blödsinniger Streit. Sie hatte ja recht, und sie würden Xaro ohnehin bald wieder Carlos übergeben können. Warum wollte er dem armen Tier noch die Einsamkeit eines vollkommen fremden Tierheims zumuten? Sie beide kannte der Hund ja inzwischen ein wenig. Wenn sie wieder in La Palma waren, könnte er Naira einen Hund schenken, ja, das wäre schön. Der Stich in seinem Herzen tat weh. Warum war er immer so stur? Warum ging er nicht mehr auf die Menschen ein, die er liebte? Liebte? Er spürte Nässe auf den Wangen.

Übelkeit überwältigte Naira, und sie dachte, welch ein Glück, dass ihr Mund nicht mehr verklebt war. Was doch alles Glück sein konnte! Sie wusste nicht, wie lange sie bewusstlos gewesen war. Oder wie viele Stunden seit ihrer

Entführung vergangen waren. Sie hatte großen Durst. Wie lange konnte ein Mensch ohne Wasser überleben? Wieso hatte sie sich diese lebenswichtige Information nicht gemerkt? Was ihr Entführer mit ihr vorhatte, schien ihr ziemlich klar: Wenn der Karnevalsumzug vorbei war, würde er sie, wahrscheinlich nach Mitternacht – wie spät es jetzt wohl war? –, zur Entsorgung abholen und irgendwo über die Felsen ins Meer werfen. Wenn sie überleben wollte, musste sie sich schnellstens von den Fesseln befreien.

Wo war Ben, der würde sie doch längst suchen, oder? Sie hatten sich am Morgen nicht gerade freundschaftlich getrennt, wieso verstand er ihren Standpunkt bei Xaro nicht? Aber später am Telefon, als sie ihm von dem Mordversuch berichtet hatte, hatte er besorgt geklungen. Hatte jemand am Krankenhaus gesehen, wie sie zu dem Typen ins Auto gestiegen war? Hatte Ben dort nach ihrem Verbleib gefragt? Was war das für ein Wagen gewesen?

Wie sollte Ben auf die Idee kommen, sie ausgerechnet hier bei Carlos zu suchen? Sie bemerkte, dass die vielen Fragen sie von ihrer Übelkeit ablenkten. Es war stockdunkel in dem Raum, die fernen Geräusche waren längst weniger geworden. Eigentlich hörte sie gar nichts mehr. Sie versuchte, sich genau an den Raum und die beiden Arbeitstische zu erinnern. Da lagen doch nicht nur Papiere, sondern auch Werkzeuge darauf, oder? Und an einem der beiden Tische stand doch ein kleiner Werkzeugwagen an der Seite. Sie versuchte, ihren Kopf möglichst weit zu drehen. Sie konnte nichts sehen, es war einfach zu dunkel. Wo genau müsste der Hinterausgang sein? Sie konnte nicht den kleinsten Lichtstrahl entdecken.

Sie musste dem Attentäter zuvorkommen, gefesselt könnte sie sich kaum verteidigen. Das Leben konnte doch nicht jetzt schon zu Ende sein!

»Ben sucht mich bestimmt schon«, sagte sie laut, immer noch krächzend und mit trockenem Mund. »Ben, wir haben über so viel noch nicht gesprochen ... Und ich kann mich nicht einmal von dir verabschieden.« Tränen brannten in den frischen Hautabschürfungen an der Wange. Nun schossen ihr Gedanken an ihre Eltern durch den Kopf. Warum hatte sie ihre Mutter die letzten Tage nicht angerufen? Sie hatte ihr doch versprochen, sich regelmäßig aus Teneriffa zu melden. Nein, sie durfte jetzt nicht in Selbstmitleid verfallen, nicht überlegen, was sie hätte machen können oder sollen – sie musste jetzt all ihre Energie bündeln. Entschlossen konzentrierte sie sich erneut auf das verfluchte Gaffa-Band. Ihre Zähne waren gesund und kräftig, und wenn sie mit hundert Sit-ups nach oben kommen musste, um auch nur einen Millimeter des Klebebands mit den Zähnen von ihren Händen zu lösen – sie würde es tun!

Allerdings hatte sie keinerlei Vorstellung davon, wie viel Zeit dies tatsächlich in Anspruch nehmen würde ...

Ben und Xaro kamen erst nach Stunden wieder nach Hause. Der Hund war sichtlich erschöpft, trank ein bisschen, rollte sich im Korb ein und schlief sofort. Ben saß am Tisch und starrte bewegungslos vor sich hin. Sein Handy hatte er aus der Hosentasche gezogen, und nun lag es, am Ladekabel hängend, vor ihm auf dem Tisch. Eine Erinnerung vom Vortag riss ihn aus seinem Dämmerzustand. Er suchte nach seiner Geldbörse und kramte die Visitenkarte von Dimitrij hervor, dann nahm er sein Handy wieder zur Hand. Es war inzwischen vier Uhr morgens, aber es gab jetzt Wichtigeres als den ungestörten Schlaf eines Dimitrij Dimitrijev. Der klang auch gar nicht verschlafen, als er das Gespräch annahm, sondern wie gewohnt hellwach. Seine sonore Stimme mit dem leichten Akzent ertönte: »Ja, Ben, was ist los?«

»Hola, Dimitrij, ich brauche deine Hilfe.«

Sein Freund aus den alten Madrid-Zeiten brummte irgendwie fragend, und Ben schilderte ihm die Ereignisse der letzten Stunden. Zwischendurch hörte er, dass Dimitrij beruhigend zu einer Frau sprach, deren Stimme im Hintergrund zu vernehmen war. Sie wollte wohl wissen, wer um diese Unzeit anrief.

Als Ben fertig gesprochen hatten, stellte Dimitrij einige klare und präzise Nachfragen. Irgendwie klang er nicht überrascht über die Geschehnisse und machte auch keinen Versuch, den Freund zu trösten. Ihn interessierten allein die Fakten. »Ich ruf dich bald zurück, mein Freund«, war alles, was er sagte, bevor er auflegte.

Aus irgendeinem Grund holte Ben dieses »mein Freund« aus seiner Panik. Auch weil Dimitrij das R in diesem Wort so beruhigend rollte und seine Stimme so tief, fest und vertraut klang. In seiner Madrid-Zeit hatte Ben Dimitrij alles zugetraut, und zwar nicht immer das Beste im Sinne einer legalen Einstellung zu Geld und Karriere. Aber vielleicht half gerade das jetzt. Ben war klar, dass sich Dimitrijs Erkundungen sicher nicht an die Heilsarmee oder die Polizei richteten.

Erschöpft von ihren bisherigen Befreiungsversuchen und geplagt von wiederkehrender Übelkeit und Schwindelanfällen, lag Naira reglos auf dem Boden. Ihr war vollkommen klar, dass sie die Zeit nutzen musste. Wenn der Entführer zurückkam, war es zu spät. Doch ihr Körper schrie nach einer kurzen Ruhepause. Warum ging Carlos' Nachbarin nicht an der Tür entlang? Ihr Weg zur Wohnung führte doch direkt an der Werkstatt vorbei, vielleicht würde sie Naira hören, wenn sie Lärm machen könnte. Naira grübelte und versuchte, sich in der Dunkelheit an Details zu erinnern. Was stand wo?

Sie war zweimal hier gewesen, einmal zum ersten Gespräch und dann als sie Xaro abgeholt hatten. Es kam ihr vor, als wäre eine Ewigkeit vergangen, und sie hatte jegliches Zeitgefühl verloren. Hatte sie in der Zwischenzeit geschlafen? Sie wusste es nicht. Obwohl sie sich hellwach fühlte, war sie gleichzeitig vollkommen erschöpft.

»Ben, wo bist du?« Naira flüsterte die Frage mehrmals vor sich hin. Nein, sie selbst musste eine Lösung finden. Was genau lag damals eigentlich auf den Tischen? Die teilweise schon bearbeitete Kupferplatte, etliche Papiere – aber eben doch auch Werkzeug. Das musste sie finden und dann alles daransetzen, es auch zu erreichen! Der Arbeitstisch war relativ hoch, aber vielleicht könnte sie die Beine zu Hilfe nehmen? Ihr fiel eine Asana, eine Yogaübung, ein. Aus der könnte sie vielleicht in einen Kopfstand kommen und mit den Beinen etwas vom Tisch herunterwischen.

Sie spürte den Adrenalinschub bei diesem Gedanken und begann, die gefesselten, aber nicht an den Tisch gebundenen Beine in eine dafür gute Position zu bringen. Mit angebundenen Händen in einen Kopf- oder Schulterstand zu gelangen, war eine echte Herausforderung. Es gelang ihr, den Tisch als Stütze zu benutzen und die Beine über den Kopf an die Tischkante zu bringen. Vorsichtig setzte sie ihre Fersen auf der Arbeitsplatte ab – und hörte etwas auf den Boden fallen. Sofort lag sie wieder am Boden und versuchte das Ding, was immer es auch war, mit den Füßen zu erwischen. Aber sie erspürte es nicht. Es war wohl zu weit geflogen.

Okay, sei vorsichtiger, sagte sie sich ermahnend. Wie lange sie es probierte, wusste sie nicht, aber plötzlich kam es ihr vor, als würde es etwas heller werden. Auch der diffuse Lichtschein hinter dem vermuteten Vorhang war wieder da. Ihr Durst war unerträglich geworden, Hunger verspürte sie nicht mehr. Naira richtete sich erneut in die »Beine-über-den-Kopf«-Position auf und tastete behutsam mit den Füßen über die Tischplatte. Sie erfühlte die Kupferplatte und arbeitete sich vorsichtig um diese herum. Plötzlich spürte sie ein Werkzeug! Vielleicht ein Messer? Es fühlte sich kalt, metallisch und spitz an.

Mit äußerster Vorsicht schob sie das Objekt in Richtung Tischkante. Immer nur wenige Zentimeter, damit es nicht außerhalb ihrer Reichweite landete. Aber bitte auch nicht auf ihrem Gesicht. Ihre Kräfte ließen nach, sie legte sich wieder hin, erholte sich kurz und begann dann von Neuem. Da, sie hatte es schon knapp an der Tischkante! »Langsam, ganz langsam«, flüsterte sie beschwörend mit heiserer Stimme. Wegen ihrer ans Tischbein gefesselten Hände konnte sie es nicht fangen, sie musste das Ding möglichst knapp über die Kante schieben. Mit einem Pling landete das Metall auf dem Holzboden.

Naira legte sich wieder hin und versuchte auszumachen, was es war. Das Ding sah aus wie ein sehr schmales Messer, so viel konnte sie in der Dämmerung erkennen. Sie nahm den Teil, den sie für den Griff hielt, vorsichtig in den Mund. Ja, das passte. Nun versuchte sie, damit die Fesseln an ihren Händen zu erreichen. Und zu durchtrennen, ohne dabei ihre Haut zu sehr zu verletzen.

Immer wieder stemmte sie ihren inzwischen schweißnassen Oberkörper hoch – und legte sich zum Verschnaufen wieder hin. Die kurzen Pausen waren notwendig, um Atem zu holen und neue Kraft zu schöpfen. In diesen Momenten der Ruhe fokussierte sie sich, sammelte Energie und visualisierte den Erfolg, der sie am Ende ihrer Anstrengungen erwartete: Sie würde sich befreien und fliehen, bevor der Entführer zurückkam.

Benaharo saß vor seinem Handy und starrte es an. Das Gerät wurde immer kleiner. Bis er eingenickt war. Er wusste nicht, wie lange sein Zustand gedauert hatte.

Naira saß ihm gegenüber, hielt seine Hand, was ihn im Wachzustand eher verblüfft hätte, und fragte ihn: «Warum bist du so traurig?«

»Weil ich dich nicht verlieren will«, antwortete er. Sie sahen sich an. Bob Dylan sang »*It's all over now, Baby Blue*«. Er wunderte sich, warum Bob Dylan klang, als wäre die Nadel eines Plattenspielers hängen geblieben. Er schreckte auf und sah sein blinkendes und singendes Handy auf dem Tisch, das durch die Vibration langsam dem Tischrand zustrebte. Er rieb sich die Augen. Die ungewohnte verkrampfte Haltung beim Schlafen bescherte ihm einen unangenehmen Schmerz im Genick. Er saß da, allein. Keine Naira, keine Hand in seiner. Der schöne Traum war vorbei.

»Ja? Dimitrij?« Ben brachte ein Krächzen hervor, mehr gaben die Stimmbänder im Moment nicht her.

»Du hast geschlafen, Ben. Willst du zuerst zu dir kommen?«

Ben war jetzt hellwach. »Nein.« Seine Stimme klang schon besser. »Sprich, Dimitrij, bitte.«

»Ob deine Freundin Naira noch lebt oder nicht, kann ich dir nicht sagen. Nur wo sie zuletzt gesehen wurde, konnte ich herausfinden. Du hast mir ja vorher von diesem alten Ladenbesitzer in der *Calle Jesus Nazareno* erzählt. Unmittelbar in dieser Gegend wurde sie gestern Nachmittag gesehen.«

Ben hielt die Luft an.

»Ich würde mir an deiner Stelle mal diesen Laden vornehmen. Ich drück dir die Daumen. Halt mich auf dem Laufenden, ja?«

Naira konnte ihr Glück nach den schrecklichen Stunden kaum fassen: Ihre Fesseln waren zerstochen, zerschnitten, ihr Hände waren frei! Das Gaffa-Band von ihren Füßen zu lösen, war jetzt nur noch eine Kleinigkeit und mit dem schmalen Messer schnell erledigt. Sie streckte sich auf dem Boden aus, bewegte die schmerzenden Hände, die sich erst wieder an die Freiheit gewöhnen mussten. Auch ihr gesamter Rücken schmerzte von der stundenlangen Anstrengung. Mit der noch verbliebenen Kraft zog sie sich am Tisch hoch und stützte sich kurz ab.

Plötzlich vernahm sie ein Geräusch an der Ladentür. Ihr Herz begann, schneller zu schlagen. War das die Türklinke? Kam ihr Entführer zurück? Wo war das Messer? Sie ergriff es schnell und huschte leise zum Vorhang. Sie lauschte aufmerksam, doch es war wieder still. Mit äußerster Vorsicht öffnete sie den Vorhang zum Laden einen Spalt. Die Morgensonne erhellte den Verkaufsraum leicht, aber kein Schatten zeichnete sich vor der Tür ab, und auch vor den Schaufenstern konnte sie keinen Menschen sehen. Ihr Atem beruhigte sich allmählich. Sie schob den schweren Vorhang ein Stück zur Seite und entdeckte den Lichtschalter für die Werkstatt. Das grelle Licht über den Arbeitstischen schmerzte in ihren Augen, doch die Erleichterung überwog alles. Ihr Blick fiel auf den am Boden liegenden Rucksack. Gierig zog sie die Wasserflasche aus dem Seitennetz, öffnete sie und trank hastig und sich verschluckend wie eine Verdurstende. Neben dem Durchgang entdeckte sie das Waschbecken, füllte ihre Flasche mit Leitungswasser auf und trank sofort weiter.

Schließlich krönte sie diesen Moment, auf den sie seit Stunden gewartet hatte, indem sie sich Wasser ins Gesicht spritzte.

Danach leerte sie ungeduldig den Inhalt ihres Rucksacks auf der Arbeitsfläche aus. Aber auch ihr Rufen »Verflixt, wo ist denn mein Handy?« half ihr nicht. Es lag nicht am Boden, nicht auf den Tischen – es war unauffindbar. Sie warf ihre Sachen ungeordnet wieder in den Rucksack. Mit wenigen Schritten war sie bei der Eingangstür, doch die war natürlich verschlossen. Naira überlegte, ob hier noch irgendwo Schlüssel versteckt sein könnten. Da fiel ihr ein, dass Manuel einen großen Schlüsselbund mitgenommen hatte. Sie ging zur Hintertür, versuchte erfolglos, diese zu öffnen, und besah sie sich etwas genauer. Diese Tür schien tatsächlich weniger widerstandsfähig zu sein als die Tür vorne.

Naira ging zurück zum Arbeitstisch und wählte von den vielen Schraubenziehern einen aus. Außerdem griff sie nach einem Hammer. Sie freute sie sich über den Lärm, den sie nun erzeugen konnte, genauso wie über die Verteidigungswaffe, die sie damit zur Verfügung hatte.

Nach kurzem Überlegen setzte sie den Schraubenzieher unterhalb des Scharniers an und schlug von unten mit dem Hammer dagegen. Sie benötigte einige Minuten, bis sie beide Scharniere gelöst hatte und die Tür öffnen konnte. Das Werkzeug ließ sie fallen, sie schnappte sich ihren Rucksack und lief durchs Treppenhaus hinaus auf die Straße.

Ben überlegte kurz, ob er Xaro mitnehmen sollte. Er schlüpfte hastig in seine Schuhe und verwarf den Gedanken wieder. Nein, den Nerv hatte er jetzt nicht. Er knallte die Tür hinter sich zu und stürzte fast die enge Treppe hinunter.

Die Sonne versprach einen frühlingshaften Tag, der Himmel würde wieder mit einem klaren, wolkenlosen Blau zur Schönheit der Insel beitragen. Doch das interessierte Ben nicht, der nun einfach seinem Ziel entgegen durch die Straßen rannte, egal, ob er Menschen anrempelte oder nicht. Einige Male musste er stehen bleiben und Luft holen. Seine Kondition hatte durch seine viele Schreibarbeit in letzter Zeit gelitten – und er war vollkommen verkrampft durch sein Schlafen im Sitzen. Trotzdem kam er schneller bei Carlos' Laden an, als er gedacht hatte.

Das Geschäft war geschlossen. Man konnte in dem hinteren Raum, der Werkstatt, durch das Schaufenster kaum etwas erkennen, obwohl der Vorhang halb zur Seite geschoben war und ein Licht brannte. Mit viel Fantasie erahnte er ein großes Bündel am Boden liegend, einen Fremdkörper, der nicht in diesen Raum passte. Naira? Er dachte an die Hintertür, die in das Treppenhaus führte. Vielleicht konnte man von hinten besser in den Laden gelangen. Seine Augen suchten den Hauseingang. Er wäre bereit gewesen, die Tür einzutreten, doch das war gar nicht notwendig: Sie war nur angelehnt.

Am Ende des kurzen Gangs öffnete sich ein Ausgang in einen kleinen, begrünten Hinterhof und gleich links um die Ecke eine Tür, die er auch nicht eintreten musste. Sie stand einen Spalt offen, sichtbar beschädigt und aufgebrochen. Gleich dahinter lagen ein Hammer und zwei unterschiedliche Schraubenzieher auf dem Fußboden. Ben trat vorsichtig ein. Was er vom Schaufenster aus gesehen hatte, war in Wirklichkeit eine schäbige, dunkle Filzdecke, die zusammengeknüllt am Boden lag. Zerfetzte Stücke eines Gaffa-Tape-Bands und etliche Werkzeuge waren verteilt.

Was hatte sich hier abgespielt? Ein Kampf auf Leben und Tod? Ben spürte sein Herz rasen. Die Wasserflasche am Boden gehörte eindeutig Naira, die hatte sie gestern Morgen mitgenommen. Er hob sie auf und steckte sie zitternd in seinen Rucksack. Der Tipp von Dimitrij war goldrichtig gewesen. Aber lebte Naira noch? Wo konnte sie sein? War es zu spät? Es war nirgends Blut zu sehen. Seine Erstarrung löste sich durch das Klingeln seines Handys in der rechten Hosentasche. Auf dem Display stand *Felipe*, aber es erklang eine Stimme, die in ihm einen Knoten löste: »Wo bist du, Ben?« Naira! Mit rauer Stimme, aber es war Naira!

Beinahe wäre ihm das Gerät aus der Hand gefallen. »In Carlos' Werkstatt, aber ...«

»Hör mir bitte zu: Es geht mir gut, die Entführung ist beendet, ich konnte mich befreien. Jetzt bin ich bei Felipe, weil das am nächsten war, und geh gleich unter die Dusche. Bitte komm schnell hierher.«

»Aber«, stammelte Beneharo.

Doch Naira hatte schon wieder aufgelegt. Ben setzte sich für einen Augenblick auf einen der Stühle vor dem Arbeitstisch und spürte eine beinahe unerträgliche Erleichterung, bevor er sich eiligst auf den Weg zu Felipe machte.

Unterwegs rief er glücklich Dimitrij an und ließ ihn gar nicht zu Wort kommen: »Sie lebt, Dimitrij, sie lebt! Sie hat sich aus ihrem Gefängnis selbst befreit, sonst hätte ich das gemacht, dank deines Tipps, aber das ist jetzt egal. Sie lebt! Danke, Dimi! Es hat vermutlich wenig Sinn, dich zu fragen, wie du auf die Bude des alten Carlos' gekommen bist. Ich habe nur ganz kurz mit ihr gesprochen, aber ich vermute, sie ist unmittelbar nach dem Krankenhausbesuch entführt worden. Das werde ich in Kürze aus ihrem Munde erfahren. Der Entführer möge der Hölle nicht entkommen. Er soll schmoren, bei den Klimaveränderungen soll es in der Hölle ja noch heißer sein.« Sein befreites Lachen klang heiter.

»Fein, der alte Ben, wie ich ihn kenne, ist wieder da. Ich will dich ja nicht unterbrechen, mein Freund.« Dimitrijs R rollte. »Aber ich weiß wirklich nicht so viel, wie du immer glaubst. Zum Beispiel kenne ich die Zustellzeiten in die Hölle nicht. Ich vermute aber, dass unser Freund, der Entführer, schon die erste glühende Feuergabel des Teufels spüren kann.«

»Was immer du mir damit zwischen den Zeilen sagen willst, auf jeden Fall hätte ich Vorschläge für besonders geeignete Stellen zum Einsatz der Feuergabel.« Ben lachte auf wie ein kleines, übermütiges Kind.

»Grüße an Naira, Ben, und ich freu mich schon auf einen deiner exzellenten Whiskys, so einen wie bei unserem letzten Treffen. Damals hast übrigens du mir nachhaltig mit deiner Information geholfen.«

Ben dachte an dieses Treffen vor zwei Jahren auf La Palma. Da hatte er Dimitrij mit seiner Einschätzung des Mordfalls am Meer helfen können.

»Ein Rat noch: Passt ein bisschen besser auf, mit wem ihr euch herumtreibt. Ob dieser Carlos so ein guter Umgang ist, scheint mir höchst fraglich zu sein. *Adios*, Beneharo.«

Ohne Bens Abschiedsworte abzuwarten, unterbrach Dimitrij die Verbindung.

Der rote Backsteinbau der Tabakfabrik tauchte am Ende der Gasse auf, und Ben hatte das Gefühl, noch nie so schnell unterwegs gewesen zu sein. Bevor er zu Naira eilte, rief er auch noch kurz Manuel an, um ihm die gute Nachricht mitzuteilen. »Sie lebt, Manuel, sie lebt! Beinahe wäre ich ihr Retter geworden, aber sie hat sich selbst befreit«, berichtete Ben aufgeregt.

»*Gracias Dios!* Wo war sie denn gefangen? Du redest von befreit«, erwiderte Manuel mit hörbarem Erstaunen.

»In Carlos Navarros Werkstatt. Jetzt ist sie bei Felipe, über der Buchhandlung, und ich bin gleich bei ihr!«, antwortete Ben.

»Und wie bist du auf die Idee gekommen, dass sie dort festgehalten wurde?« Bei dieser Frage waren drei unausgesprochene Fragezeichen hörbar.

»Intuition, mein Lieber, Intuition«, antwortete Ben vage. Er wollte wirklich nicht prahlen, aber seine Quelle wollte er auch nicht preisgeben. Schon gar nicht gegenüber der Polizei. Auch wenn Manuel sein Freund war. Es tat ja auch nichts zur Sache.

»Ich freu mich auf jeden Fall für Naira und werde die vorbereitete Suchaktion mit großer Erleichterung abblasen. Wir müssen Naira heute auf jeden Fall noch vernehmen und die Werkstatt untersuchen. Du, Ben?« Manuel klang jetzt ziemlich hinterhältig. »Jetzt wäre doch der richtige Zeitpunkt für einen Heiratsantrag?« Er hatte offensichtlich eine

diebische Freude an der langen Pause seines sonst so schlagfertigen Freundes.«
»Weißt du was?« Bens Stimme klang jetzt sehr entfernt. »Hier auf Teneriffa ist der Handyempfang genauso schrecklich wie auf La Palma. Ich habe jetzt plötzlich so ein Störgeräusch in der Leitung und konnte kein Wort verstehen. Ich muss leider Schluss machen. Wir hören uns, und ich richte Naira aus, dass sie dich anrufen soll, versprochen!« Er legte schnell auf.

Aufgeregt läutete Ben bei Felipe, der ihm so schnell die Haustür öffnete, dass Ben dachte, er habe an der Gegensprechanlage gewartet. Immer zwei Stufen auf einmal nehmend, sprang Ben die Treppen hinauf. Er hatte nur noch einen halben Absatz vor sich, als er das Öffnen der Wohnungstür hörte.

Felipe stand sichtlich besorgt in seinem Flur. »Ben, gut, dass du so schnell da bist! Naira kam vorhin in einem sehr aufgewühlten Zustand bei mir an, schmutzige, zerknüllte Kleidung, zerkratztes Gesicht, rote Handgelenke. Ich wollte ja grad in die Buchhandlung hinuntergehen, aber ...« Felipe stockte. »... sie kam rein und sprudelte drauflos: Sie wollte sofort mein Handy benutzen, meine Dusche – und ich soll ihr etwas Sauberes zum Anziehen borgen und Frühstück für sie machen – und zwar genau in dieser Reihenfolge. Dann erzählte sie mir ebenso hastig, dass sie entführt worden war. Weil sie Augenzeugin ist... Und dass sie die ganze Nacht gefesselt in Todesangst auf dem Boden einer Werkstatt verbracht hat. Jetzt ist sie immer noch unter der Dusche.«

Ben atmete tief durch. »Ach, Felipe, damit kennst du schon die wichtigsten Fakten, das war eine schreckliche Nacht!«, sagte er. »Ich bin heilfroh, dass Naira sich befreien konnte! Die Polizei habe ich gestern schon informiert, als Naira verschwunden ist. Und vorhin auch von ihrem Auftauchen. Wenn sie sich etwas erholt hat, wird sie uns sicherlich berichten und ...«

»Gut, ich habe schon Tee gekocht und ein Müsli vorbereitet, so wie sie es früher gerne mochte. Obwohl sie gesagt hat, nach dem Duschen will sie einen Ochsen essen und einen Fluss austrinken.« Felipe wirkte gestresst. »Als du gestern angerufen und nach ihr gefragt hast – ich nehme an, das hatte damit zu tun?«

Ben nickte. »Ja, Felipe, seit gestern Nachmittag war Naira weg und ...«

In diesem Augenblick verstummte das Duschgeräusch. Wenig später kam die von den Haaren bis zu den Zehen tropfnasse Naira, in Felipes Bademantel gehüllt, in den Flur. Sie stürmte auf Ben zu, der sich sofort auf sie zubewegte, und umarmte ihn. Ben fehlten die Worte, er drückte sie ganz vorsichtig an sich und hielt sie fest. So standen sie einen kurzen Moment.

Felipe fühlte sich merklich unwohl und meinte: »Also, Naira kennt sich hier ja sowieso aus, ich müsste nämlich, also ich sollte eigentlich schon unten sein. Wenn ihr mit allem fertig seid, kommt doch einfach zu mir runter.« Er schnappte sich einen auf der kleinen Kommode neben der

Garderobe liegenden Ordner und öffnete die Tür. »Bis später!« Er deutete ein Küsschen in Richtung Naira an.

Die zog Ben in die minimalistisch eingerichtete Küche und bugsierte ihn auf einen der nicht sehr bequem wirkenden Designerstühle. Auch hier herrschte, wie in Felipes Buchladen, die Farbe Grau vor. Auf einem Kunststofftisch stand eine große weiße Schale mit Getreideflocken und klein geschnittenem Obst. Daneben lag auf einer weißen Papierserviette ein Löffel. Ein ungeöffneter Becher Joghurt stand zwischen einer Teekanne und einer vollen Teetasse, außerdem lag ein Weißbrot auf einem Holzbrett.

Naira öffnete eine der grauen Schranktüren und stellte eine zweite Teetasse, ebenso aus Steingut wie die Kanne, auf den Tisch. Vom Weißbrot schnitt sie zwei Scheiben ab und steckte sie in den neben der Kaffeemaschine platzierten futuristisch aussehenden Toaster. »Ach, Ben, du kannst dir gar nicht vorstellen, wie durstig ich die ganze Nacht war: Ich dachte ja schon, der Attentäter will mich verdursten lassen! Aber Hunger habe ich erst jetzt, und stell dir vor, in der Werkstatt ...«

Während Naira wild durcheinander von ihrer Entführung, ihrer Bewusstlosigkeit, ihrer Angst vor der Rückkehr des Entführers und den schrecklichen Nachtstunden erzählte, saß Ben glücklich da und strahlte sie an. Die beiden Brotscheiben bestrich Ben mit einer Nispero-Konfitüre, die ihm Naira aus dem Kühlschrank geholt hatte. Gelegentlich strich er sanft über ihre durch das Gaffa-Band geröteten Handgelenke. Dass Naira sich die Kratzer im Gesicht beim Befreien selbst zugefügt hatte, beruhigte ihn.

Nach einer guten halben Stunde brachen sie auf. Naira war in eine schicke dunkelgraue Jogginghose und ein hellblaues T-Shirt geschlüpft, beides von Felipe und etwas zu weit. Vor dem Duschen hatte sie schon ihre schmutzige Kleidung zusammengerollt und in eine Tragetasche gestopft.

»Eigentlich wollte ich alles wegwerfen, entsorgen, damit ich mich nie mehr an diese Nacht erinnere«, erklärte sie Ben im Flur, »aber ich liebe dieses Outfit, also nehme ich's mit. Ich will es zumindest versuchen, Hose und Bluse wieder sauber zu kriegen. Aber sag, ist Xaro jetzt allein zu Hause?«

»Ja, ich wollte so schnell wie möglich bei dir sein und wusste ja überhaupt nicht, was mich erwarten wird.«

Naira nickte. »Ja, versteh ich, wir haben uns noch so viel zu erzählen, aber ich glaube, Xaro wartet. Komm, lass uns gehen.«

In der Buchhandlung übergaben sie Felipe den Wohnungsschlüssel, und Ben versuchte noch einmal, Nairas Erlebnisse in wenigen Sätzen zusammenzufassen. Felipe war immer noch entsetzt und blickte entgeistert zu Naira, die scheinbar gelassen den Novitätentisch inspizierte.

Als Naira und Ben auf die Straße traten, herrschte dort bereits lebhaftes Treiben, obwohl der nächste Karnevalsumzug erst für den Nachmittag angekündigt war. Er nahm ihre Hand und zog sie sanft durch die kleinen Gassen bis zum Platz vor dem *Mercado*. »Magst du noch etwas einkaufen?«

Naira schüttelte zuerst den Kopf. »Eigentlich will ich mich nur noch einmal duschen, wahrscheinlich muss ich mir die Erlebnisse wegwaschen ... Und ich fühle mich so unglaublich müde. Oder warte, vielleicht holen wir uns doch noch was von der herrlichen Pasta, hier im *Mercado*, für heut Abend. Ich glaube, ich will heute nicht mehr unter Menschen gehen, aber Pasta kochen geht immer!«

Ben blieb stehen. »Einverstanden, das machen wir. Und ich kaufe uns noch einen ganz besonderen Wein, wir müssen deine Befreiung feiern!«

Naira nickte zustimmend, und sie gingen schnurstracks in den *Mercado*. Während Naira die Pastasorten auswählte, lief Ben zum Weinstand und kaufte einen, wie er hoffte, fantastischen, außergewöhnlichen Malvasier. Mit der Flasche in der Hand kehrte er zu Naira zurück, die soeben den Einkaufsbeutel mit den Teigwaren entgegennahm.

»Komm, lass mich das tragen.« Ben nahm die Tragetasche an sich und legte vorsichtig die Weinflasche hinein.

»Sag mal, da vorne ist doch ein Handyshop, hab ich das richtig in Erinnerung?«

»Ja, in der nächsten Seitenstraße. Wenn du noch durchhältst, können wir dir gleich ein neues besorgen.«

»Gute Idee! Meine Daten sind ohnehin alle auf meinem Laptop, der liegt oben in meinem Zimmer. Meine Mutter hat bestimmt schon versucht, mich anzurufen. Du kennst sie ja.«

»Na ja, ich glaube, es ist grundsätzlich von Vorteil, ein Handy zu haben«, meinte Ben, und Naira nickte energisch.

Xaro war offensichtlich völlig durcheinander: Sein Ersatzfrauchen war jetzt wieder da. Trotzdem beschränkte Naira sich auf eine kurze, herzliche Begrüßung und einige wenige Streicheleinheiten, bevor sie sich mit ihrem neuen Handy beschäftigte und dafür als Erstes den Laptop einschaltete. »Bin ich froh, dass die Daten alle da sind, ich weiß ja gar keine Telefonnummer auswendig«, bemerkte sie.

Ben stellte frisches Futter für Xaro bereit und bot ihr sein Handy an, damit sie die wichtigsten Telefonate gleich tätigen konnte. »Ja danke, wunderbar! Ich werde mich bei meinen Eltern und in meinem Laden melden, danach bei Manuel. Das neue Handy kann so lange aufladen, und nach einem Schläfchen werde ich die Daten übertragen«, sagte sie zufrieden und setzte die Ankündigung gleich in Taten um. Nach den Gesprächen mit ihren Eltern und in der Buchhandlung, wo wie immer alles wie am Schnürchen lief, verschwand sie im Badezimmer. Ihre albtraumhaften Stunden hatte sie am Telefon mit keiner Silbe erwähnt.

Ben setzte sich an den Esstisch und öffnete seinen Laptop. Er musste unbedingt den Bericht über den Karneval verfassen, denn morgen würde nur noch *Die Bestattung der Sardine* hinzukommen, und am Abend sollte sein fertiger Text in Madrid sein. Ein kleines Vormittagsnickerchen wäre jetzt auch nicht schlecht, dachte er sehnsüchtig. Seufzend schlug er sein rotes Notizbuch auf und ergänzte seine Stichwortliste im Laptop.

Naira kam, in ein flauschiges Badetuch gewickelt, aus dem Bad, gähnte und sagte leise: »Bis später«, bevor sie in ihr Zimmer verschwand. Sie ließ die Tür halb offen. Xaro spitzte die Ohren, hob den Kopf, sah sich um und trottete aus seinem Korb.

Ben war nach seinem fürsorglichen »Erhol dich gut, schlaf gut, Naira« schnell wieder in seine Schreibarbeit vertieft und bemerkte nicht, dass Xaro in Nairas Zimmer verschwand.

Ben klappte seinen Computer mit einem erleichterten »¡Finalmente listo!« zu und erschrak über die Lautstärke seiner eigenen Stimme.

Wie viele Stunden waren inzwischen vergangen? Die Sonne stand schon recht tief. Schlief Naira immer noch? Und wo zum Teufel war Xaro? Sein Korb war leer. Ben stand auf und ging leise zu Nairas Zimmer. Dort blieb er stehen und nahm das friedliche Bild auf, das sich ihm bot: Naira lag, in ihre Decke gehüllt, das Kopfkissen fest umarmend, quer im Bett. Ihr zerzauster Zopf hing malerisch über den Bettrand, wie ein kunstvolles Gemälde. Auf dem Fußboden vor dem Bett stand eine große, halb volle Flasche Mineralwasser. Xaro lag am Fußende wie ein aufmerksamer Wachhund und beobachtete ihn.

Fast geräuschlos zog sich Ben zurück und ging in die Küche. Den Wein hatte er gleich nach dem Besuch im *Mercado* im Kühlschrank verstaut, ebenso wie die Pasta. Sollte er nicht noch schnell Chorizo und Sardellen besorgen? Das war zwar kein ganzer Ochse, aber damit könnte er Naira mit einer seiner Lieblings-Pastasoßen überraschen. Er hatte keine Ahnung, ob sie diese Variante mochte, aber alternativ hatte er ohnehin Olivenöl, Butter und Sahne im Haus. Nach ihrem Aufwachen würde sie sicherlich Hunger haben. Er schlich durch den langen Flur, griff nach seiner Geldbörse und schlüpfte in seine Sneaker. Der geflochtene Einkaufskorb neben der Eingangstür schien ihm praktisch, und darüber hing Xaros Leine. Sein Blick blieb kurz an ihr hängen. Während er noch darüber nachdachte, ob Xaro vielleicht nach draußen musste, stand der Hund bereits neben ihm und starrte ebenfalls auf die Leine.

»Okay, okay«, flüsterte Ben, »dann komm einfach mit. Wir erledigen gleich alles Notwendige.«

Der Hund schien einverstanden zu sein, ließ sich die Leine anlegen, und Ben dachte, sie würden beide ihr Bestes tun, um die Wohnung so leise wie möglich zu verlassen.

Schon nach einer halben Stunde war Ben mit Xaro wieder zurück. Zwischendurch hatte Manuel auf seinem Handy angerufen, aber Ben war nicht rangegangen – er wollte den Freund später zurückrufen. Als Ben behutsam die Wohnungstür öffnete, trabte Xaro ohne Protest in den Flur. Ben befreite ihn von der Leine, schloss die Tür und trug den gut gefüllten Einkaufskorb, aus dem auch ein vorwitziges Basilikum hervorschaute, in die Küche. Xaro begleitete ihn ein Stück, nämlich genau bis zu Nairas Zimmer. Dort legte er sich erneut zum Fußende des Bettes und schaute durch die geöffnete Tür.

Ben sah, dass Naira ihre Position nicht verändert hatte. Er beschloss, alles fürs Abendessen vorzubereiten. Vorsichtig trug er Teller und Besteck von der Küche zum Esstisch und holte danach die Wein- und Wassergläser. Er deckte den Tisch liebevoll, faltete die Servietten und bedauerte, dass er keinen Blumenstrauß besorgt hatte. Dann ging er wieder in die Küche und räumte den Einkaufskorb aus, indem er alle seine frisch erworbenen Schätze auf der Arbeitsfläche aufreihte. Die Chorizo schnitt er in kleine Stücke, naschte zwei Stückchen und bedeckte sie mit einem zweiten Teller. Auch die Zwiebel wollte er klein hacken, doch schon beim Schälen kam Naira in die Küche geschlendert.

»*Buenos dias, buenas tardes!* Du bist ja schon fleißig, und weißt du was: Ich habe einen Bärenhunger!«

»Das habe ich gehofft, und ich wollte zwei besonders sättigende Soßen zur Pasta vorbereiten: eine mit Chorizo und eine mit Sahne.«

»Das sind gute Grundlagen für unser geplantes Weinverkostungsprogramm«, stellte Naira schmunzelnd fest.

»Dann tausche ich doch mal den Bademantel gegen eine anständige Garderobe, binde mir eine Schürze um und trete meinen Hilfsdienst in der Küche an!«

Eine gute Stunde später saßen Naira und Ben am Tisch. Naira hatte sich für ihr dunkelrotes Kleid entschieden, denn sie dachte, dass das Kleid von den Kratzern in ihrem Gesicht ablenken würde. An ihren Handgelenken waren noch immer rote Spuren sichtbar, obwohl sie Aloe-Vera-Gel einmassiert hatte. Die Haare hatte sie locker hochgesteckt, und ihren Hals zierte ein Lederband mit einem geheimnisvollen Guanchen-Zeichen. Ben hatte sich ebenfalls umgezogen. Seine weiße Jeans und das schwarze Hemd standen ihm richtig gut, befand Naira. Xaro lag ruhig, etwas entfernt bei der Eingangstür, doch seine Augen verfolgten aufmerksam das Geschehen am Tisch.

Zu Beginn hatten sie auf den glücklichen Ausgang der Entführung angestoßen und anschließend mit großem Appetit die verschiedenen Pastasorten mit unterschiedlichen Soßen genossen. Nun war der große Hunger gestillt.

Naira sah nachdenklich zu Ben und seufzte. Ihr Blick traf kurz seinen, bevor sie ihn senkte. »Unglaublich, ich kann es noch immer kaum in Worte fassen ... Vor nicht einmal vierundzwanzig Stunden! Ich hatte solche Angst ... Die Angst davor, dass der Täter zurückkehren könnte. Davor, dass ich mich nicht befreien kann. Und vor dem, was noch kommen mochte. Es war pure Todesangst ... und in diesem Moment dachte ich, das kann doch nicht alles gewesen sein, ich muss es schaffen!«

Ben lauschte regungslos. Er war erleichtert, dass Naira über die Schrecken und ihre Ängste der vergangenen Nacht sprechen konnte, als ob sie damit einen Teil der Dunkelheit verbannte.

Naira erzählte von ihren unzähligen Versuchen, das Gaffa-Band zu entfernen, wie sie sich in der Dunkelheit zurechtfand und letztendlich ihre Yogakünste einsetzte.

»Ich kann es kaum glauben, wie ich in dieser verzweifelten Situation plötzlich auf die Idee gekommen bin, den Tisch im Kopfstand und mit meinen Beinen nach Werkzeug abzusuchen«, sagte sie, während sie die Ereignisse der Nacht noch einmal durchlebte. »Es war wie ein Instinkt, der dafür gesorgt hat, dass ich ruhig bleibe und klare Gedanken fasse. Durch mein Yoga hab ich selbst inmitten der Dunkelheit und der Angst einen Weg gefunden, mich zu zentrieren und zu handeln.«

Gespannt hörte Ben zu, fasziniert von ihrer Entschlossenheit und Stärke, die selbst in den dunkelsten Momenten zum Vorschein kamen.

»Warum hast du mich eigentlich in Carlos' Geschäft gesucht? Hattest du so was wie eine Vision?«

»Nein, das war eine Information meines geheimen V-Mannes«, lachte Ben.

»Was für ein V-Mann, und wie kam der darauf?«, fragte Naira. »Komm, sag schon, Ben, das interessiert mich jetzt doch brennend.«

»Ich habe in der Nacht, also eigentlich um vier Uhr früh, Dimitrij angerufen, der hat mich nach ein paar Stunden zurückgerufen und mir den Tipp gegeben.«

»Dimitrij? Dein Freund? Der Schnösel? Wieso wusste ausgerechnet der, wo ich war?«

»Wusste er ja gar nicht, aber er hat mir den entscheidenden Hinweis gegeben, weil du dort zuletzt gesehen worden bist.«

Naira schaute ungläubig und schüttelte den Kopf. »Das klingt für mich völlig durchgeknallt, aber vielleicht bin ich noch zu durcheinander, um das zu verstehen. Weißt du, mir schwirren so viele Fragen durch den Kopf. Wer war der Messerstecher, wer der Kissenattentäter, wer der Entführer? Oder war das alles dieselbe Person? Warum hat der Entführer mich in Carlos' Werkstatt gebracht und nicht gleich getötet? Und warum ist er dann verschwunden? Wenn er mich aus dem Weg räumen will, aus welchem Grund auch immer, warum ist er nicht wiedergekommen und hat es getan?«

»Dimitrij hat die kryptische Bemerkung gemacht, er sei bereits in der Hölle.«

»Das beruhigt mich tatsächlich sehr. Ich möchte nämlich nicht noch mal entführt werden. Aber warum weiß das wieder dein Dimitrij?«

»Er lässt dich grüßen und freut sich, dass es dir gut geht.«

»Der mischt sich ein bisschen viel ein, was spielt der Typ überhaupt für eine Rolle, für wen arbeitet der eigentlich wirklich?« Naira schüttelte unwillig den Kopf.

»Naira, ich bin sehr froh, dass er sich hier eingemischt hat. Was wäre gewesen, wenn du es nicht selbst geschafft hättest, dich zu befreien? Dimitrij ist ziemlich umtriebig und so eine Art Berater für was und wen auch immer. Seit geraumer Zeit arbeitet er für den Martinez-Konzern. Alvaro Martinez war der jüngste Bruder der großen Familie. Die schicke Blondine, die mit Dimitrij unterwegs war, ist ja die Schwester der Martinez-Brüder. Mit der dürfte er zurzeit liiert sein. Der älteste der Brüder, Roderik, ist der Boss des Unternehmens und neben seiner Geschäftstätigkeit auch ein einflussreicher Politiker der rechten Partei VOX.«

»Und welche Rolle spielt Freund Schnösel bei dem Angriff auf Carlos?« Spöttisch und angriffslustig funkelte Naira Ben an.

»Keine! Meiner Meinung nach. Seine Kontakte sind sicher nicht alle astrein, aber er ist eher der Ratgeber im Hintergrund und nicht der aktive Gauner, wenn du verstehst, was ich meine. Natürlich wüsste ich liebend gerne, wen er gestern Nacht angerufen hat.« Ben schenkte von dem köstlichen Malvasier nach.

Sie hoben ihre Gläser zu Nairas »*Salud* – auf das Leben!«.

Nach einem tiefen Schluck fuhr Ben fort: »Also, wenn wir uns den Status quo unserer bisherigen Ergebnisse anschauen, könnten hier einige Dinge zusammengekommen sein, die nicht unbedingt ursächlich miteinander zu tun haben.«

»Du meinst zum Beispiel der Mord an Angel – und der versuchte Mord an Carlos?« Naira war eindeutig hellwach und neugierig auf Bens Thesen.

»Ja, die könnten von verschiedenen Täterkreisen verübt worden sein. Der Mord an Angel wurde laut Manuel von allen seriösen Stellen bisher als Betriebsunfall einer internen Mafia-Auseinandersetzung bezeichnet. Diese Theorie wurde bisher nicht widerlegt. Der Mordversuch an Carlos wiederum könnte aus Rachemotiven geschehen sein. Warum jetzt? Dank Zambada und seinem veröffentlichten Foto könnte ein alarmierter Feind unseres Alten, der aus irgendwelchen Gründen mit ihm ein Hühnchen zu rupfen hatte, zugeschlagen haben.«

»Und das verflixte Manuskript?«

Ben drehte mit nachdenklichem Gesicht das Glas in seinen Händen. »Ohne dieses Buch gäbe es wahrscheinlich den jungen Angel noch. Nur sein Begleiter wäre vielleicht längst über den Jordan. Aber der ist sowieso entweder eine Schlüsselfigur – oder auch nur ein Zufallsakteur in dem Spiel. Und mit dem Manuskript befassen wir uns bald wieder. Oder glaubst du, ein Beneharo Rodriguez gibt so schnell auf?« Jetzt schaute Ben Naira herausfordernd an.

»Na, sicher nicht! Also ist die vorrangigste Frage: Wer ist nun tatsächlich die Schlüsselfigur in diesem Spiel ... Wer ist der, der die Fäden zieht, oder gibt es mehrere Drahtzieher?«

Ben nickte. »Die Polizei ist mit der wieder erstarkenden Organisierten Kriminalität beschäftigt. Weder der junge Angel noch der alte Carlos sind besonders wichtig für die. Diese seltsame Gestalt, die dich umbringen oder zumindest entführen wollte, wurde anscheinend aus dem Weg geräumt ... Wer steckt hinter diesem Killer. Mafia? Verbrecher aus Carlos' Vergangenheit?«

Naira und Ben äußerten und besprachen in den nächsten Stunden jede Menge Fragen und Vermutungen. Irgendwann meinte Naira: »Im Gegensatz zu gestern Abend vergeht heute die Zeit wie im Flug. Du wirst es vielleicht nicht glauben, aber ich bin schon wieder müde.«

Ben nickte mitfühlend, auch seine Augen waren inzwischen kleiner geworden. »Ja, ich verstehe dich gut. Planen wir noch den morgigen Tag, wir könnten ...«

Naira fiel ihm ins Wort: »Ben, ich würde so gerne nach San Andrés fahren, zur *Playa de las Teresitas*: Diesen hellen, feinen Sandstrand habe ich immer geliebt, da könnte ich mir die Erlebnisse von gestern im Meer abschwemmen – und Xaro hätte viel Auslauf und kann mit mir schwimmen!« Naira wirkte schlagartig wieder munter.

»Hm, ja, warum nicht? Da war ich nur ein einziges Mal, vor etlichen Jahren. Und danach, das wollte ich nämlich vorschlagen, fahren wir alle drei mit dem Bus nach Candelaria und Güimar zum *Heyerdahl Museum*. Kannst du dir das vorstellen?«

»*Acuerdo*, und gleich morgen früh rufen wir im Krankenhaus an und fragen nach Carlos, vielleicht haben sie ihn ja schon aus dem Koma geholt – und wir besuchen ihn eventuell am Nachmittag? Außerdem muss ich mich noch bei deinem Manuel melden.«

Ben wirkte nachdenklich. »Ach, stimmt, ich habe auch ganz vergessen, ihn zurückzurufen. Und mit Carlos reden, ihm einige Fragen stellen: Das wäre großartig. Fragen, die nur er beantworten kann, haben wir ja mehr als genug.« Sein Blick blieb an der Weinflasche hängen, und er meinte: »Ein kleiner Schluck ist noch übrig: Den teilen wir uns jetzt!«

Naira schob flink ihr Glas zwischen den Tellern über den Tisch. Ja, sie fühlte sich müde, aber vor allem entspannt, geborgen – und glücklich.

Xaro trifft auf Zambada

Während Ben noch im Badezimmer beschäftigt war, verbrachte die bereits auf den Ausflug fertig vorbereitete Naira ihre Zeit am Telefon. Im Krankenhaus hatte sie Glück: Die Schwester teilte ihr mit, dass Doktor Gruber in der Nähe und gerade verfügbar sei, und Gruber informierte Naira sofort über alles Wichtige. Carlos Navarro befinde sich auf dem Weg der Besserung, und sofern keine unvorhergesehenen Zwischenfälle mehr auftraten – er stockte kurz, vermutlich beim Gedanken an das, was vorgestern passiert war –, könnten sie Navarro am nächsten Morgen wecken und Naira und Ben bereits am Vormittag mit ihm sprechen, sobald die Untersuchungen abgeschlossen seien. Der Patient müsse noch ein paar Tage auf der Intensivstation verbleiben, bevor er auf die normale Station verlegt werde.

Naira freute sich über diese positive Entwicklung und versprach, dass sie und Ben morgen gegen elf Uhr im Krankenhaus sein würden. Erleichtert verabschiedete sie sich und griff nach ihrer Teetasse.

Nach einem kräftigen Schluck tippte sie erneut auf ihrem Handy herum. Es handelte sich um dasselbe Modell wie ihr altes, nur steckte das neue in einer bordeauxroten Schutzhülle. Sie sprach mit Manuel und sicherte ihm zu, im Laufe des Tages im Präsidium vorbeizukommen. Danach suchte sie nach der Nummer des Flughafens und erkundigte sich dort nach den Vorschriften für den Transport eines Hundes von Teneriffa nach La Palma. Während des Gesprächs verschwand ihr Lächeln, und ihr Gesicht verfinsterte sich. Vielleicht sollten sie lieber mit der Fähre zurückfahren? Sie fragte sich, ob Ben damit einverstanden wäre, und realisierte in diesem Augenblick, dass er bereits, ebenfalls in Jeans, erwartungsvoll durch den Gang auf sie zukam.

Sie schnappte sich ihren Rucksack, gefüllt mit Badesachen und allem, was sie eventuell benötigen könnte, vom Stuhl und stand auf. Xaro wartete unruhig an der Wohnungstür.

»Was gibt's Neues von Carlos? Du schaust so ernst«, meinte Ben.

»Ach, mit Carlos geht es sehr gut voran, wahrscheinlich holen sie ihn morgen früh aus dem Tiefschlaf. Doc Gruber meint, wir könnten so um elf Uhr herum mit ihm reden. Da sollten die Untersuchungen abgeschlossen sein.«

»Das ist ja eine gute Nachricht! Was lässt dich also so unzufrieden dreinschauen?«

»Ich habe auch mit dem Flughafen telefoniert«, antwortete Naira. »Die sagen, ich darf Xaro nicht in die Kabine mitnehmen. Er ist zu groß und muss in einer Box im Frachtraum transportiert werden. Den Stress will ich ihm unbedingt ersparen. Jetzt überlege ich, wie ich das umgehen könnte. Ein Ausweg wäre natürlich, wenn ich mit ihm die Fähre nehme ...«

Ben überlegte einen Moment. »Weißt du was, wir checken das heut Abend online, vielleicht finden wir einen Weg ... Oder ich bitte Manuel, für Xaro einen Polizeihundeausweis auszustellen, dann darf er doch sicher als dein Personenschutz neben dir sitzen. Wir müssen doch eh noch zu ihm, oder?«

Der Vorschlag brachte Naira zum Schmunzeln, sie nickte, nahm Xaro an die Leine, den Maulkorb in die Hand, und mit einem kräftigen *»Vamos!«* ging sie mit dem Hund durch die Tür, die Ben für sie beide aufhielt.

Der Busbahnhof war von ihrer Wohnung etwa zehn Fußminuten entfernt, also ohne Hund. Mit Xaro, der heute jeden einzelnen Baum geruchstechnisch untersuchen musste, brauchten sie zwanzig Minuten. Der Bus stand schon bereit, und sie entschieden sich für die hinterste Sitzbank, da dort mehr Platz war. Dennoch wurde Xaro schnell unruhig. An der Haltestelle *Castillo de San Andrés*, schon fast in der Nähe der *Playa de Las Teresitas*, stiegen sie eine Viertelstunde später wieder aus. Ihr Weg zum Meer führte sie an Steinen vorbei, die mit Bildern von berühmten Spanierinnen und Spaniern aus der Kunst- und Kulturgeschichte bemalt waren, jeder fast einen Meter groß. Naira erinnerte sich daran, wie sie vor Jahren eine Fotoserie von diesen Steinen gemacht und Felipe sie anschließend als Postkarten produziert und verkauft hatte. Diese Gedanken brachten sie auf die Idee, auch ihre oft sehr speziellen Fotos in ihrer Buchhandlung als Postkarten anzubieten.

Als sie die *Puenta Multicolor*, die Regenbogen-Fußgängerbrücke, zum Strand überqueren, ließ Naira Xaro von der Leine. Der Hund sprintete sofort zum Wasser. Auf dem eineinhalb Kilometer langen goldgelben Saharasand-Strand verteilten sich nur etwa zwanzig Menschen, alle mit großem Abstand zueinander. Fünf weitere schwammen im heute trotz des Windes recht ruhigen Meer.

Ben deutete auf ein paar Boote, die rechts vor ihnen im Sand lagen, und fragte: »Wollen wir es uns hier gemütlich machen, oder möchtest du lieber weiter vorne am Wasser dein Lager aufschlagen? Ach, und ich hab's völlig vergessen: Hast du an eine Decke gedacht?«

»Keine Decke, aber drei große Handtücher und natürlich meinen Badeanzug – obwohl ich jetzt doch nicht wirklich schwimmen möchte. Ich habe eher Lust auf einen Strandspaziergang: die Füße im Wasser, den Blick in den Himmel, die Freiheit atmen …«

»Die Idee gefällt mir«, stimmte ihr Ben zu, »und nach dem Spaziergang hocken wir uns bei dem Café gleich nach der Bushaltestelle unter die Platanen.«

Sie setzten sich kurz auf eines der umgedrehten Boote, zogen ihre Sneaker aus und verstauten diese in ihren Rucksäcken. Dann krempelten sie beide ihre Hosenbeine bis zum Knie hoch.

»Naira, magst du mir deinen Rucksack zum Tragen geben? Dann bist du frei wie ein Vogel!«, schlug Ben vor.

Naira warf ihm einen dankbaren Blick zu. »Nett von dir, aber mein Rucksack behindert mich nie. Ich wünschte, ich hätte ihn vorgestern Nacht erwischt oder zumindest meine Wasserflasche – und dann meine Nagelschere!«

»Ich finde es wunderbar – und bewundernswert! –, dass du dich auch ohne deinen Rucksack befreien konntest«, merkte Ben an.

Sie näherten sich den Meereswellen, wo Xaro im Wasser stehend auf sie wartete. Dann schlenderten sie ohne viele Worte nebeneinander im noch niedrigen Wasser den Strand entlang auf eine mächtige Felsenwand zu. Xaro lief immer wieder vor und zurück. Wasserscheu war er eindeutig nicht, und der Ausflug schien ihn von seiner Sehnsucht nach Carlos abzulenken. Der Himmel hatte das übliche Vormittagsblau, die dreiundzwanzig Grad Lufttemperatur fühlten sich im Sonnenschein wesentlich wärmer an, und der Atlantik rauschte sanft.

Auf dem Weg zurück zum Bus machten sie die geplante Kaffeepause im Schatten der Bäume. Xaro legte sich sofort unter den Tisch und schloss die Augen. Ben stellte zufrieden fest, dass Naira richtig entspannt aussah.

Sie wollten nun nach Güimar fahren, um gemeinsam Thor Heyerdahls Pyramiden zu besichtigen. Sowohl Ben als auch Naira waren vor einigen Jahren unabhängig voneinander im Park *Piramides de Güimar* gewesen und hatten später einmal Heyerdahls Theorien diskutiert. Sie waren sich einig, dass seine Forschungen viel Aufmerksamkeit auf die Stufenpyramiden gelenkt hatten und auch in Zukunft zu weiteren Untersuchungen und Debatten über ihre Herkunft und Bedeutung führen würden. Auch wenn die Pyramiden nicht von den Ureinwohnern, sondern erst im 19. Jahrhundert erbaut worden waren. Nach dem Besuch von Heyerdahls Museum neben den Pyramiden wollten sie noch in Candelaria, dem malerischen Küstenstädtchen siebzehn Kilometer südlich von Santa Cruz, einen längeren Zwischenstopp einlegen. Ben erinnerte sich an ein kleines, nettes Fischlokal direkt am Meer und in der Nähe der Plaza. Da wollten sie einkehren.

Von der Bushaltestelle in Candelaria gingen sie direkt in die *Calle Obispo Pérez Cáceres*. Die kleine Einkaufsstraße – und Fußgängerzone – hatte einiges für Souvenirsammler zu bieten. Ben und Naira, die den Ort Candelaria beide gut kannten, marschierten zügig an den Geschäften vorbei. Ihr Ziel war der Platz am Meer, bei der Basilika, der Versammlungsort der jährlich stattfindenden Wallfahrt. Nach kurzer Zeit standen sie am Rand der *Plaza Patrona de Canarias* und staunten über die atemberaubende Größe und Weite dieses besonderen Ortes. Auf der anderen Seite des Platzes stand die *Basílica de Nuestra Señora de la Candelaria*. Sie war die Heimstätte der Schutzpatronin von Teneriffa. Links vor der Basilika standen vor dem Meeresgeländer auf hohen Steinpodesten neun Statuen von stattlichen halb nackten Burschen mit Lanzen, die sie in verschiedene Himmelsrichtungen richteten. Sie waren aus Bronze, und ihre Haltung zeigte gleichzeitig Stolz und Desinteresse an den Tausenden und Abertausenden, die sie tagtäglich besichtigten und fotografierten. Sie stellten die neun Landesfürsten aus der Zeit dar, als die begehrlichen Blicke der spanischen Eroberer auf der Insel Teneriffa ruhten.

Naira wollte in die Basilika und der heiligen *Señora de la Candelaria* für ihre Rettung danken. Ben hingegen zog es zu seinem Namensvetter unter den einstigen Fürsten der Insel. Treffen wollten sie sich in dem Fischlokal in der Nähe der Plaza. Das kannte Naira nicht, aber sie war neugierig.

Langsam ging Naira mit Xaro an der Leine auf das Hauptportal der Basilika zu. Im Inneren befand sich die legendenumwobene und bis nach Lateinamerika berühmte Statue der Jungfrau von Candelaria, die als eines der bedeutendsten religiösen Symbole der Kanarischen Inseln verehrt wurde. Naira wollte die Treppe zu der Statue emporsteigen und, egal welches der liturgischen Gewänder die Jungfrau heute trug, kurz ihren Mantel berühren. Dann würde sie auf der anderen Seite die Treppe hinuntergehen und schließlich ihre Kerze der Dankbarkeit entzünden. Das hatte sie sich in ihrer verzweifelten Lage für den Fall vorgenommen, dass ihr die Befreiung gelang.

Sie nahm in der ersten Bank Platz, Xaro saß mucksmäuschenstill neben ihr. Sie dachte an die Nacht, in der sie gefesselt in Carlos' Werkstatt gelegen hatte, und an ihre entsetzliche Angst. So viel war ihr durch den Kopf gegangen ... Sie sollte ihre Gedanken aus dieser Nacht festhalten, niederschreiben. Sie wusste, in jener Nacht war ihr etwas so klar geworden wie nie zuvor: Wir wissen nicht, wie viel Zeit wir wirklich haben.

Beneharo, die Statue des einstigen Guanchenkönigs, gewährte Beneharo, dem Journalisten und Abkömmling seines Volkes, eine Audienz. Der Guanche war bekannt für seine unabhängige Haltung, aber auch für sein kluges Taktieren. Er war fürs Kämpfen, mehr allerdings fürs Verhandeln, und er war einer der Ersten gewesen, die verstanden hatten, dass eine neue Zeit angebrochen war. Es galt, Kompromisse zu finden, um Blutvergießen zu verhindern. Ben holte sich, wenn er in Candelaria war, immer Kraft von seinem Bronzekollegen. Der stand da und schaute auf den kleinen Ben, hielt sich an einer Lanze mit einem Dreizack fest und streckte die linke Hand in den Himmel. Der Daumen wies nach oben. Ein positives Zeichen nach all den letzten Ereignissen, dachte Ben. Neben dem großen Beneharo stand mit etwas Abstand Bencomo, der Mächtigste der Fürsten. Ben vermutete, dass sich die beiden zu Lebzeiten oft in der Wolle hatten. Der eine glaubte, den übermächtigen Eroberern Saures geben zu können, und Beneharo, der andere, der die Situation realistischer einschätzte, plädierte für Verhandlungen. Finster stand Bencomo, der auch »der Falke« genannt wurde, da und ärgerte sich vermutlich darüber, neben der Friedenstaube Beneharo stehen zu müssen. Bencomo hätte es aber mit Pelinor als Nachbar, einem weiteren Bronze-Guanchen, weitaus schlimmer treffen können. Der war aktiver Friedensstifter gewesen und ein Ur-Opportunist. Bencomo starb natürlich im Kampf, und sein Sohn Bentor, auch auf Krawall gebürstet, hatte sich sogar von einem Felsen gestürzt angesichts der Niederlage, die er nicht hinnehmen wollte.

Ben zeigte Beneharo seinen rechten Daumen. Der wies genauso wie der linke des bronzenen Bens nach oben.

Die echten Guanchen-Könige hatte alle nach der Zeit gelebt, in der das geheimnisvolle Manuskript geschrieben worden war, überlegte Ben. Damals waren die Ureinwohner der Kanaren glücklich gewesen. Hieß es jedenfalls in diesem verschwundenen Dokument. Wo war dieses Manuskript nur?

Ben riss sich schließlich los von seinem Namensvetter und schlenderte hinüber zum Lokal. Naira war noch nicht da, also setzte er sich an einen der beiden Tische in vorderster Front zum Meer. Er wusste, dieser Platz würde Naira gefallen.

Der frische Fisch, ein *Vieja*, in dem kleinen Lokal in Candelaria war köstlich, dazu bestellten sie *Pimientos de Padrón*, kleine Paprikaschoten, und Nairas Lieblingskartoffeln, *Papas Arrugadas*. Die Wirtin bot ihnen einen Malvasier von Sitia im Glas an, der perfekt passte. Naira war begeistert von der Möglichkeit, praktisch direkt am Meer zu sitzen, und Ben freute sich offenkundig über ihre kindliche Freude. Während des Essens lag Xaro entspannt unter ihrem Tisch.

Im Bus schlief Ben dann tief ein. Obwohl Neid normalerweise nicht zu ihren Gefühlen gehörte, konnte Naira nicht anders, als Ben um seine Fähigkeit, jederzeit und überall einzuschlafen, aufrichtig zu beneiden. Auch bei ihr machte sich Müdigkeit bemerkbar, wie gelegentlich, wenn sie zu viel gegessen hatte. Die Fahrt nach Santa Cruz dauerte zwar nicht allzu lange, aber Naira freute sich jetzt auf etwas

Bewegung. Kaum ausgestiegen, ließ sie Xaro und Ben vor einem der unteren Eingänge an der riesigen Glaswand des Busbahnhofs stehen und verschwand mit einem »Bin gleich wieder da!« in Richtung Toiletten. Ben streckte sich mit Xaros Leine in der Hand, lockerte seinen Rücken und betrachtete den mit zarten Wolken durchzogenen blauen Himmel.

Auf dem Weg zurück rannte Naira, flott unterwegs wie immer, beinahe in einen vor sich hin schlurfenden dicklichen Mann mit Glatze hinein. Ihr Puls schoss in beängstigende Höhen, ihr Atem stockte, ihr Herz klopfte heftig, als sie ihn erkannte. Sie spürte, wie sich angestauter Zorn seinen Weg bahnte.

»Wissen Sie, was Sie sind? Sie sind ein fieses Schwein!« Ihre Stimme klang mühsam beherrscht.

»Ah, die Inselbuchhändlerin«, höhnte Zambada. Er war stehen geblieben und blickte sie triumphierend an. Er war es offenbar nicht nur gewohnt, beschimpft zu werden, das sei ein typisches Journalistenschicksal, hatte er vor zwei Jahren schon einmal zu ihr gesagt, sondern er genoss es anscheinend auch noch. »Passen Sie nur auf, was Sie sagen«, kam es nun drohend von ihm.

Aber Nairas Stimme hatte auch an Volumen gewonnen, und es war ihr vollkommen egal, ob andere Leute zuhörten. »Sie haben durch die Veröffentlichung von Carlos Navarros Foto in ihrem Revolverblatt den Mann öffentlich zum Abschuss freigegeben! Außerdem haben Sie das Foto geklaut!«

»Offensichtlich hat der Mann einiges auf dem Kerbholz, das konnte ich nicht wissen. Umso besser, wenn die Welt von diesem speziellen Ungeziefer befreit wird.«

Verborgen vor den Blicken von Naira und dem Schmierenjournalisten Zambada, jedoch in Hörweite, standen Ben und Xaro. Ben hatte dem Hund bereits die Leine und den Maulkorb abgenommen und hielt beides in den Händen. Beim ersten Ertönen der Stimme des Reporters hatte Xaro die Ohren gespitzt und wie Radarantennen bewegt.

»Wie können Sie sich erlauben, einen Menschen, den Sie gar nicht kennen, so zu verurteilen?«, hörte Ben Naira zornig fragen.

»Solche Menschen wie diesen Navarro habe ich schon oft ...«

Der Hund rannte los, von der Leine befreit, um die Ecke auf den von ihm abgewandten Zambada zu.

Ben sah ihn wie eine Rakete auf den Reporter zustürmen. Es war keine Zeit mehr, um einzugreifen, selbst wenn er das vorgehabt hätte. Als müsste Xaro eine Mission erfüllen, schoss er Richtung Hinterteil des laut keifenden Zambada und riss ihm ein ansehnliches Stück Stoff aus der Hose. Das brachte den schlagartig Verstummten aus dem Gleichgewicht, und er fiel vornüber auf den Asphalt. Einige Kinder zeigten erschrocken auf den am Boden Liegenden, der laut zu klagen begann. Durch die aufgerissene Hose blitzte eine nackte Pobacke dem Sonnenlicht entgegen. Auf dieser sah man, wie tätowiert, zwei zierliche Zahnreihen, die sich langsam mit Blut füllten.

Ben hatte längst Xaro zurückgepfiffen, und zu seinem großen Erstaunen war der Hund trotz Nairas Gegenwart dem Pfeifen sofort gefolgt. Diese versuchte mit einigen anderen Passanten, dem am Boden liegenden und nun auch aus der Nase blutenden Mann aufzuhelfen. Zambada schüttelte wütend die helfende Hand von Naira ab und presste zwischen den Zähnen ein zorniges »Fassen Sie mich nicht an, Sie fassen mich nicht an!« heraus.

Also zog sich Naira von Zambada zurück und eilte zu Ben und Xaro, die auf der Treppe in den oberen Trakt des Busbahnhofs auf sie warteten. Von dort gelangten sie zu dritt langsam und unauffällig auf die lebhafte Kreuzung vor dem *El Corte Inglés* und hasteten dann, sicher ist sicher, in Richtung ihrer Wohnung. Das anhaltende Kichern von Naira ließ die Entgegenkommenden auf fröhliche, ausgelassene Menschen schließen.

»Bin ich zur Verkehrspolizei versetzt worden?«

Sein Kollege, der mit ihm das Büro teilte, blickte fragend von seiner Lektüre auf. Manuel kehrte gerade von einer Sitzung der Taskforce zurück, die sich mit den neuesten Entwicklungen im organisierten Verbrechen auf der Insel befasste. Ergebnis: Die Mafia war wieder gut unterwegs, ihre Aktivitäten nahmen stetig zu. Manuel fragte sich, woher sie die Verbrecher rekrutierten.

Er schaute misstrauisch auf die Akte, die auf seinem Schreibtisch lag. Auf dem Schriftstück stand: *Tödlicher Verkehrsunfall Alejandro Müller*. Seit wann legte die Verkehrsabteilung ihre Akten bei ihm ab? Das wird wohl einen tieferen Grund haben, mutmaßte er. Er stellte den dampfenden Kaffee, den er sich eben aus dem Kaffeeautomaten geholt hatte, neben der Akte ab und ließ sich in seinen Stuhl fallen.

Viel gab der dünne Heftordner nicht her. Ein Foto des Verunfallten, eine Sachverhaltsdarstellung, Autopapiere, Autoschlüssel. Warum landete das bei ihm? Er hatte das Protokoll überflogen und dem entnommen, dass das Todesopfer zu Fuß unterwegs gewesen war. Alejandro Müller hatte sein Auto offensichtlich stehen gelassen und war zu Fuß weitergegangen – um dann von einem anderen Fahrzeug überfahren zu werden. Plötzlich zuckte Manuel zusammen. Die Adresse des Unfalls machte ihn stutzig. Das war doch alles in der Nähe von diesem Laden, dessen Besitzer vor Kurzem überfallen worden war, Carlos Navarro. Dieses Messerattentat. Ja, und wohin Naira von ihrem Entführer verschleppt worden war. Ein bisschen viel Zufall.

Er griff zum Telefon und rief seinen Kollegen bei der Verkehrspolizei an: »Hast du mir die Akte *Alejandro Müller* auf den Schreibtisch gelegt?«

»Ja, das war ich, werter Kollege.«

»Genial, aber wie kommst du eigentlich darauf, dass das gerade für mich relevant sein könnte?«

»Als wir neulich zusammen in der Kantine saßen, hast du mir von diesem Messerangriff und der Entführung erzählt. Da habe ich, obwohl ich nur bei der Verkehrspolizei arbeite, eins und eins zusammengezählt.«

»*Muchas Gracias*, du kannst ja wirklich addieren. Langsam scheinst du in deinem Job etwas unterfordert zu sein, was? Aber vielen Dank, werter Kollege, heute bist du mein Held!«

»Bitte, gern geschehen«, tönte es zum Abschluss des Gesprächs aus dem Hörer.
Manuel betrachtete lange das schmale Gesicht des Unfallopfers. In der Security-Firma hatten sie Alejandro Müller, wie im Protokoll stand, »Cuchillo«, das Messer, genannt. Bevor Manuel sich wieder in die Akte vertiefte, nahm er noch einen tiefen Schluck aus dem Kaffeebecher. Er spuckte ihn sofort wieder aus. Während er mit einem Papiertaschentuch auf dem Schreibtisch herumwischte, um seine Kaffeespuren zu beseitigen, schimpfte er: »Verdammt, warum machen die Automaten so heißen Kaffee?«
Sein Kollege blickte auf und feixte. »Auch im Automaten muss das Wasser zuerst mal kochen.«
Manuel schaute ihn verkniffen an, musste dann aber auch lachen. Sein Finger senkte sich vorsichtig aufs Handy und auf den gespeicherten Namen Beneharo Rodriguez. Das Freizeichen ertönte.

»Hola, Manuel, gibt's was Neues?«, meldete sich Ben.
»Und wie es das gibt, Ben. Ist Naira bei dir?«
»Ja, ist sie, wir sind grad nach Hause gekommen, soll ich sie dir geben?«
»Nein, nicht notwendig, ich sende dir jetzt per Mail ein Foto, und du zeigst es ihr, fragst sie, ob sie den Mann kennt, und dann ruft ihr mich zurück, okay?«
»He, mach's nicht so spannend.«
»Warten wir mal ab, bis gleich!«
Der macht auf Inszenierung, dachte Ben.
»Was ist los?«, rief Naira aus dem Bad.

»Das war Manuel, der schickt uns jetzt, also eigentlich für dich, aber an mich, ein Foto per Mail.«

»Was?«

Er sah aufs Handy und dann auf seinen vor ihm stehenden Laptop. Sein Karnevalsbericht füllte den Screen komplett aus. Ben holte das Mailprogramm in den Vordergrund. Inzwischen war Naira aus dem Bad gekommen und beugte sich zu Ben. Der Eingangston der E-Mail war nicht zu überhören. Ben klickte die Nachricht an. Es erschien das Foto eines Mannes, den er nicht sehr sympathisch fand.

Naira schob Ben zur Seite und ging mit ihrem Gesicht ganz nahe an den Bildschirm. Im nächsten Moment wurde sie weiß wie ein Leintuch. »Das ist er!«, flüsterte sie und musste sich setzen. Dann schrie sie: »Ben, das ist er. Das ist mein Entführer!«

Ben hielt Naira an den Schultern, genau genommen streichelte er sanft und beruhigend darüber.

»Bist du dir sicher?«

»Ganz sicher, Ben, felsenfest.«

»Magst du ein Glas Wasser oder Wein – oder einen Schluck Rum?«

»Nein, nichts davon. Aber ich will alles über den Typen wissen!«

»Gleich, Naira, gleich ...«

Ben rief Manuel zurück. »Der Typ ist der Entführer, Manuel! Wer ist er? Wie kommt ihr zu dem Foto? Habt ihr ihn verhaftet?«

»Diese Nachricht heißt für mich vor allem erst einmal,

dass ich den Kollegen von der Streife in die *Caracas Bar* einladen muss.«

»Ben verstand überhaupt nichts mehr. Manuel klang, als hätte er beim Lotto den Jackpot gewonnen. Und dann erzählte Manuel seinem Freund die Story, soweit wie er sie eben inzwischen selbst kannte. Ben hatte auf Lautsprecher gestellt, so konnte Naira, die längst neben ihm saß und mit den Fingern auf die Tischplatte trommelte, zuhören. Manuel erzählte von dem Unfall mit Todesfolge, durch den das Auto mit der Sporttasche samt seltsamem Inhalt entdeckt worden war – Pistole, Spritzen, K.-o.-Tropfen, Brecheisen, verschiedenfarbige Sakkos und so einiges mehr. Außerdem wies er noch auf die Nähe des Unfalls und des geparkten Autos zu Carlos Navarros Laden hin. Und um den letzten eventuellen Zweifel zu zerstreuen, erzählte er von den Schlüsseln, die in Müllers Jacke verstaut waren: Sie passten in die Schlösser zu Navarros Laden und Werkstatt.

»Der Chef einer Security-Firma? Echt jetzt?«, rief Ben entrüstet.

»Ja, kein Zweifel. Die heißt ausgerechnet *Seguridad y confianza*! Du, ich muss jetzt weitermachen, wir hören uns morgen, okay? Und grüße mir Naira, sie wird wohl mitgenommen sein von der Info.«

»In weiser Voraussicht habe ich die Weinvorräte bei einer Recherchearbeit in der Vinothek in El Sauzal komplettiert. Danke, Manuel! Vor allem für die Nachricht, dass von dieser Seite keine Gefahr mehr besteht, da der Kerl tot ist. Entschuldige, aber ...«

»Ich versteh dich, Ben, ich versteh dich! Adiós.«

Naira weinte. Das Bild des Entführers, die Informationen – das war jetzt alles zu viel für sie. Ihre Fäuste waren geballt, aber auch die lösten sich langsam. Sie fuhr sich mit den Händen über ihr Gesicht und wischte die Tränen weg. Sie spürte eine tiefe Erleichterung, zog sich mit dem Versprechen, bald wiederzukommen, in ihr Zimmer zurück. Xaro hatte sich schon vorher in seinen Korb eingerollt und schien zu schlafen.

Ben stürzte sich sofort in seine Recherchen über die Security-Firma, obwohl er eigentlich schnellstens seinen Artikel fertigstellen sollte. »Man muss Prioritäten setzen«, murmelte er vor sich hin.

Die Website der Firma *Seguridad y confianza* war sachlich gehalten, nüchtern, aber ausreichend. Eine kurze Beschreibung der Serviceleistungen, Referenzen, Kontaktdaten und das Impressum. Adresse, Telefonnummer, Namen und Adressen von Geschäftspartnern ausschließlich aus Madrid. Ben sah sich die Referenzliste an. Alle genannten Institutionen hatten irgendeinen politischen Bezug – Bildungsstätten, Kongresshäuser, Vereine, Rechtsberatungen. Er sah sich die Vereine näher an und stellte fest, dass vor allem rechte Organisationen mit der *Seguridad y confianza* zusammenarbeiteten. Eine Partei tauchte immer wieder auf, nämlich die VOX, die »Stimme«. Das war ein klarer Hinweis auf die Ausrichtung der Firma, brachte Ben aber nicht weiter. Es waren keine Personen, Namen, Besitzer oder Ähnliches auf der Website angeführt außer dem als Geschäftsführer ausgewiesenen Alejandro Müller.

Ben griff zum Handy, suchte und tippte dann auf eine gespeicherte Nummer. Eine Männerstimme meldete sich: »Ramos, *Tenerife & Palma weekly*, Wirtschaftsabteilung, was kann ich für Sie tun?«

»Hola, Ezequiel! Hier spricht Beneharo, wie geht's dir?«

»Danke, Ben, gut, meine Tochter hat gerade promoviert, wir haben jetzt eine fertige Medizinerin in der Familie.«

»Gratulation! Sehr stolz oder sehr, sehr stolz?«

Ezequiel lachte auf. »Genau. Ben, sag, was kann ich für dich tun?«

»Kannst du mir etwas über eine Security-Firma sagen, die ihren Sitz in Santa Cruz de Tenerife hat, aber vermutlich einen madrilenischen Besitzer?«

»Wie ist der Name?«

Ben gab ihm den und alle wichtigen Daten durch. Ezequiel war in der Redaktion der *Tenerife & Palma weekly* ein wandelndes Lexikon und leitete die Wirtschaftsabteilung. Die Recherche würde nicht lange dauern. Inzwischen trank Ben ein Glas Malvasia von Victoria Torres Pecis, den er sich im *Mercado* gekauft hatte. Der seltene Rotwein, den die Verkäuferin außerdem noch zum Verkauf vorrätig hatte, war längst in seinem Gepäck verschwunden.

Das Telefon klingelte, und ein vergnügter Ezequiel meldete sich. »Auf was für einer heißen Spur bist du unterwegs, Ben?«

»Warum?«

»Diese Security-Firma ist eins von vielen Unternehmen eines großen Madrider Konzerns.«

»Mach's nicht so spannend, *Colega*«, flehte Ben beinahe.

»Tja, eines Konzerns, mit dem du es schon zu tun hattest, oder glaubst du, ich lese deine Artikel nicht?«

»Ezequiel!!!!«

»Also: Die Firma *Seguridad y confianza* gehört zum Martinez-Konzern. Ganz einfach. Einer der Martinez-Brüder wurde doch auf deiner Insel erschlagen, oder? Und du hattest in dem Fall deine Finger drin. Du siehst, ich bin nicht nur wirtschaftlich informiert, *compañero*.«

Ben schwieg eine Weile. Dann sagte er nur ein Wort: »Bingo!«

»Das ist aber keine adäquate Antwort auf meine turboschnelle Information.« Ezequiel Ramos kicherte boshaft. »Ben, ich habe jetzt leider eine Videokonferenz. Aber schau doch einfach bei mir vorbei, wenn du wieder in der Zentrale bist. Und vergiss nicht: Bei mir sind die Rotweine aus Lanzarote sehr willkommen. Gratulation übrigens zu deiner Beförderung. *Adiós!*«

Ben verharrte nachdenklich vor seinem Bildschirm. Dann gab er sich einen Ruck, rief seinen Bericht wieder auf und sagte mit grimmiger Entschlossenheit: »So, mir reicht's: Ich beende jetzt den lästigen Artikel und schicke ihn anschließend nach Madrid. Der Karneval kann mir gestohlen bleiben.« Dann tippte er wie besessen los. Und nach etwas mehr als einer halben Stunde hatte er seine Reportage samt Hintergrundbericht fertiggestellt. Mit einem lauten und nachdrücklichen »Nie wieder Karneval!« hob er sein Glas, trank den letzten kleinen Schluck und war gerade auf dem Weg in die Küche, um sich noch mehr Wein zu holen, als ihm Naira in einem lässigen blauen Overall entgegenkam und fragte: »Was hältst du davon, noch eine Kleinigkeit zu essen?«

Ben blieb mit seinem leeren Glas in der Hand stehen. »Gute Idee, wir haben noch Jamon und verschiedene Käse da. Ich springe schnell zum Bäcker nach unten und hole uns was von seinem köstlichen Weißbrot: Was meinst du?«

»Klingt wunderbar! Ich decke inzwischen den Tisch – und nach einer kleinen Stärkung besprechen wir die neusten Entwicklungen. Nimmst du Xaro bitte mit hinunter? Eine kleine Runde wäre vielleicht ganz gut.«

»Okay, wird erledigt!«, verkündete Ben fast salutierend.

Naira schmunzelte, rief nach Xaro, der langsam aufstand, zu ihr ging und sich die Leine anlegen ließ.

Zurück in der Küche, richtete Naira einige Feigen, Datteln, Paraquayo und eine Avocado auf einer Platte an, gesäumt von Nüssen. Auf dem zweiten Teller drapierte sie den Schinken und legte einige Stücke der frisch aufgeschnittenen Honigmelone dazu, auf dem dritten landeten die verschiedenen Käsesorten und ein Schälchen mit Feigenchutney. Das wollte sie eigentlich nach La Palma mitnehmen, aber sie fand, jetzt wäre genau der richtige Moment, um das kleine Glas zu öffnen und das Chutney zu kosten. Im Regal beim Esstisch entdeckte sie einige Teelichter, die sie nun als Tischdeko auf einen Teller stellte und entzündete. Mit den Gläsern, Tellern und Servietten sah es jetzt nach einem Festtisch aus. Bens Laptop hatte sie auf einen der Stühle abgelegt. Wo blieben denn die beiden? Ihr Magen knurrte.

»Gut war das!« Ben klang satt und zufrieden, als er die leeren Teller in die Küche trug und den Malvasier aus dem Kühlschrank holte. Er schenkte ihnen beiden ein, stellte die Weinflasche im Kühler am Tisch ab und setzte sich wieder.

Naira nahm einen großen Schluck. »Die Firma Martinez wird mir langsam unheimlich. Und was ich sowieso nicht verstehe, ist, was Carlos Navarro und die Martinez-Familie miteinander zu tun haben, denn das ist ja jetzt klar, dass es um irgendetwas zwischen denen gehen muss.«

»Ich versteh's auch nicht, Naira, aber das werden uns wohl mindestens zwei Menschen in dieser Stadt erklären können.«

»Ach ja, dein Freund weiß sowieso viel zu viel. Der steckt doch mit denen unter einer Decke. Seine Nähe zu der Familie Martinez und damit vermutlich auch zur Security-Firma geben genug verdächtige Schnittpunkte.«

»Ich sehe kein Nahverhältnis zu dem sogenannten *Cuchillo*. Außer dass er ihn vermutlich kannte. Wäre er aber selber in die Sache verwickelt gewesen, hätte er mich in der Nacht nicht informiert, sondern vermutlich selbst agiert.«

»Ja, aber du hast doch erwähnt, dass Dimitrij meinte, der Mörder sei schon auf dem Weg in die Hölle. Woher konnte er das wissen?«

»Hm. Ich glaube nicht, dass er etwas mit den Gott sei Dank missglückten Hinrichtungsversuchen an Carlos zu tun hatte. Wie so oft hatte er die richtigen Informanten, aber es sieht ihm absolut nicht ähnlich, sich in so eine normale Mordsache hineinziehen zu lassen.«

»Normale Mordsache. Also wirklich!« Naira klang empört.
»Das ist nicht sein Job, Naira, er erledigt nicht die brutale Schmutzarbeit einer Mafia-Familie.«
Naira überlegte. Bens Logik hatte schon etwas für sich. Sie versuchte zusammenzufassen: »Dieser Lump Zambada veröffentlicht das Foto von Carlos Navarro. Cuchillo erhält daraufhin vermutlich den Auftrag, Carlos zu beseitigen. Frage: Wer gibt den Auftrag? Und warum? Der Mord geht schief, er versucht es noch einmal im Krankenhaus. Ich störe ihn, er flüchtet, lauert mir auf und entführt mich mittels einer Spritze mit K.-o.-Tropfen. Warum? Hat er dafür einen Auftrag bekommen oder auf eigene Faust gehandelt? Wollte er mich umbringen, entsorgen? Was macht jetzt der mysteriöse Auftraggeber, Mann oder Frau, im Hintergrund? Ist Carlos weiter in Gefahr? Vermutlich, aber warum? Was hat er getan, was weiß er? Dieser Carlos Navarro ist geheimnisvoller, als wir bisher angenommen haben.«

»Hey, wir haben das Manuskript ganz aus den Augen verloren! Wo ist es, und was hat es mit den Ereignissen zu tun? Sagte ich nicht vorhin, dass uns zu all diesen Fragen zwei Menschen Auskunft geben können? Natürlich kann der Zweite neben Dimitrij nur Carlos Navarro sein. Wie gut, dass wir morgen zu ihm gehen!«

Aitor Gabilondo packt aus

Naira war nervös. Sie kehrte an den Ort zurück, den sie eigentlich nur noch vergessen wollte. Dort war sie dem Security-Boss mit der schwarzen Maske und dem Kissen begegnet, bevor sie betäubt und entführt worden war.

Ben schien ebenfalls nervös zu sein. Dieses Gespräch würde ein entscheidendes in der ganzen Causa sein. Sie wussten nicht, was Carlos Navarro wusste oder was er ihnen sagen würde. Alle Fäden liefen offenbar bei ihm zusammen: Angels Tod, das Manuskript, die Anschläge auf Navarro, Nairas Entführung.

Carlos ging es besser, er war bei Bewusstsein, konnte klar denken, und die Ärzte hatten eine ganze Stunde für den Besuch von Ben und Naira bewilligt. Ben hatte diesen ausführlichen Besuchstermin extra angemeldet. Carlos freue sich auf das Gespräch, hatte der behandelnde Arzt Ben am Telefon mitgeteilt.

Dass Ben und Naira beide gleichzeitig nervös waren, war neu. Sonst war immer entweder Naira cool, oder Ben war die Ruhe selbst. Sie hatten sich auf den Besuch vorbereitet. Naira brachte ein druckfrisches Buch mit alten Kanarenansichten, Ben eine Flasche Rum mit. Natürlich von der Destillerie Aldea auf La Palma. Von Xaro brachten sie ein Halsband aus früheren Tagen mit, das sie in Carlos' Werkstatt gefunden hatten. Carlos hatte es an der Wand befestigt wie ein Kunstwerk – oder einen Glücksbringer. Xaro wurde natürlich nicht ins Krankenhaus gelassen, doch sie sagten ihm, wohin sie gingen. Xaro sah sie traurig an. Aber es war fast so, als wäre sein leises Bellen auch ein Gruß an sein Herrchen, man musste nur über genügend Fantasie verfügen. Für Naira war das vollkommen klar.

Da war er wieder, dieser typische Krankenhausgeruch. Sie meldeten sich beim Empfang an und stiegen die sauberen nüchternen Stufen empor. Nairas Knie wurden immer weicher, je mehr sie sich dem Krankenzimmer näherten.

Ben nahm ihre Hand und drückte sie. Er spürte offenbar den großen psychischen Widerstand, den Naira gerade erlebte. Dann standen sie vor dem Zimmer Nummer sieben. Carlos antwortete mit tiefer Stimme auf ihr Klopfen. Sie betraten den Ort, an dem Carlos endgültig getötet werden sollte. Was ja auch gelungen wäre, hätte Nairas Erscheinen es nicht verhindert. Sobald sie das heute ganz helle Zimmer betrat und Carlos erblickte, fiel der Druck von ihr ab. Auf einmal verspürte sie eine innere Ruhe.

Vor ihnen lag im weißen Krankenhaushemd ein etwas mitgenommener Carlos Navarro und freute sich – es war ihm deutlich anzusehen. Er wurde von Naira links und rechts geküsst, genoss das und nahm den dezenten, aber warmen Duft ihres Parfums wahr. Mit Ben wechselte er einen kräftigen Händedruck.

Naira war, als hätte sie etwas Nasses in den Augen des alten Carlos entdecken können. Carlos Navarro und Tränen? Nein, da hatte sie sich wohl getäuscht. Carlos und Tränen. Ha!

Beim Ablegen der Geschenke auf dem Beistelltisch sahen Naira und Ben ein weiteres Strahlen im Gesicht des Alten. Naira dachte wieder, Tränen zu sehen, als sie Carlos Xaros Halsband gaben.

»Zwei wunderbare Wesen haben mich vor einem Tod bewahrt, den ich wahrlich noch nicht geplant hatte«, ertönte die ziemlich belegte Stimme von Carlos Navarro, er räusperte sich und fuhr fort: »Das eine wunderbare Wesen war Xaro, mein Hund. Sie sehen, ich bin voll informiert. Euer Polizistenfreund hat mich nämlich vorhin besucht. Xaro hatte den Killer durch sein Bellen noch rechtzeitig in die Flucht geschlagen. Das zweite wunderbare Wesen sind Sie, Naira. Entweder sind Sie selbst ein Engel, oder ein solcher hat Sie zur rechten Zeit in mein Krankenzimmer geschickt und den Mörder bei der Arbeit gestört. Ich habe jetzt begriffen, dass ich der glücklichste und vor allem beschützteste Mensch der Welt bin. Hoffentlich übertreibe ich nicht.« Jetzt lachte er und angelte sich den Rum und drei Pappbecher, die vermutlich eher für Orangensaft oder Wasser auf dem Tisch standen.

»Danke auch für die Fürsorge für meinen Xaro.« Seine Hände zitterten beim Einschenken, aber das schien ihm ziemlich egal zu sein.

Zu dritt hoben sie die Pappbecher und tranken auf das Leben. So viel war geschehen, seit Naira und Ben das Geschäft des Grafikers und Künstlers zum ersten Mal betreten hatten.

Es war Ben, der den Bann brach. »Señor Navarro« begann er und wurde sogleich von diesem unterbrochen.

»Wir sind Freunde, nennt mich Carlos – obwohl mein richtiger Name eigentlich Aitor ist, aber das ist eine andere Geschichte. Für euch bin ich Carlos, und ihr seid für mich Naira und Ben. Bitte.«

Sie nickten freundlich, und Ben begann erneut: »Nachdem wir nur wenig Zeit zur Verfügung haben: Darf ich dich etwas fragen?«

»Bitte, Ben, natürlich!«

»Wir beide, Naira und ich, sind der Meinung, dass die Gründe der schrecklichen Geschehnisse bei dir zusammenlaufen. Die Ursachen all der Ereignisse der letzten Tage. Du weißt schon, was ich meine. Aber, Carlos, wir wissen nicht, ob du für uns den Schleier der Geheimnisse lüften willst.«

Der graubärtige alte Mann sah Ben lange und schweigend an. »Ja, das will ich. Ich erlebe jetzt das letzte Kapitel meines langen Daseins, und ich möchte mein Leben, wahrscheinlich zum letzten Mal, noch einmal verändern. Ich möchte mich ganz von allem zurückziehen.«

Naira und Ben lauschten gespannt.

»Das ist allerdings Illusion pur, weder habe ich genug Geld, noch glaube ich, dass die Typen, die mich, entschuldige, Naira, tot sehen wollen, laufen lassen.«

»Das ist ja der Punkt, Carlos, wer will dich umbringen?

Wir beide sind der Meinung, dass das Foto von Zambada im *imagen* dich zur Zielscheibe gemacht hat. Aber für wen?«

»Dass ich mir in meinem Leben einige Feinde gemacht habe, heißt ja noch lange nicht, dass sich jemand die Mühe macht, mich umzubringen. Die Mühe – und auch das Risiko, erwischt zu werden – nimmt man nicht so leicht auf sich. Es muss also schon schwerwiegend sein. Und da hab ich keine Idee.«

Ben drückte Carlos das Foto von *Cuchillo* in die Hand.

Carlos schaute das Bild lange an, schüttelte dann aber den Kopf. »Kenn ich nicht, nie gesehen. Dein Freund bei der Polizei hat mir erzählt, dass diese Visage dem Geschäftsführer einer Security-Firma gehört. Aber die sagt mir auch überhaupt nichts.«

»Du kennst den wirklichen Eigentümer nicht?«

»Nein, sollte ich?«

»Carlos, die Firma gehört der Martinez-Familie aus Madrid.«

Jetzt wurde Carlos um eine Nuance blasser, als er es ohnehin schon war. Nach einer längeren Phase des Schweigens sagte er nachdenklich: »Ja, da haben wir doch wirklich einen, der durchaus Interesse an meinem Ableben haben könnte. Roderik Martinez.« Carlos' Gesicht verfinsterte sich zusehends. »Ja klar! Der will endlich aufräumen und die scheinbare Sauberkeit und Untadeligkeit seines Imperiums und seiner Familie zementieren. Aber der kleine Aitor Gabilondo weiß Dinge, die eben nicht in diese blütenweiße Erfolgsgeschichte der Martinez-Familia passen. Daher muss er ausgelöscht werden.«

Naira, die die ganze Zeit geschwiegen hatte, fragte: »Wer ist Aitor Gabilondo?«

»Das bin ich, Naira. Ich glaube, ich fange doch beim Anfang meiner Biografie an. Ich bin Aitor Gabilondo, geboren 1944 am Stadtrand von Bilbao – und ich war immer bereit, mein Leben für mein Baskenland einzusetzen. Natürlich war ich bei der Untergrundorganisation ETA. Franco hatte uns verboten, öffentlich unsere Sprache zu sprechen. Mein Großvater und mein Vater starben im Bürgerkrieg aufseiten der Republikaner. Ich war ausgebildeter Grafiker, und natürlich habe ich auch beim Drucken zahlloser Flugblätter und Zeitungen mitgearbeitet. Bald zeigte sich nicht nur meine künstlerische Begabung«, Carlos schmunzelte, »sondern auch meine Fähigkeit zum Fälschen von Dokumenten. Verschiedenste Urkunden, Verträge und was weiß ich, wurden im Kampf benötigt. Aber irgendwann sah ich keinen Sinn mehr im Widerstand und machte mich aus dem Staub, ich ging nach Madrid. Dort glaubte ich, Chancen auf eine andere Zukunft zu haben. Als Franco starb, wurde zwar seine Familie mit Ehren und Geld überhäuft, aber die neuen Eliten distanzierten sich langsam und vorsichtig von dieser Geschichtsepoche, und es machten sich etliche der damaligen Mitläufer von Franco daran, ihre eigene Geschichte zu relativieren und zurechtzubiegen. Darunter auch die Familie Martinez. Dem alten Martinez wurde ich als exzellenter und zuverlässiger Fälscher empfohlen. Er und sein Erstgeborener, Roderik, gaben mir Aufträge, die meine Kreativität forderten und Geld brachten. Viel Geld. Wir erfanden Dokumente, Briefe und Urkunden, die das damals entstehende Martinez-Imperium als antifrancistisch darstellten und es supersauber dastehen ließen. Ich fälschte und fälschte und wurde, wie gesagt, gut dafür bezahlt. Irgendwann spürte ich, dass Roderik in mir eine Gefahr zu sehen begann, weil ich viel zu viel wusste. Da bekam ich Angst ... Also verschwand ich unter neuem Namen nach Teneriffa. Mit dem gesparten Geld kaufte ich mein Geschäft, meine Werkstatt und hatte fortan meine Ruhe. Alte Kupferstiche mit Landschaften zu produzieren, machte mir Freude, aber ich musste trotzdem dazuverdienen. Durch Zufall traf ich auf ein Mitglied – wie soll ich's sagen –, ein Mitglied der ehrenwerten Gesellschaft, er wurde zum Freund, der mir dann immer wieder Aufträge für Falsifikate zukommen ließ. Pässe, Dokumente, Verträge, das sicherte mir ein gutes Einkommen, und ich konnte auch Bilder und Stiche herstellen, um sie im Geschäft zu verkaufen, aber die brachten kaum etwas.«

Als Carlos einen großen Schluck aus seinem Pappbecher trank, fragte Naira: »Und Angel?«

»Ach, Angel war mein Engel, Naira. Er kam oft zu mir. Er war wie ein Sohn für mich. Ich habe ihm Lesen und Schreiben beigebracht und ihm von der großen, weiten Welt erzählt. Und trotzdem hat er mich bestohlen. Das Geld war bei ihm leider immer knapp, und als Jugendlicher versteht man oft nicht die Konsequenzen seines Handelns. Das Manuskript schien ihm wohl wie eine Möglichkeit, das große Geld zu machen.«

Ben war elektrisiert: »Das Manuskript?«

»Ja, das Manuskript ... Du wirst jetzt enttäuscht sein,

Ben, das Manuskript ist … meine persönliche Fälschung, die ich auch nicht verkaufen wollte, sondern die mein *Obra Maestro*, das Meisterwerk meines Lebens, werden sollte. Ein Künstler braucht doch auch ein Werk, das er nur für sich selbst kreiert. Das Manuskript, das keine historische Person verfasst hat, habe ich selbst erdacht und gefertigt.«

»Das kann nicht wahr sein! Du machst Witze, das ist ja …« Ben suchte Nairas Blick, aber die saß mit aufgerissenen Augen wie die leibhaftige Verblüffung neben ihm. »… unglaublich …« Ben fasste sich schneller wieder als Naira: »Aber woher hast du all dieses Wissen über die Guanchen? Und warum hast du es aufgeschrieben?«

Carlos' Augen leuchteten: »Wie soll ich das beschreiben? Als Baske habe ich mich den Guanchen immer nahe gefühlt, ihre Geschichte hat mich fasziniert. Als ich dann auf die Kanaren kam, habe ich alles über sie gelesen, was es gibt. Und irgendwann entstand in meinem Kopf die Idee, dass es doch ein solches Buch gegeben haben müsste. Ich suchte überall danach, aber ich fand es nicht. Und dann wurde ich eben selbst aktiv. Ich bin mir sogar sicher, dass es ein solches Manuskript einst gab und es nur im Laufe der Jahrhunderte zerstört wurde. Es gibt vereinzelte Hinweise auf seine Existenz.«

Ben spürte, wie sein Herz beim Bericht des Alten immer größer wurde. Vor ihm saß ein Bruder im Geiste! »Und wo befindet sich das Manuskript jetzt?«

Carlos schaute auf einmal ziemlich listig: »Ihr kennt doch Edgar Allan Poe?«

»Ja, klar, Poe ist unter anderen der Begründer der Detektivgeschichte.«

»Genau. Es gibt die Kurzgeschichte *Der entwendete Brief*, die müsst ihr unbedingt lesen, wenn ihr sie noch nicht kennt. Es ist die Geschichte eines Briefes, der offen in einer Ablage lag und genau deswegen nicht gefunden wurde. Diese Story hat mich auf die Idee gebracht, und sie funktionierte. Wenn ihr in den Laden eintretet, könnt ihr es sofort sehen. Es befindet sich in einer der Glasvitrinen, den Blicken aller ausgesetzt. Allerdings fehlt das erste Blatt. Und mein Angel wollte es, weil er inzwischen auch einen Blick dafür bekommen hatte, teuer verkaufen. Der Narr.«

Ben und Naira sahen den Alten verzweifelt an. »Aber warum musste er sterben?«

»Die dissonante Musik des Zufalls hatte zugeschlagen. Bei Angel war sie tödlich. Angel ist zufällig in eine Auseinandersetzung der Mafia geraten. Der Kleine war ein Kollateralschaden, so nennen die das heute. Ich wollte, es hätte mich erwischt, und er könnte noch leben.«

»Und wer war der Mann bei ihm?«, fragte Naira.

»Das war mein langjähriger Freund, der mir die Aufträge zukommen ließ. Er hat Angel die Leviten gelesen und wollte ihn umstimmen. Er vermutete zu Recht, dass Angel mein Manuskript gestohlen hatte und verkaufen wollte. Angel ließ sich nicht abschütteln und wollte meinem Freund wortreich weismachen, er hätte mich nicht beklaut. Und dabei fing er sich die Kugel ein, die für meinen Freund bestimmt war.«

»Dein Freund lebt noch?«, hakte Ben nach.

»Ja, zum Glück. Er ist vielleicht einer der Menschen, die mir meine letzten Jahre in Ruhe ermöglichen werden. Zumindest kann ich mich mit seiner Hilfe von den Mafiosi abmelden. Wären da jetzt nicht die Martinez-Zombies, die wahrscheinlich schlimmer als jede Mafia sind, hätte ich meinen Frieden.«

Eine Schwester betrat das Krankenzimmer und teilte ihnen mit, dass die Besuchszeit in wenigen Minuten vorbei sei. Ben umarmte Carlos alias Aitor und flüsterte ihm ins Ohr: »Das Martinez-Problem löse ich für dich.«

Naira, die daran dachte, dass auch sie von Carlos' Attentäter verletzt hier liegen könnte, küsste den Alten zu seiner Freude wieder links und rechts, und bevor sie das Krankenzimmer verließen, rief ihnen Carlos zu: »Wie geht's meinem Xaro?«

Naira lächelte schelmisch: »Schlecht, sein Herrchen fehlt ihm!«

Carlos strahlte wie am Anfang ihres Besuchs. »Könnt ihr euch noch zwei, drei Monate um ihn kümmern? So lange werde ich wohl noch brauchen, bis ich wieder fit bin.«

»Liebend gern!«, versicherte ihm Naira und erzählte noch schnell die Geschichte von Xaros Rache an Zambada am Busbahnhof. So hatten sie Carlos noch nie lachen gesehen.

Aber plötzlich verfinsterte sich das Gesicht des Alten, er winkte Ben noch einmal zu sich und flüsterte ihm ins Ohr: »Ich hab noch ein kleines Geschenk für dich, Ben. Der Todesschütze von Angel heißt Paolo Mazzuchelli. Ein Gangster aus Kalabrien. Er ist polizeibekannt, auch dafür, dass er sich nie von seiner Waffe trennt. Die Polizei konnte ja die Munition aus dem Körper von Angel sicherstellen. Einen Versuch wär's wert, oder?«

Ein verblüffter Ben richtete sich auf, drehte sich um und ging auf die durch das Flüstern neugierig gewordene Naira zu. An der offenen Tür, wo die Krankenschwester darauf wartete, dass sie das Zimmer verließen, winkten sie Carlos noch einmal.

Naira und Ben glaubten, Carlos' Lachen zu hören, als sie die Treppe hinuntergingen. Ob er wohl an Zambada dachte? Nachdem sie die Klinik verlassen hatten, überquerten sie rasch die Straße und steuerten auf die nächste Bank unter einer Platane zu. Erst hier hielten sie inne, legten ihre Rucksäcke ab und sahen sich an.

»Na, das war aber ein intensiver Besuch«, stellte Naira fest. Ben nickte zustimmend. »Ja. Irgendwie unglaublich. Diese Infos von Carlos müssen wir erst noch verdauen. Was hältst du davon: Wir packen jetzt unsere Sachen zusammen und bringen unser Gepäck zur Aufbewahrung zum Busbahnhof. Von dort fahren wir in den Wald von Esperanza, wo wir alles noch mal Revue passieren lassen? Bist du einverstanden?«

»Ja, ich glaube, das ist eine gute Idee. Außerdem hat Xaro so auch noch genug Auslauf, bevor er zwei Stunden still sitzen muss, erst am Flughafen und dann im Flieger … Übrigens: Hast du Xaros Bescheinigung als Flug-Begleithund von Manuel erhalten?«

Ben hielt sein Handy hoch: »Ja, er hat's mir heute Mor-

gen gemailt. Vielleicht druck ich mir das am Flughafen auch noch aus. Manuel meinte zwar, es reicht im Handy, aber sicher ist sicher. Du kannst auf alle Fälle ganz entspannt – und von deinem Schutzhund begleitet – nach La Palma fliegen.«
Naira strahlte. »Bin ich froh, dass du das so einfach lösen konntest. Danke! Jetzt bleibt nur noch die Frage, wie mein gräflicher Kater Tocki auf unseren neuen Mitbewohner reagieren wird. Ihm begreiflich zu machen, dass Xaro nur für zwei oder drei Monate bei uns bleibt, wird wahrscheinlich schwierig sein.«

Ben überlegte: »Ich denke, Tocki wird ihn einfach ignorieren. Es gibt genug Platz, und du nimmst Xaro ohnehin tagsüber mit in die Buchhandlung. Du, ich hätte jetzt Lust auf einen Kaffee. Wollen wir uns vorne am *Parque García Sanabria* auf der Café-Terrasse niederlassen?«

Naira griff nach ihrem Rucksack und stimmte zu: »Ja, das klingt gut. Ich trinke lieber einen Orangensaft, meine Kehle ist ganz trocken. Aber trotzdem müssen wir, wenn wir mit unseren Koffern aus der Wohnung kommen, noch einen Abschiedsstopp in ›unserer‹ Bar einlegen.«

»Und vielleicht noch eine Portion *Gambas al Ajillo*, was meinst du? Ich habe nämlich Hunger – du etwa nicht?« Ben schaute gespielt ungläubig auf Naira, die jetzt bemerkte, dass es ihr ebenso ging.

»Doch, ich auch. Ich denke, ich werde mir den gebratenen Ziegenkäse mit den *Mojos* gönnen. Der Käse schmeckt hier irgendwie anders als auf La Palma. *Vamos!*«

Nairas Trolley und Bens Reisetasche waren sicher in den

Schließfächern am Busbahnhof verstaut. Sie würden diese erst wieder herausnehmen, wenn es Zeit war, zum Flughafen zu fahren. Naira wollte nach einem Blick auf die Uhr mit Xaros noch eine Runde um den *Intercambiador* drehen. Ben ging voraus zum Bahnsteig, dort würden sie sich in zehn Minuten beim Bus treffen. In Erinnerung an das Zambada-Erlebnis sah sich Naira schmunzelnd um, entdeckte aber niemanden, den sie kannte. Dann vergewisserte sie sich, dass Xaro nicht nur angeleint war, sondern auch den Maulkorb trug.

»Hola, Manuel.«

»Hola, Ben!«

»Wir fliegen in Kürze nach La Palma zurück, aber ich hoffe, wir sehen uns bald wieder, zum Beispiel wenn du deine Eltern besuchst. Wir waren heut noch bei Carlos, kurz nach dir, und konnten auch mit ihm reden. Uns gegenüber meinte er ziemlich überzeugend, er könnte sich diese Attentate nicht erklären. Wie sollte ein alter Mann wie er jemanden schaden? Und: Er hat mir aufgetragen, mich bei dir zu bedanken für deine Freundlichkeit, außerdem soll ich dich herzlich grüßen.«

»Ja danke! Den alten Schweden werde ich mindestens noch einmal aufsuchen. Ich verspreche dir, wieder den Schongang einzulegen.«

»Danke, Manuel. Carlos Navarro ist genug vom Schicksal gebeutelt worden.«

»Du bist wirklich einer von den Guten, Ben. Manchmal fast ein bisschen zu gut.« Sie lachten.

»Lieber Manuel, darf ich dir noch zum Abschluss unseres Teneriffa-Aufenthalts etwas mitteilen?«

»Erstens, ja bitte, und zweitens, warum so förmlich, und drittens bin ich jetzt echt gespannt.«

»Als wir vorige Woche in Santa Cruz de Teneriffa ankamen, wurde der junge Angel getötet. Er wurde von einem Killer erschossen, der seine Waffe liebt und sie angeblich immer bei sich trägt. Ein Psycho!«

»Aha?«

»Möchtest du den Namen wissen?«

»Beeeeeennn!«, zog Manuel seinen Namen mit scherzhaft bedrohlichem Unterton in die Länge.

»Okay, okay.« Ben versuchte, unschuldig zu klingen. »Der Name ist Paolo Mazzuchelli.«

Ein scharfer Pfiff war die Antwort. »Der Calabrese? Sicher?«

»Sicher!«

»Wie kommst du zu dieser Infor...?«

Ben unterbrach ihn: »Sorry, unser Bus ist schon da, wir hören uns, Manuel!« Seine Stimme klang übertrieben fröhlich, und er sah in das erstaunte Gesicht von Naira, die nur die letzten Worte gehört hatte.

»Der Bus kommt doch erst in fünf Minuten, oder?«

Francisco Francos Stimme hallte durch den Pinienwald von Esperanza. Die riesige Lichtung war voll von Uniformierten, die ihrem Anführer aus heiseren Kehlen die Treue schworen. Hier an diesem Ort hatte der spanische Bürgerkrieg begonnen. Und die Vorstellung, im Jahr 1936 auf diesem Waldboden zu stehen und mit den Soldaten zum Generalissimus aufzublicken, gruselte Naira und Ben.

Hier, wo der Siegeszug des späteren Diktators begonnen hatte, war später ein großes Monument errichtet worden, dessen Inschrift zynischerweise *Friedensdenkmal* lautete. Es diente noch lange nach Francos Tod als Versammlungsstätte der ewig Gestrigen. Der Obelisk wurde irgendwann per Gesetz zum Abriss freigegeben. Jetzt waren nur noch die Überreste einer Treppe zu sehen.

Genau vor diesen standen Naira und Ben jetzt. Nach einer Weile ließen sie Franco zurück und stiegen langsam wieder hinunter zum Picknickplatz *Las Raices*. Heute war weit und breit kein Mensch zu sehen. Zu anderen Zeiten war hier die Hölle los. Aber längst nicht mehr wegen des Generals. Franco war für die Massen kein Thema mehr, das Picknicken mit Familie hatte die dunkle Vergangenheit verdrängt. Und das war gut so. Xaro tollte um sie herum, als hätte er nie einen anderen Besitzer gehabt. Die frische Luft und der Geruch des Waldes schienen ihm Energie zu verleihen.

Bevor sie die Busstation erreichten, ließen sie sich auf einer der Picknickbänke nieder. Naira packte ihre Trinkflasche aus und goss für Xaro ein bisschen Wasser in eine mitgebrachte Schale. Xaro schlabberte sofort los, der intensive Auslauf hatte ihn durstig gemacht.

»Geschichte besteht in den Büchern oft nur aus Helden und Schurken. Dazwischen gibt es meistens nichts anderes. Was davon war Carlos eigentlich in seinem Leben? Ein Held der ETA, der baskischen Untergrundorganisation? Ein

Künstler, der sein Talent verschwendete? Ein Schurke, der für reiche Auftraggeber und die Mafia arbeitete?« Naira sah Ben fragend von der Seite an.

»Ein kleiner Gauner, der einfach leben wollte?«, antwortete Ben. »Einer, der aufgrund widriger Lebensumstände sein Potenzial nicht ausschöpfen konnte. Was hätte aus dem genialen Carlos werden können, wenn er seine Kunst nicht in den Dienst der Bewegung gestellt hätte oder immer wieder auf der Flucht gewesen wäre? Ein Leben, das ihn zu einem Nachtgeschöpf werden ließ, mit der permanenten Angst, entdeckt zu werden.«

»Du glaubst aber nicht, dass er jetzt sicherer ist, oder?«, fragte Naira.

»Nein und ja! Meiner Einschätzung nach gibt es eine Chance für Carlos – darum werde ich mich kümmern. Die könnte ihm den Frieden und die Sicherheit bringen, die er sich für seine letzten Tage ersehnt. Von denen er hoffentlich noch viele vor sich hat. Er muss bei seinem Wunsch nach einem friedlichen Leben mit zwei Feinden rechnen. Sein Freund von der Organisierten Kriminalität hat ihm die Freiheit versprochen. Das klang aus seinem Munde glaubhaft. Carlos war ja auch nur eine kleine Nummer. Und wenn das stimmt – und wir hoffen das natürlich, bleibt die größere Gefahr Feind Nummer zwei. Und den werde ich mir vorknöpfen.«

»Du? Überschätz dich nicht, Ben.«

»Es wird doch ein gewisser hoher Herr in Madrid ein taktisches Einsehen haben, wenn er sich sicher sein kann, dass endgültig Gras über die Sache gewachsen ist. Meine

Idee ist, nach Madrid zu fahren und mit Roderik zu reden. Ich denke, ich habe da einige Argumente, die ihn überzeugen werden. Vorher muss mir aber Dimitrij eine Audienz beim Ober-Martinez verschaffen. Was hältst du davon, Naira?«

»Viel, aber so ganz ungefährlich klingt das nicht. Ich werde uns wohl die Daumen drücken müssen. Nervös bin ich jetzt schon, wenn ich daran denke.«

Sie schwiegen wieder.

»Bei unserem allerersten Treffen mit Carlos hat er uns von einem Experten erzählt, dem er das Titelblatt des Manuskripts zur Analyse vorlegen wollte: Kannst du dich noch an den Namen erinnern?«, fragte dann Naira lächelnd.

»Nein, irgendwie war das ein eher seltener Name.«

»Ja, so kann man das auch nennen. Der Name war Aitor Gabilondo. Sein eigener Name.«

Jetzt lachten sie beide.

»Er hätte wahrscheinlich das Blatt kopiert und uns die Kopie zurückgegeben. So ein Schlitzohr. Warum willst du das eigentlich für Carlos tun?« , fragte sie.

»Weil ich es ihm versprochen habe, Naira, und ein Mann hält sein Wort.«

»Du bist mitunter so ein Macho und Märchenerzähler, wie soll man dich ernst nehmen, Ben?«

Naira nutzte nach ihrer Rückkehr nach Santa Cruz die verbleibende Zeit bis zum Abflug für einen ausgedehnten Rundgang mit Xaro beim *Palmetum*, dem beeindruckenden botanischen Garten, der mehr als zweitausend exotische

Pflanzen beherbergte. Der Garten war nicht weit vom Busbahnhof entfernt, wo sie und Ben sich wieder treffen wollten, um zum Flughafen zu fahren. Dass Ben nun noch schnell zu Dimitrij wollte, hatte sie überrascht. Das Wetter war wieder angenehm frühlingshaft, die Sonne wärmte auch im Februar, darum hatte Naira ihre Jacke vorhin beim Koffer deponiert. Xaro wirkte ausgeglichener als die letzten Tage, die Bewegung tat ihm eindeutig gut.

Dimitrij Dimitrijev sah Ben lange und nachdenklich an. So standen sie sich gegenüber. Dimitrij, der fast einen Kopf größer war als Ben, wirkte wie immer auffällig mit seinem sorgfältig rasierten Schädel, seinen intensiven hellgrauen Augen, seiner schlanken, sportlichen Erscheinung und den teuren Klamotten.

Ben war nach ihrer Begrüßung ohne Umschweife zur Sache gekommen: »Ich will mit Roderik Martinez sprechen.«

»Warum?«, war Dimitrijs spontane Frage, während sein Blick über das Bob-Dylan-T-Shirt und die eindeutig nicht neue Jeans seines Freundes wanderte.

»Lass uns ein bisschen gehen, dort drüben gibt es einige Cafés, da können wir noch etwas trinken.« Ben zeigte in Richtung Plaza de la Iglesia.

Dimitrij nickte etwas gedankenverloren, offensichtlich musste er Bens Ansinnen erst mal verdauen.

Sie gingen die Santo Domingo hinunter, und Ben beantwortete die Frage. »Ich gehe davon aus, dass du wie immer bestens informiert bist. Du weißt wahrscheinlich alles über Carlos und die Mordversuche. Ich möchte Carlos helfen, ich will ihm einen friedlichen Lebensabend garantieren. Er ist jetzt fast achtzig und hat es verdient.«

»Solltest du da nicht eher zu seinen Brüdern bei der Mafia gehen?«, fragte Dimitrij mit hochgezogener Augenbraue.

»Nein, mit denen hat er nichts mehr zu tun und die auch nichts mehr mit ihm. Die haben auch kein Interesse daran, Carlos zu eliminieren, er ist ein zu kleiner Fisch, und seine Hilfsdienste fielen in der letzten Zeit nicht mehr ins Gewicht. Außerdem hat diese Organisation zurzeit andere Sorgen.«

»Weißt du, Ben, ich glaube, du spazierst da auf verdammt dünnem Eis. Vielleicht unterschätzt du die Gefährlichkeit von Konzernbesitzern?«

Sie blieben beide stehen. Ben sah auf und blickte fest in Dimitrijs Augen. »Nein, ich bin kein Träumer, aber ich sehe da die Möglichkeit, den Boss der Bosse zu überzeugen. Das Attentat auf Carlos war überzogen, die Auslöschung der Vergangenheit ist auch ohne Mord möglich.«

»Und davon willst du ihn überzeugen? Wie willst du das bewerkstelligen?«

»Ich schaff das schon, Dimi. Vorausgesetzt, du verschaffst mir einen Termin beim Boss.«

»Hey!« Der Russe sah ihn erstaunt an. »Dimi hast du mich ja seit Jahren nicht mehr genannt, Ben. Dimi! Da kommen ja sogar in mir romantische Erinnerungen hoch.«

»Du und romantisch, ha!«

Sie gingen zu einem der Straßencafés bei der *Iglesia de Nuestra Señora de la Concepción* und setzten sich dort an einen kleinen Tisch. Bei einem entspannt wirkenden Kellner bestellten sie zwei Cortados. Ben war aufgefallen, dass Dimitrij nie den Namen Martinez oder Roderik aussprach.

»Also, Ben, ich verschaffe dir eine Audienz. Das mach ich gerne für dich. Ob du empfangen wirst, hängt erst mal von meiner Überzeugungskraft ab. Wenn ja, dann bist du mit deiner dran. Überleg dir gute Argumente, er mag kein Wischiwaschi, komm ihm nicht mit der Menschlichkeit oder dem Lebensabend oder was in der Art. Ich weiß nicht, was passiert ist, war nie darin involviert, aber wenn ein Mord angeordnet wird, gibt es einen Grund. Und wenn es diesen Grund nicht mehr gibt, wird niemand einen neuen Auftrag geben. Hier geht's nicht um Racheneurosen, sondern um eine Gefahr für das Ansehen des Hauses. Welche das sein soll, wie gesagt, das weiß ich alles nicht. Will ich auch nicht wissen. Übrigens bist du bekannt in der Martinez-Familie. Und gut angeschrieben. Du hast ja damals mit deiner Buchhändler-Freundin den Fall ihres Bruders Alvaro aufgeklärt.«

»Nein, das war Pedro.«

»Das glaubst du doch selbst nicht – nichts gegen unseren Freund Pedro, aber in diesem Fall bin ich wirklich gut informiert.«

»Ich bin dir sehr dankbar, wenn du mir den Termin in Madrid verschaffst.«

»Versprechen will ich nichts, nur tun, was möglich ist«, zitierte Dimitrij aus den gesammelten Weisheiten seines Großvaters, eines Petersburger Universitätsrektors. Er stand auf, nickte Ben zu, vergaß, seinen Kaffee zu zahlen, wie er das so oft in Madrid versäumt hatte, und schritt flott die Straße in Richtung Hafen hinunter.

Ben Rodriguez verhandelt

Das Madrider Märzwetter meinte es gut mit ihnen und gab sich kanarisch. Der Sonnenschein war richtig angenehm und nicht so heiß, wie es hier ab Mai sein konnte. Erneut saß Ben in einem Straßencafé, diesmal in der Nähe seiner alten Uni. Wie auf Knopfdruck kamen Erinnerungen an seine Studentenzeit hoch. Eigentlich hatte er damals nur zwei enge Freunde gehabt: Pedro aus La Palma, der seine Ambitionen, Journalist zu werden, nach einigen Jahren an den Nagel gehängt hatte und Polizist auf La Palma geworden war, und Dimitrij, den Russen mit seinen unzähligen Freunden und durchaus dubiosen Netzwerken. Aber der war immer ein guter Gesprächspartner, mit dem man auch über andere Themen als Fraueneroberungen und die Karriere nach dem Studium sprechen konnte. Und Pedro war ein ehrlicher, gradliniger Freund mit gemeinsamen Interessen wie dem Hirtensprung *Salto del Pastor*.

Madrid hatte Ben schon damals architektonisch spannend gefunden und war gerne durch die Altstadt mit ihren engen Gassen und historischen Gebäuden gestreift.

Zwei Stunden hatte er noch Zeit bis zur Audienz beim

Oberhaupt der Martinez-Familie. Es hatte tatsächlich geklappt, sein Freund Dimitrij hatte ganze Arbeit geleistet und ihm noch einige Ratschläge für die Verhandlung mit Roderik, dem Mandanten, Klienten, oder was zum Teufel Roderik Martinez nun wirklich für Dimitrij war, gegeben.

Ben nippte an seinem *Café Cortado* und erinnerte sich an seine Besuche im *Museo del Prado*. Das war damals seine Zuflucht gewesen, wenn er Ruhe und Abstand gesucht hatte. Bei Goya, dem dunklen, und Velasquez, dem genialen Porträtmaler, aber auch bei den *Gequälten der Hölle* von Hieronymus Bosch fand er eine Welt, die tiefer und spannender war als die Madrider Uni-Realität. Dimitrij hatte ihm einmal auf La Palma auf den Kopf zugesagt, dass sein wirkliches Problem mit Madrid sein Heimweh nach dem entschleunigten Leben auf seinen Inseln gewesen sei – und Ben dachte heute, dass Dimitrij wahrscheinlich recht hatte. Es kam ihm die *Deutsche Schule Madrid* in den Sinn, zu der er seine damalige Freundin, die dort arbeitete, oft begleitet hatte.

Ben riss sich aus der Vergangenheit, er hatte ja eine herausfordernde Unterredung vor sich. So nervös war er in Verhandlungen nur bei Zielen, die er für andere erreichen wollte. Er spürte die Verantwortung, war konzentriert und auf der Hut. Angst hatte er nicht vor dem berühmten Mann, dem er bald gegenübersitzen würde. Aber es ging um verdammt viel für Carlos Navarro. Zum Beispiel um dessen Leben. Dimitrij hatte ihm mitgeteilt, dass Roderik Martinez ihn nicht im Konzernsitz im Zentrum Madrids, sondern in seiner Villa im Nobelviertel La Moraleja empfangen werde.

Ben hatte Dimitrij gefragt, wieso Roderik nicht Rodrigo,

in der spanischen Version üblich, hieß, sondern die niederländische Variante Roderik gewählt wurde. Dimitrij hatte gelacht und gesagt, dass der Alte seinem Sohn mit der niederländischen Version des Namens einen außergewöhnlichen Start ins Leben geben wollte. Außerdem hatte er damals gerade eine Geliebte aus Amsterdam. Roderik bedeute in etwa »mächtig durch Ruhm«, und das hatte er sich zu Herzen genommen, der kleine Roderik.

Beneharo, Abkömmling der Ureinwohner der Kanarischen Inseln, zahlte sein Getränk und machte sich auf den Weg zum ruhmreichen Oberhaupt und ältesten Bruder der Martinez-Dynastie.

Er schritt die steil ansteigende Straße des Viertels mit ihren teuren Villen hinauf. Überall sah man Security-Leute, und Ben wurde zweimal aufgehalten und nach seinem Ziel und Besuchsgrund gefragt. Dimitrij hatte an alles gedacht und ihm eine offizielle Einladung gegeben: mit dem Martinez-Siegel und Roderiks Unterschrift.

Schließlich stand Ben vor einem großen Eisentor, das den Eingang zu einer prächtigen Auffahrt markierte. Kunstvoll geschmiedete Jugendstil-Elemente wie Blätter und Blumen zierten die beiden schmiedeeisernen Flügel des Tores. Dahinter waren ein parkähnlicher Garten und ein Jugendstilgebäude zu erkennen. Wie von Geisterhand ging das Tor auf, und während Ben den Weg zum Haus hinaufschritt, kam ihm eine elegant gestylte Frau entgegen.

»Señor Rodriguez?«, fragte die Dame und lächelte ihn einladend an. »Herzlich willkommen!« Sie führte ihn über die wenigen breiten Stufen einer Steintreppe zu einem massiven Holzportal, öffnete es und geleitete ihn durch eine riesige Eingangshalle zu einer Art Empfangssaal. An den zartgrün gestrichenen Wänden standen gepolsterte Stühle und Sofas, dazwischen kleine Tische und ein schmaler, hoher Aufsatzschrank aus hellem Mahagoniholz, massiv, furniert und mit Messingbeschlägen, eindeutig ein großes Jugendstil-Ensemble – alt, aber sehr gepflegt. Dort bat sie ihn, Platz zu nehmen, und bot ihm Getränke an. Er entschied sich für ein *Agua Mineral con Gas*, das die Dame scheinbar herbeizauberte, so schnell stand es vor ihm. Dann ließ sie ihn allein. Ben sah sich um, die Gemälde an den Wänden waren eindeutig auch aus der Zeit der Möbel. Er stand auf und schaute sich eines genauer an. Er gelangte zu der Einschätzung, dass hier ausschließlich Originale hingen.

Ben überlegte: Erfahrungsgemäß musste man bei Audienzen warten, um etwas unsicher zu werden, meist eine Viertelstunde bis halbe Stunde. Aber er täuschte sich, die elegante Hausdame stand fast lautlos wieder vor ihm und führte ihn mit einem »Darf ich Sie weiterbitten?« in den nächsten Raum, der wie eine Bibliothek aussah. An den Längsseiten des Saales standen wunderschöne furnierte Bücherschränke aus Mahagoni. Die Bände hinter den Glastüren waren Klassiker und Geschichtsbücher, so viel konnte Ben erkennen.

Er ging an einem offenen Kamin vorbei und auf einen großen Sockelschreibtisch im Kolonialstil am anderen Ende des Raumes zu, hinter dem Roderik Martinez saß. Der blickte auf, trat hervor, lächelte und schüttelte Ben die

Hand. Bevor er wieder seinen Platz hinter dem Schreibtisch einnahm, wies er lässig auf den Ledersessel davor. Ben setzte sich.

Roderik Martinez war ein einflussreicher Mann in Spanien. Er musste etwa sechzig Jahre alt sein, war schlank, groß gewachsen und mit dichtem weißem Haar. Böse Zungen behaupteten, dass sein schmaler, kleiner Schnurrbart eine Hommage an General Franco sei. Wenn er sich in einem Raum mit Menschen befand, stach er garantiert sofort unter diesen heraus. Sein Lächeln erinnerte an Sean Connery, aber wenn er seine Augen zusammenzog und der Mund schmal wurde, sah man ein Raubtier, das Maß nahm, bevor es sich in die Gurgel des Opfers verbiss.

Roderik Martinez' Stimme war voll und tief, doch er sprach so leise, dass man genau hinhören musste, um ihn zu verstehen.

Er fragte Ben, wie es ihm wieder in Madrid gefiel, nachdem er seit Jahren nicht mehr hier gelebt habe.

»Ich finde, es hat sich viel verändert.«

Roderik lächelte wissend. »Ja«, sagte er, »da haben Sie recht, es hat sich nichts und alles verändert in Madrid. Allein die deutsche Schule, die Sie ja sehr gut kennen, wurde zur schönsten Schule der Welt erklärt, und all diese neuen Gebäude und die altehrwürdigen Paläste stehen nebeneinander, als wäre das immer schon so gewesen. Auf der anderen Seite wird im nächsten Jahr mit dem Projekt *Madrid Nuevo Norte* eines der größten Bauprojekte Europas beginnen. Nicht einmal die bis vor Kurzem linksradikale Stadtregierung konnte die konservative Dynamik dieser Stadt zerstören.« Jetzt sah er aus wie ein alter Wolf.

Ben überlegte kurz, wie viel Martinez mit seinen Baufirmen an dem Projekt wohl verdienen würde, und schwieg.

»Mein Berater Dimitrijev hat Sie mir empfohlen und meinte, Sie wollten ein Geschäft mit mir machen, das mich interessieren könnte.« Er zeigte seine weißen Zähne und lachte fast jungenhaft auf, ein Kontrast zu seiner durchaus beeindruckenden Erscheinung. »Bitte, Señor Rodriguez, schießen Sie los.« Die Stimme des obersten Martinez klang tatsächlich interessiert.

Ben begann und erzählte sachlich und knapp die Geschichte von Carlos und den Ereignissen der letzten Zeit.

Das Gesicht von Roderik Martinez hatte sich während der Schilderung von Ben verschlossen. »Was hat das alles mit mir zu tun?«

»Es gab eine Zeit, da haben sich nach dem Tod von Franco einflussreiche Familien von ihrer francistischen Vergangenheit distanziert. In einem mir bekannten Fall hat eine der Familien mit Hilfe eines begabten Fälschers Dokumente erfunden, die ihnen eine andere Familiengeschichte verleihen sollten. Es gab zwar keinen dramatischen Anlass, es herrschte eine andere Situation als nach Hitlers Ende in Deutschland. Feindselige Aktionen und Verurteilungen waren in Spanien nicht an der Tagesordnung, aber man konnte ja nie wissen.«

»Noch einmal: Was hat das mit mir zu tun?« Die Stimme von Roderik war noch leiser und schärfer geworden.

»Der Mann, der Carlos Navarro umbringen wollte, war Ihr Angestellter.«

»Wenn das von Ihrer Seite alles an Argumenten war, dann können wir das Gespräch gleich beenden.«

Ben sprach unbeirrt weiter: »Und es gibt Dokumente der damaligen Arbeiten von Carlos Navarro. Er hat von allen Aufträgen, die er für die Madrider Familie ausgeführt hat, Duplikate, die die Fälschungen als solche ausweisen, zudem hat er einiges an Gesprächsprotokollen und Aufzeichnungen von damals. Wissen Sie, Señor Martinez, vor Kurzem hat mich mein Chef bei der Wochenzeitung gefragt, ob es nicht eine Superstory wäre, die Geschichte der damaligen Reinwaschungen zu untersuchen. Natürlich gibt es strafrechtlich nichts Relevantes, aber es wäre doch eine große Peinlichkeit und Rufschädigung, wenn hier gewisse Namen auftauchen würden ...«

»... die heute sogar wieder die Verdienste Francos hochhalten, meinen Sie?« Martinez hatte sich nach vorn gebeugt. Er lauerte, und über seiner Nasenwurzel zeigte sich eine steile Falte, die aussah wie ein Messerschnitt.

Ben gab seiner Stimme nun ebenfalls Schärfe. »Ich könnte mir vorstellen, dass die Ereignisse der letzten Tage – Mordversuche, Entführung, Unfall des Täters, der Verdächtige der Geschäftsführer Ihrer Security-Firma – im Zusammenhang mit Ihrer Supersauberkampagne nach dem Tod des Generalissimus kein gutes Licht auf Ihre Familie werfen würden.«

»Gesetzt den Fall, irgendwas wäre an Ihrer fantasievollen Story dran, wen würde sie interessieren?« Roderiks

Stimme klang vollkommen neutral, aber die Furche über der Nase hatte sich noch mehr vertieft.

»Señor Martinez, ich kann mir vorstellen, dass Sie schon beim Tod Ihres Bruder froh waren, dass sich keine politischen Verstrickungen mit Ihrer Partei fanden. Sie sind ein hoher Politiker der VOX. Glauben Sie nicht, dass die linksradikale Meute sich auf Sie stürzen würde? Und Sie haben genug Mitbewerber, die sehr für ein Skandalisieren und Aufbauschen des Falles Martinez zu haben wären. Es geht auch das Gerücht von Flügelkämpfen in der VOX um. Bei uns auf der Insel gibt es eine Steigerung des Wortes Feind – es lautet Parteifreund.«

Der Ruhmreiche hatte sich zurückgelehnt. So als wüsste er jetzt alles. Er dachte nach. »Das war jetzt eine ganze Menge, junger Mann. Jetzt verstehe ich auch vieles, was mir Dimitrij über Sie, Ihre Überzeugungskraft und Ihren Mut erzählt hat. Allerdings meinte er, Sie wollten mir ein Geschäft vorschlagen. Nach all diesen seltsamen Beschuldigungen und Mutmaßungen frage ich mich, was wollen Sie eigentlich?«

Ben räusperte sich, eigentlich hätte er jetzt gern was getrunken, seine Kehle war wie ausgetrocknet. »Das ist schnell gesagt: einen friedlichen und finanziell gesicherten Lebensabend für Carlos Navarro!«

»Und als Gegenleistung können Sie mir *meinen* Frieden garantieren, Señor Rodriguez?

»Sie haben mein Wort!«

»Und Sie haben die Originaldokumente und Protokolle dabei?

Ben kramte die Dokumente aus dem Rucksack, den er an sein Sesselbein gelehnt hatte, und legte sie dem Unternehmer auf den Tisch. Es war ein Stapel alter Dokumente, handgeschriebene Notizen und Zertifikate.

Roderik kniff die Augen zusammen und schwieg. Er schaute lange auf die Dokumente, ohne sie anzurühren.

»Was ist mit der Artikelserie?«

»Ich habe meinem Chef erklärt, dass die Story zu dünn und außerdem zu gefährlich für die Zeitung ist. Meine Gründe haben ihn überzeugt, allerdings habe ich die neuen Entwicklungen nicht kommuniziert. Noch nicht. Das wird auch nicht nötig sein.«

Es wurde plötzlich sehr still vor und hinter dem massigen Schreibtisch.

»Also kommt zu Beschuldigung und Drohung nun auch noch Erpressung?« Roderik klang plötzlich belustigt.

Ben wartete interessiert ab.

Nach einiger Zeit richtete Roderik sich auf und drückte auf eine Taste vor sich. Ein distinguierter älterer Herr in einer dunkelgrauen Livree betrat den Raum durch eine Tapetentür, die Ben noch gar nicht bemerkt hatte. Roderik sprach in einer Sprache mit ihm, die für Ben wie Russisch klang, der Mann nickte devot und entfernte sich wieder.

Dann stand Roderik Martinez auf. Er bat Ben zu zwei eleganten Polstersofas, deren Stoff mit Knossos-Ornamenten gemustert und in warmen, rötlichen Farben gehalten war. Zwischen den vor dem Marmorkamin platzierten Sofas stand ein niedriger Beistelltisch aus poliertem Mahagoni mit Intarsien. Die beiden setzten sich einander gegenüber.

Der Butler tauchte mit einem gut befüllten Silbertablett wieder auf und stellte eine Weinflasche, zwei kristalline Weingläser, ein Schälchen mit gerösteten Mandeln und einen großen Teller mit Chorizo-Tapas auf dem Tisch ab. Dann entkorkte er die Rotweinflasche, schenkte einen Probeschluck ein und reichte, auf eine Handbewegung von Roderik, das Glas dem interessierten Ben. Nach dessen begeistertem Nicken schenkte er den beiden Herren ein, stellte die Flasche ab und zog sich zurück.

»Ich weiß nicht, Señor Rodriguez, ob sie damals schon in Madrid der Weinkenner waren, als der Sie jetzt Ihre Kolumnen und Analysen schreiben. Wie Sie wissen, ist Madrid für seine Weinkultur bekannt. Und wie Sie sicher ebenfalls wissen, haben wir eine eigene Weinregion rund um die Stadt. Das hier ist mein Lieblingswein. Eigentlich aus dem *Ribera del Duero*, aber die Weinberge gehören auch zu einem Teil zur Region Madrid, und dieses Weingut wird als eines der besten der Welt angesehen.« Er zeigte auf die Flasche und erklärte mit verhaltenem Stolz: »Dieser Wein ist ein *Vega Sicilia Unico 1982* meines Freundes Pablo Alvarez.«

Ben vergaß fast, warum er hier war. »Ich habe noch nie einen Vega getrunken. Er hat mich gerade spontan an einen *Chateau Margaux* erinnert, den ich neulich bei einer Weinverkostung probiert habe.«

»Eine Rebsorte des *Vega Sicilia* ist *Cabernet Sauvignon* wie beim *Margaux*. Ähnlichkeiten sind tatsächlich zu erkennen. Ich wollte mich eigentlich am Weingut in Valbuena beteiligen, aber Pablo brauchte keinen Partner. Da bin ich sein Freund geworden.«

Er lachte, trank einen Schluck im Gegenwert von bestimmt fünfzig Euro und wandte sich wieder seinem Gesprächspartner zu. »Danke bei dieser Gelegenheit für Ihre Aufklärung des Mordes an meinem Bruder in La Palma. Meine Familie ist Ihnen sehr dankbar dafür.« Er wechselte das Thema: »Ihr Schützling Carlos Navarro war seinerzeit unter einem anderen Namen unterwegs. Ich glaube, er hieß Aitor. Ein baskischer Name: Aitor Gabilondo. Ich erinnere mich, dass er mindestens zwanzig Jahre älter als ich war. Er müsste jetzt also um die achtzig Jahre sein.« Roderik blickte Ben lange und durchdringend an: »Meinetwegen, soll er die letzten Jahre seines Lebens unbehelligt leben.«

Ben ließ sich seine Erleichterung nicht ansehen. Er gab seiner Stimme einen unbewegten, neutralen Klang. »Sie sind also einverstanden?«

»Sie sind ein überzeugender Erpresser, Señor Rodriguez.«

»Und Sie lassen ihn in Ruhe?«

»Die ganze Aktion war ohnehin so blöd und schwachsinnig, wie es offenbar mein Koch aus früheren Zeiten geworden ist. Ich hatte ihn aus Dankbarkeit für seine Verdienste zum Chef dieser *Securitas*-Firma gemacht. Er kannte die Geschichte sicher noch von früher, sah vermutlich das Foto in der Zeitung und dachte, er tut mir einen Gefallen. Ich habe seinen Angehörigen mein Beileid ausgesprochen. Er war wirklich einmal talentiert – aber jetzt hatte er einen schweren Fehler begangen. Und ihr Carlos? Der ist mir egal. Mit Ihrer Unterstützung wird er mich ja hoffentlich auch nicht mehr erpressen, das tun Sie ja gerade das letzte Mal für ihn. Außerdem: Es gibt bei unserem Deal ein Risiko für beide Seiten, sollten die Vereinbarungen nicht eingehalten werden. Ihres ist allerdings wesentlich höher.«

Ben sprach nun das Geldthema an. »Sind Sie mit sechzigtausend Euro im Jahr einverstanden?«

Jetzt lachte Roderik. »Ich schon, aber eigentlich müsste es ja Carlos sein. Aber bitte regeln Sie die Details mit Dimitrij.«

»Für ein gutes Leben braucht Carlos aber auch ein Haus oder eine Wohnung. Das heißt, eine zusätzliche Summe für diesen Zweck oder eine Immobilie käme da noch hinzu.«

Der Konzernführer wollte diesen Teil des Gesprächs offensichtlich zum Abschluss bringen. »Bescheidenheit scheint nicht Ihre hervorstechende Eigenschaft zu sein. Aber gut, ich verstehe auch das. Sie haben also mein Einverständnis. Dimitrij wird Ihnen die Höhe dieser Summe noch mitteilen. Mit einer Luxusvilla kann ich aber nicht dienen.« Er feixte.

Die Hausdame, die Ben hereingeführt hatte, war lautlos erschienen und flüsterte jetzt etwas in Roderiks Ohr.

»Gut«, sagte er zu Ben »mein nächster Gast wartet schon auf mich. Einen Punkt habe ich jetzt allerdings noch: Ich brauche zurzeit dringend jemanden für den Pressebereich in meinem Headquarter. Mein bisheriger Mitarbeiter im Führungsstab hat mich überraschend verlassen. Sie, Beneharo Rodriguez, würden mir sehr gefallen. Sie sind zwar ein Schlitzohr, aber Sie sind eloquent. Und Sie könnten mit meinem Freund Dimitrij ein gutes Team abgeben. Vor allem sind Sie mutig. Das gefällt mir. Denken Sie einfach über mein Angebot nach, und sprechen Sie bitte auch mit Dimitrij darüber. Ach ja«, sagte er, während er sich erhob, »nehmen Sie sich den restlichen Vega mit, trinken Sie noch ein Glas auf mich!« Roderik Martinez verabschiedete Ben mit einem kräftigen Händedruck und setzte sich zurück an seinen Schreibtisch.

Ben war entlassen. Die Flasche verschloss er, verstaute sie in seinem Rucksack und folgte der Dame, die wartend in seiner Nähe stand, durch die vornehmen Räume.

Auf der Straße atmete er tief durch, die frische Luft füllte seine Lunge. Er drehte sich noch einmal zur Roderik-Villa um. Auf der weißen Wand neben dem Eingangstor waren jetzt drei Worte in schwarzen Großbuchstaben gesprüht, die vorher noch nicht dagestanden hatten. Die wären ihm ganz sicher aufgefallen. Außerdem roch die Farbe noch.

FUCK VOX ANTIFA

Keine Wolke störte den blauen Himmel, und Ben wanderte ausgesprochen gut gelaunt den Weg hinunter an protzigen Villen vorbei. Unten angekommen, sah er einen Obdachlosen mit einem Hund vor einer Mauer sitzen, hinter der wohl gerade ein neuer Palast entstand. Der struppige Mischling von der Größe eines Schäferhundes neben ihm hatte es sich auf der Schlafstelle für die Nacht gemütlich gemacht.

Der feiste Rotblonde mit den fettigen Haaren und dem roten, leicht schütteren Bart nuschelte ihm entgegen. »Hast ein oder zwei Euro? Ein oder zwei Euro?«

Ben setzte sich zu dem *Vagabundo*. »Wein?«, fragte er.

Der Rote schaute zuerst erschreckt und nickte dann begierig.

Ben nahm den *Vega Sicililia Uno* Jahrgang 1982 aus seinem Rucksack, zog den lockeren Korken heraus und nahm einen herzhaften Schluck. Der Vega schmeckte ihm aus der Flasche deutlich besser als in den teuren Kristallgläsern von Roderik. Dann drückte er die Flasche dem ihn mit erwartungsvollen Augen Beobachtenden in die Hand. Der nahm sofort einen kräftigen Schluck, und Ben stellte sich grinsend vor, der Obdachlose würde jetzt sagen: Oh, ein *82er Vega*. Nicht schlecht. Aber der leckte sich schweigend die Lippen und setzte zum nächsten Schluck an. Schon bald fing er an, Unverständliches zu murmeln. Ben verstand kein Wort, aber seine gute Laune hatte sich gesteigert. Der Rotschopf stellte die Flasche, die noch zu einem Drittel gefüllt war, vor sich ab und grinste ihn schief, aber glücklich an. Ben schob einige Geldscheine darunter, stand auf und schritt beschwingt weiter in Richtung Zentrum, zum nächsten freien Taxi, das ihn zum Flughafen bringen würde.

Bens Weg vom Flughafen führte ihn direkt in Nairas Buchhandlung. Es war wie so oft ein Nachhausekommen zu Naira, umgeben vom Geruch der Bücher und dem besonderen Flair ihres gemütlichen Ladens. Nach einer herzlichen Umarmung verzog er sich in eine der Inseln der Buchhandlung, in »seinen« Chesterfield-Sessel. Xaro kam von irgendwoher und legte sich zu seinen Füßen. Ben seufzte behaglich, setzte sich die Earphones ein, legte sich sein Notizbuch zurecht, kramte noch nach seinem Stift und begann, seine Anrufe abzuhören. Die aufregende Zeit auf Teneriffa hatte ihn aus aller Routine geschmissen, auf die er sich für die nächste Zukunft freute. Er brauchte die Gewohnheit, das gab ihm Stabilität. Und nun war auch noch der aufregende Tag im hektischen Madrid überstanden.

Naira wirkte noch aufgedrehter als sonst. Eigentlich wollte sie sofort bei seiner Ankunft alles über seine Erlebnisse in Madrid wissen, aber sie musste sich noch gedulden. Geduld war immer schon ein ungeliebtes Fremdwort für die Buchhändlerin. Zwar hatten sie kurz telefoniert nach Bens Treffen mit Martinez, doch bei ihrem Wissensdurst war das nur ein Tropfen auf den heißen Stein, wie er wusste! In einer halben Stunde war Ladenschluss. Dann wäre er fertig mit den Anrufen, und sie konnten reden.

Ben erfuhr gerade von seinem Büro, dass ihnen mit Lanzarote, der viertgrößten Insel der Kanaren, vermutlich das nächste Inselhopping bevorstand. Eine Story, die sowohl für die Wochenzeitung gedacht war als auch für sein gastrosophisches Magazin *Canaria Culinaria*. Näheres käme per Mail. Naira hatte ihm auf das kleine Tischchen vor dem Chesterfield einen Cortado gestellt.

Etwas später stand Ben gähnend neben Naira, während sie die Buchhandlung schloss. Er streckte und dehnte sich, mit Xaro an der Leine. Nairas gefüllte Büchertasche hatte er zwischen seinen Beinen abgestellt. Sein Auto war, wie meist, beim *Museo Naval* geparkt, denn von dort war es zu Nairas Häuschen etwa gleich weit wie zur *Biblioteca de Babel*.

Als sie in Sichtweite von Nairas Haus kamen, ließ Naira

Xaro von der Leine. Der Hund trabte schnurstracks auf die Eingangstür zu, schlug im letzten Moment einen Bogen und lief um das Haus herum nach hinten in den Garten. »Er kennt sich nach den wenigen Tagen schon richtig aus«, bemerkte Naira und holte ihren Schlüssel aus der Hosentasche.

Sie öffnete vorsichtig die Haustüre und hielt nach Tocki, ihrem immer hungrigen Kater, Ausschau. »Tocki, wo bist du denn?«, lockte sie mit liebevoller Stimme, aber kein Kater war zu sehen. »Na, das ist eher seltsam. Komm, wir werden uns ja eh auf die Terrasse setzen, nehmen wir gleich die Teller, Gläser und das Wasser mit raus.«

Ben griff zu und ging als Erster durch die Hintertür. Neben einer Steinbank saß Xaro wie ein Denkmal für einen Wachhund.

Naira kam nach und sah sich um, konnte Tocki jedoch nirgends entdecken. »Ich werde auf alle Fälle seine Futterschüssel auffüllen, vielleicht kommt er ja dann. Ich glaube, er ist von Xaros Anwesenheit nicht begeistert. Maria, meine Nachbarin, hat mir erzählt, dass er sich jetzt mehr bei ihr drüben aufhält als während unserer Teneriffa-Tage.«

Ben ging wieder mit Naira ins Haus. Während sie die Abendfütterung der Tiere vorbereitete – Xaro draußen, Tocki auf seinem gewohnten Platz –, überprüfte Ben ihre gekühlten Weinbestände. Er entschied sich dann, nach kurzer Rücksprache, für den offenen Malvasier von El Sitio und stellte ihn in den Weinkühler.

»Kann ich noch etwas mitnehmen?«

»Ja, das Besteck und die Servietten bitte, ich richte noch schnell ein paar Tapas und Jamon für uns an.«

Nun waren die Gläser leer und die Madrider Geschichte detailliert von Ben erzählt. Naira verschwand in der Küche, bald darauf hörte er einen Korken knallen, und sie kam mit einer Flasche Champagner zurück.

»Den haben wir uns verdient nach diesen Tagen, und du bekommst ein Extraglas, Ben! Aber weißt du, das klingt so wunderbar, dass es mir richtig schwerfällt, das alles auch zu glauben.«

»Ich denke, für Roderik ist die Geschichte damit abgeschlossen. Das ist seine neue Einsicht. Der Mordauftrag an Carlos kam bestimmt von ihm. Auch wenn sich das nicht nachweisen lässt – es kann nur so gewesen sein. Der Geschäftsführer der Security-Firma hatte kein eigenständiges Motiv. Deine Entführung war etwas anderes. Und wir wissen, wem er hörig war. Aber noch einmal zu meinem Gespräch mit Roderik. So viele Möglichkeiten hat der nicht, wenn er eine rufschädigende Geschichte vermeiden will. Er kennt sich aus mit Rufmord, er hat selbst zahlreichen unliebsamen Mitbewerbern Schmuddelkampagnen von seinen Trollen angedeihen lassen.

Naira wiegte nachdenklich den Kopf: »Ist das auch wirklich nachhaltig?«

»Du meinst, ob er das auch langfristig einhalten wird? Ja. Die Finanzierung eines alten Mannes bis zu seinem Tod ist für den Milliardär keine große Ausgabe. Außerdem ist er inzwischen zur Erkenntnis gekommen, dass von Carlos Navarros Seite keine Gefahr mehr droht, auch wenn er vor Kurzem diesbezüglich noch anderer Ansicht war. Altersmilde mit sechzig? Dafür ist er zu jung. Aber gibt es noch Überbleibsel einer längst erkalteten Rache? Vielleicht. Außerdem kann er sich ausrechnen, dass es von den Dokumenten, die ich ihm gegeben habe, Kopien gibt. Zudem hat Dimitrijs Wort für ihn offensichtlich viel Gewicht. Und was mich betrifft: Mich hat er ja. Und an mir würde er sich kaltblütig rächen. Er und ich wissen, dass ich seine Geisel für Carlos bin. Tja, und ein kleiner Flugzeugabsturz ist schnell inszeniert. In Wirklichkeit hat er mehr in der Hand als wir, daher ist für ihn die Sache abgeschlossen.«

»Wieso bist du dir da so sicher?«

»Am Flughafen hatte ich noch Gelegenheit, mit Dimitrij zu telefonieren. Der hatte natürlich längst mit seinem Auftraggeber gesprochen. Er schätzt die Angelegenheit ein wie ich und hat mir gratuliert. Ich hätte großen Eindruck hinterlassen bei dem Oberganoven, und er hat fürchterlich über die Idee gelacht, mit mir gemeinsam für Martinez zu arbeiten.«

»Und du, Ben, lachst du auch darüber?«

»Ich werde Unterganove beim alten Roderik, das hab ich mir immer schon erträumt. Superkohle und Spiegelverbot.«

»Spiegelverbot?«

»Ich kann dann natürlich beim Zähneputzen meinen Mageninhalt nicht mehr bei mir halten, wenn ich im Spiegel mein Pokerface vor mir habe.« Mehr zu sich murmelte er: »Was mich aber schon erstaunt hat, war, dass er mich auf meine Vergangenheit mit der deutschen Schule in Madrid angesprochen hat. Was weiß er eigentlich davon?«

Naira schaute plötzlich sehr interessiert. »Was war da damals mit der deutschen Schule?«

»Wenn du erwachsen bist, Naira, erzähle ich dir davon.« Ben hob schützend seine Hände vors Gesicht und lachte.

»Ich nehm dir deinen Champagner gleich wieder weg, du arrogantes Monster.« Naira schmunzelte, aber vor allem war sie neugierig: »Eine Frage noch: Wie kommt Carlos an das Geld?«

»Ich habe mit Dimitrij meine Schwester Yaiza als Treuhänderin gewählt, die Carlos monatlich das Geld auf sein Konto überweist. Yaiza hat als Anwältin schon öfter als Treuhänderin fungiert. Auch über die Kaufsumme des Grundstücks und des Hauses entscheidet Yaiza. In der ist ja auch die Summe inkludiert, mit der Carlos die Einrichtung bezahlen wird. Und jetzt trinken wir schnell den Champagner, sonst nimmst du ihn mir wirklich wieder weg.«

Zweieinhalb Monate später auf Gran Canaria

Beschwingt gingen Naira, Ben und Xaro die Straße auf den dicht mit Bäumen und Sträuchern bewachsenen Hügel hinauf. Hier begann das *Barranco de Agaete*, eine tiefgrüne, mit tropischen Pflanzen bewachsene Schlucht, hinter ihnen lag der Atlantik. Die Sonne meinte es auch hier auf Gran Canaria gut mit ihnen: Naira hatte ihre dunkelblaue Jacke längst ausgezogen und um die Taille gebunden. Die Jeans und das blutrote T-Shirt standen ihr ausgezeichnet, und ihr Zopf wippte fröhlich im Takt ihrer Schritte. In ihrem unvermeidlichen Rucksack steckten noch immer einige Leckerlis für Xaro.

Die Überfahrt mit der Fähre von Santa Cruz de la Palma nach Las Palmas auf Gran Canaria war für den Hund wesentlich entspannter gewesen als der Flug vor zwei Monaten. Ben hatte Naira und Xaro zu nachtschlafender Zeit, nämlich um 3.30 Uhr, abgeholt und war mit seinem Renault Capture auf die Fähre gefahren. Die Nacht war traumhaft gewesen, die Milchstraße hatte das Firmament erleuchtet – und die beiden beschlossen, trotzdem noch eine Runde zu schlafen. Sie nahmen Xaro in den Aufenthaltsraum mit und fanden eine leere Sitzreihe am Rand, beim Panoramafenster. Die bequemen Sitze luden zum Ruhen ein: Naira hatte sich die Leine um ihre Mitte geschlungen, sich vorsichtig an Ben gelehnt – und war fast so schnell eingeschlafen wie er. Xaro hatte sich zu ihren Füßen gelegt.

Drei Stunden später hatten Naira und Ben mit Xaro, Kaffee im Pappbecher und einem *Cuerno*, Hörnchen, auf dem Vordeck gestanden und den Sonnenaufgang, den Fahrtwind und das fast spiegelglatte Meer genossen. Von Las Palmas, der Hauptstadt von Gran Canaria, war es dann nur noch eine knappe Autostunde zu ihrem Ziel gewesen, in der Nähe von Agaete.

Auf einem ansteigenden Schotterweg parkte Ben anschließend das Auto. Nachdem sie Xaros Spielsachen, die natürlich in den wenigen Wochen viel mehr geworden waren, zusammen mit einigen anderen Sachen in einer großen Leinentasche verstaut hatten, kraulte Naira Xaro noch liebevoll, bevor sie losgingen. Schon beim Aufbruch war ihr eigenartig zumute gewesen, sie hatte sich sehr an Xaro gewöhnt. Aber allein schon wegen Tocki ... Na ja. Die Sonnenbrille auf und *vamos*!

Schon von Weitem sahen sie Carlos Navarro vor dem Haus stehen. Als er sie erkannte, begann er zu winken, und sie winkten heftig zurück. Xaro gebärdete sich wie verrückt und zog an der Leine. Naira schaute zu Ben, sie nickten einander zu, und Naira erlöste Xaro von seiner Fessel. Der Hund galoppierte los. Plötzlich blieb er abrupt stehen, drehte sich um und kam noch einmal zu Naira und Ben zurück. Er sah sie wie fragend an, und die beiden riefen wie aus einem Mund: »Lauf, Xaro, lauf!«

Jetzt hielt den Hund nichts mehr, und laut bellend raste er zu seinem Herrchen. Naira und Ben sahen sich an. Nachdem sie über zwei Monate mit Xaro gelebt hatten, fiel es ihnen nicht leicht, sich von ihrem vierbeinigen Freund zu trennen. Doch die Wiedersehensfreude von Carlos und Xaro tröstete sie. Xaro sprang um seinen Lieblingsmenschen herum. Carlos versuchte, Xaro, der außer Rand und Band war, zu streicheln und hinter den Ohren zu kraulen. Jetzt führte Xaro einen wilden Tanz auf und gab seltsam gepresste Laute in den höchsten Tönen von sich.

Inzwischen waren die beiden bei Carlos und dem verrückten Hund angelangt, und Carlos umarmte Naira und küsste sie rechts und links. Dann umarmte er auch Ben und tätschelte ihm die Wangen. »Meine Freunde!«, rief er, und es wirkte beinahe so, als ob er den Veitstanz von Xaro kopieren wollte. Er fing an zu tanzen, soweit ihn sein Körper dabei noch unterstützte, und lachte. So hatten ihn Ben und Naira noch nie gesehen. Und Xaro umtanzte Carlos, Naira und Ben – und sprang immer wieder an seinem genesenen Herrchen hoch.

Vor gar nicht so langer Zeit hatte Naira aufgeregt Ben angerufen: »Du, Ben, ich glaube, ich hab ein passendes Domizil für Carlos! Hör mal: Es liegt im Nordwesten von Gran Canaria, in der Nähe von Agaete: Der Ort besteht aus wenigen Häusern, sehr abgeschieden. Das Gebäude, im Kern ist's ein altes Steinhaus, wurde vor ungefähr zehn Jahren erweitert, später wurde einiges angebaut und natürlich modernisiert. Und: Es steht auf einem weitläufigen Grundstück mit freiem Blick aufs Meer. Es ist groß genug, Carlos kann sich locker eine Werkstatt einrichten, und Xaro kann sich austoben. Klingt das nicht wunderbar?«

Ben war verblüfft gewesen: »Wie hast du denn das gefunden?«

Naira lachte kurz auf und meinte: »Eigentlich hat es mich gefunden. Gestern war nämlich Javier Gonzales, ich habe dir schon öfter von ihm erzählt, bei mir in der Buchhandlung – der wohnt ja auf Gran Canaria – und hat nebenbei erwähnt, dass ein alter Freund von ihm sein Haus verkaufen will. Dessen Sohn, für den er es seinerzeit erstanden und umgebaut hat, ist wohl nach Kanada ausgewandert, der hat kein Interesse mehr daran. Und Javier hat mir das Gebäude, die Lage und das ganze Drumherum geschildert. Ich hab ihm sofort gesagt, dass wir interessiert sind und sein Freund bitte, bitte mit dem Beauftragen eines Maklers noch warten soll. Und das hat er mir zugesagt.«

»Super, Naira, ich werde mit Carlos darüber reden. Hast du vielleicht auch Fotos davon?«

»Ja, Grundriss und Fotos hab ich heut erhalten, die sende ich dir. Wenn du ihn übermorgen besuchst, hast du gleich was zum Zeigen. Ich glaube, das ist ein echter Glücksfall!«

Und jetzt, nur wenige Wochen später, standen sie vor dem neuen Domizil von Herr und Hund. Carlos zeigte ihnen nach der Begrüßung das Haus, vor allem seine neue, im

Entstehen begriffene Werkstatt. Die Wohnung war einfach möbliert, die Kiefernholz-Möbel gefielen dem neuen Hausherrn, nur seinen Arbeitsbereich würde er sich fast komplett neu einrichten. Ben hatte den Transport der beiden großen Arbeitstische und einiger Kisten, die Carlos zwischen Krankenhausentlassung und vor seinem Reha-Aufenthalt gepackt hatte, organisiert, und alles war gut in Carlos' neuem Zuhause auf Gran Canaria eingetroffen.

Sie sahen aufs Meer hinunter. Carlos zeigte ihnen stolz seinen Schaukelstuhl im Kolonialstil. Den hatten ihm seine neuen Nachbarn geschenkt und auf die Terrasse gestellt. Nie habe er an so ein Möbelstück für sich gedacht, erzählte er, aber bisher habe er jeden Tag, den er nun schon hier sei, am Abend im Schaukelstuhl gesessen und der Sonne beim Untergehen im Atlantik zugesehen.

Gleich neben dem Schaukelstuhl war ein dickes Baumstück mit einer massiven Holzplatte darüber positioniert, das er sichtlich als Tisch verwendete; ein großer Aschenbecher aus Metall zeigte mit seinen Überresten, dass hier auch der Platz für Carlos' Zigarre des Tages war. In unmittelbarer Nähe befand sich ein langer massiver Kieferntisch mit zwei Sitzbänken an den Längsseiten. Auf dem Tisch standen etliche Gläser, ein Wasserkrug und ein Korb mit Weißbrot bereit. Carlos bat Ben und Naira, Platz zu nehmen. Sie setzten sich mit Blick zum Meer, und Carlos teilte die Gläser aus, holte aus seiner Küche noch gekühlten Weißwein und schenkte ein.

Als er sich niederließ, strahlte er übers ganze Gesicht und hob sein Glas: »Liebe Naira, lieber Ben. Nein, keine

Angst, ich halte keine lange Rede, aber ich will euch danken. Vor allem für das Finden dieses wunderbaren Hauses und damit für mein neues Leben.« Carlos beugte sich über den Tisch und stieß mit ihnen an, genau beobachtet von Xaro. Dann wandte er sich Ben zu. »Auch einem alten Oligarchen müsste ich vielleicht dankbar sein. Aber das fällt eher unter ›Wir sind quitt‹. So, das war's auch schon. Könnt ich mein Glück in Worten ausdrücken, wäre ich Schriftsteller geworden und nicht Kupferstecher und Vagabund.«

Naira rief: »Das kannst du immer noch werden, jetzt hast du ja die Ruhe, um über deine Erlebnisse zu schreiben.«

»Nein, damit ist Schluss. Jetzt wird in der Gegenwart gelebt und dann, irgendwann, in Ruhe gestorben. Dazu lass ich mir noch etwas Zeit – soweit das in meiner Macht liegt.« Carlos schaute kurz sehr nachdenklich. »Ich habe genug Platz hier, da kann ich sogar wieder malen, vielleicht widme ich mich den alten Meistern. Kopien, die man nicht mehr vom Original unterscheiden kann.« Er blinzelte verschmitzt in die Sonne.

Alle drei lachten.

»Aber ich arbeite bereits wieder, ich habe mein Guanchen-Epos fertiggestellt. Hab es gebunden, genauso, wie man das vor Hunderten von Jahren gemacht hat – und in Ziegenleder. Es ist jetzt fix und fertig. Mein Meisterstück. Augenblick, bin gleich wieder da.« Carlos stand auf und ging ins Haus. Naira und Ben hielten den Atem an.

Sie sahen Carlos gleich hinter der offenen Eingangstür stehen, er öffnete die oberste Schublade eines Regals und entnahm ihr etwas Viereckiges in Rot. Dann trat er wieder auf die Terrasse und reichte Ben das rote Buch im Folioformat. »Ein kleines Geschenk für dich und Naira.«

Ben sah aus, als hätte ihn der Blitz getroffen. Ganz vorsichtig nahm er das ganz und gar echt aussehende Werk in seine Hände und streichelte über das elegante dunkelrote Ziegenleder, auf dem in goldenen Lettern geprägt stand: *Der Bericht von Kapitän Ibn Farukh, der im Jahre CMLXIV mit drei Fregatten die paradiesischen Inseln, auch Canaren genannt, erkundete. Aufgezeichnet im Jahre MDCXLVIII von Manuel Diaz.*

Andächtig öffnete Ben das Buch und erblickte die bereits bekannte Titelseite, aber er sah auch gleich einige Veränderungen: Carlos hatte das Titelblatt überarbeitet – beziehungsweise komplett neu gestaltet: Der Titel befand sich jetzt über einem sehr detailliert und genau ausgeführten Kupferstich: Am feinsandigen Meeresstrand standen zwei freundlich blickende Männer mit nacktem Oberkörper in Lederröcken. Am Rand des Strandes begann eine Wildnis aus Palmen und üppigen Pflanzen unterschiedlichster Art, zum Teil mit Früchten.

Ja, so hatte diese Geschichte angefangen, mit der Suche nach einem vollständigen, vermeintlich echten Manuskript, das etwas nachweisen sollte – was auch immer – und einen jungen Menschen das Leben gekostet hatte.

Es wäre auch beinahe das Ende eines betagten Fälschers geworden, und Naira hatte die wohl gefährlichste Situation ihres Lebens durchlebt. Im Laufe der Ereignisse war das Manuskript, die Fälschung eines verspielten alten Künstlers, in den Hintergrund getreten. Er hatte kaum mehr an den Ursprung der Ereignisse gedacht. Und jetzt hielt Ben die kostbare Fälschung in seinen Händen, die nun Naira und ihm gehörte. Er reichte das Buch weiter an Naira, die auch zuerst einmal den Einband streichelte.

Als sie begann, vorsichtig darin zu blättern, und Seite um Seite mit den aufwendigen Illustrationen bestaunte, stand Ben auf, ging um den Tisch herum zu Carlos, der sich nicht wieder hingesetzt hatte, und umarmte ihn. »Du weißt ...«, versuchte er, sein Gefühl zu beschreiben, und blieb doch im Ansatz dazu stecken.

Carlos sah ihn strahlend an. »Ja. Ich weiß. Aber wie könnte ich dir ein Lebenswerk schenken, wenn ich tot wäre? Und ich verdanke euch, Naira und dir, nun einmal die Möglichkeit, hier an diesem wunderbaren Ort weiterzuleben.« Carlos wies mit den Armen rund um sich. »Und hier neue Lebenswerke zu schaffen.«

Ben war glücklich. Das war zwar nicht der Durchbruch in der Geschichte der Ureinwohner der Kanaren, weil es sich nun mal um eine wunderbare, aber doch vollkommene Fälschung handelte. Aber es war auf alle Fälle eine Kostbarkeit in seiner Sammlung.

Stolz formulierte er: »Ich bin glücklich über dieses Meisterwerk von Carlos Navarro, das wir jetzt besitzen.«

Carlos lächelte versonnen: »Eigentlich hab ich es von Beginn an für euch gemacht, ich wusste es nur noch nicht ... Das Buch *Über die glücklichen Menschen auf den glücklichen Inseln* ist vollendet.«

Ben sah ihm lange in die unschuldig wirkenden Augen, die bestimmt alles andere als das waren, und sagte: »Das Glück eines Menschen ist an seinen treuen Freunden zu messen, hat, glaub ich, ein griechischer Philosoph formuliert. Ein Stoiker wie du vermutlich.«

»Wenn dein Philosoph recht hat«, sagte Carlos lächelnd, »dann muss ich wohl ein glücklicher Mensch sein.« Und wieder hoben sie die Gläser mit einem herzlichen »*Salud!*«.

Carlos blickte auf einen schmalen Pfad, der zur Terrasse führte: »Ach, sieh mal, dort drüben kommen schon meine Nachbarn, von denen du Haus und Grund für mich gekauft hast. Ich habe sie zu uns eingeladen.« Carlos ging auf das Paar zu und begrüßte zunächst José, den Nachbarn. José musste um die siebzig sein, mit einem runden, freundlichen Gesicht und vielen kleinen Lachfalten. Dann umarmte Carlos Manuela, die Naira und Ben freundlich zunickte, als sie vorgestellt wurde, und danach ins Haus ging. Wenige Minuten später kam sie mit einem großen Topf zurück.

Naira wickelte das wunderbare Buch behutsam in ihre Jacke und verstaute es in ihrem Rucksack.

Manuela hatte extra für Carlos und seine Gäste einen *Puchero canario*, einen typisch kanarischen Eintopf mit Rindfleisch, Huhn, Chorizo, Kartoffeln, verschiedenstem Gemüse und Kichererbsen, zubereitet, den sie, wie sie erklärte, schon am Morgen zu Carlos herübergetragen hatte, damit er noch in Ruhe hier fertigköcheln konnte. Ben holte eine Flasche Rotwein, die er von La Palma mitgebracht hatte, aus seinem Rucksack. Die stellte er auf den Tisch und half beim Verteilen des Essens. Der Eintopf verströmte sofort nach dem Entfernen des Deckels seinen köstlichen Duft, und alle versicherten, sehr großen Hunger zu haben.

Xaro fraß derweil sein eigenes Festmenü aus einer

neuen Schüssel und wedelte immer wieder mit dem Schwanz. Anschließend ließ er sich vor Carlos, der bei jeder Gelegenheit seinen Kopf streichelte, unter dem Tisch nieder. So, als wäre nichts passiert und als wären sie nie getrennt gewesen.

Nach dem Essen hob Carlos noch einmal das Glas: »Lasst uns nun auf die Freundschaft anstoßen!«, und alle fünf riefen: »¡A la amistad!«

Als José mit seiner Frau den Garten inspizieren ging, fragte Carlos Ben leise: »Wie ist die Geschichte mit Angels Mörder ausgegangen?«

Ben berichtete verhalten: »Mein Freund Manuel und seine Leute haben ihn geschnappt, und die Analyse ergab tatsächlich die Übereinstimmung der Waffe von Mazuchelli mit der Patrone im Körper von Angel. Der darauf erfolgte ›Gesang‹ des Kalabresen war sehr ergiebig. Der nahm an, dass er von seinen Leuten verpfiffen worden war. Das Ergebnis war ein detaillierter und langer Bericht, gespickt mit vielen Namen und Mafia-Operationen. Ach ja: Angels Begleiter, der Mazzuchellis eigentliches Zielobjekt gewesen war, wurde bei der darauffolgenden Razzia nicht gefunden. Rechtzeitig zu verschwinden, dürfte seine Spezialität sein. Aber er hat wohl einen Tipp bekommen, heißt es.«

»Einen Tipp?«, fragte Naira interessiert. »Von wem denn?«

»Ja, dieser Schattenmann dürfte auch einen Freund haben.« Ein Lächeln huschte über das zerfurchte Gesicht des Alten. Er nickte Ben verschwörerisch zu und grinste.

Erst später, als Ben dieses Grinsen wieder in den Sinn kam, schüttelte er ungläubig den Kopf über Carlos, den grandiosen Fälscher, der immer ein bisschen mehr in der Hinterhand hatte als die anderen.

Irgendwann rutschte Ben ein Stückchen näher an die satt und zufrieden wirkende Naira. »Du, ich muss in den nächsten Wochen für einige Tage wieder nach Gran Canaria. Es geht um drei neue Lokale, die ich hier testen soll. Der Verlag wird mir eine hübsche Finca in der Nähe von Las Palmas mieten. Willst du nicht mitkommen? Du könntest mittesten und alle Buchhandlungen auf Gran Canaria besichtigen!«

Naira lächelte bei dem Gedanken und erwiderte: »Eine idyllische Finca, kulinarische Genüsse, Erkundungen von Buchhandlungen – das klingt fantastisch. Vor allem aber Urlaub vom Ermitteln: keine Toten, keine Entführungen, keine Überfälle. *Perfecto!* Ich bin dabei.«

Verräterische Spuren im schwarzen Sand

Als an einem entlegenen Strand ein Toter gefunden wird, ist es mit dem Inselfrieden auf La Palma vorbei. Buchhändlerin Naira Calderon und Journalist Ben Rodriguez sind sich einig: Sie müssen dem örtlichen Kommissar auf die Sprünge helfen. Bei Wein und anderen Köstlichkeiten tauschen sie sich über den Mordfall aus und stoßen auf Ungereimtheiten. Schnell verstricken sie sich immer tiefer in einem unübersichtlichen Geflecht: Unter dem dunklen Sand verbirgt sich ein schockierendes Geheimnis, das unaufhörlich zum Licht strebt – und La Palma für immer verändern wird.

Flores & Santana
Dunkle Verwicklungen auf La Palma

Klappenbroschur
Auch als E-Book erhältlich
www.ullstein.de

Zwischen den schroffen Felsen Madeiras lauert ein tödliches Geheimnis

Endlich Urlaub! Krimi-Autorin Laura Flemming und ihre Freundin Britta können es kaum erwarten, den Boden der wunderschönen Blumeninsel Madeira zu betreten. Doch schon bald begegnet ihnen an diesem idyllischen Ort der Tod: Ein Wanderer wurde vergiftet, ausgerechnet mit madeirischem Honigkuchen. Die Ermittlungen übernimmt Comissário Mauricio Torres – ein attraktiver Mann, dessen seelenvolle Augen Laura stärker berühren, als ihr lieb ist. Als Torres Lauras Freundin verdächtigt, kommt es zum Streit. Erst spät begreift er, dass Laura sich mit mörderischen Konstellationen auskennt und ihm bei der Aufklärung des Falls helfen kann ...

Tomás Bento
Tod auf Madeira
Comissário Torres löst seinen ersten Fall

Taschenbuch
Auch als E-Book erhältlich
www.ullstein.de

Portugiesisches Flair trifft mörderische Ambitionen

Während Ria Almeida mit ihrem Umzug von Stuttgart nach Torreira beschäftigt ist, geht ein Notruf auf der örtlichen Polizeiwache ein: Bei einer Exkursion in ein nahegelegenes Naturschutzgebiet sind Studierende auf eine männliche Leiche gestoßen. Ria und Dorfpolizist João haben alle Hände voll damit zu tun, den Tatort zu sichern und sich die Umweltschützer vom Hals zu halten. Als Ria Comissário Baptista um Unterstützung bittet, ist der jedoch bei Gericht, wo sich die Verhandlung verzögert, weil der Richter fehlt. Der Richter, der tot zu Rias Füßen liegt ...

Mariana da Silva
Südlich von Porto wartet die Schuld
Ein Portugal-Krimi

Klappenbroschur
Auch als E-Book erhältlich
www.ullstein.de

Ein tödlicher Schatten legt sich über die Provence

Eigentlich hatte sich Rechtsmediziner Dr. Leon Ritter auf einen entspannten Job in der Sonne gefreut. Doch kaum im Örtchen Lavandou angekommen, liegt schon sein erster Fall auf dem Tisch. Ein Mädchenmörder geht in der Provence um, und alle Spuren laufen scheinbar ins Leere. Leon Ritter, ein Mann mit großem Sinn für Ordnung und Details, versucht die Ermittlungen voranzutreiben. Doch die südfranzösischen Kollegen ermitteln anders. Als die Tochter seiner Kollegin Isabelle Morell entführt wird, wird es heiß in Lavandou, sehr heiß sogar. Und Ritter merkt zu spät, dass auch sein eigenes Urteilsvermögen nicht immer korrekt ist ...

Remy Eyssen
Tödlicher Lavendel
Der erste Fall für Leon Ritter

Klappenbroschur
Auch als E-Book erhältlich
www.ullstein.de